LE FESTIN DE L'ARAIGNÉE

Du même auteur, chez un autre éditeur
La Vie à fleur de terre

DANS LA MÊME COLLECTION

Du même auteur
Un été pourri
La Mort quelque part

Estelle Monbrun
Meurtre chez tante Léonie

Fred Vargas
Ceux qui vont mourir te saluent
Debout les morts (Prix du Maine Libre 1995)
L'Homme aux cercles bleus
(Prix du festival de Saint-Nazaire 1992)
Un peu plus loin sur la droite

Jean-Pierre Maurel
Malaver s'en mêle

Dominique Sylvain
Baka !

Éric Valz
Cargo
Les aventures de Koré

MAUD TABACHNIK

LE FESTIN DE L'ARAIGNÉE

VIVIANE HAMY

Conception graphique, Pierre Dusser
Photo, Antoine Rozès
ISBN 2-87858-077-X
ISSN 1251-6961

Je pue. La rue pue, le quartier, la ville. Le monde entier pue.

Et cette odeur corrompt hommes et animaux et tout ce qui vit entre le ciel et la terre.

Quand je renifle ma peau, ou celle de Betsy, ou même celle des enfants, mon nez se tord devant cette odeur.

Je ne parle de cette particularité à personne ; pas plus à Betsy qui pourtant est à même de me comprendre.

Je guette sur les visages de mes voisins, de mes collègues, la grimace annonciatrice de cette souffrance.

Ils flairent bien parfois une odeur de friture ou d'égout qui les incommode, mais ça ne va pas plus loin.

Il faut dire que par mon éducation j'ai été très jeune habitué à craindre les odeurs.

Mon père y veillait avec soin.

San Francisco est une cité épatante. Le climat, les langoustes, le *Golden Gate*.

Les couples de filles qui convolent et les garçons qui s'aiment. Le tout bercé par les chants de Noël entonnés à pleins poumons dans les tramways par les bénévoles de l'Armée du Salut coiffées de leurs drôles de cornettes.

Vous avez aussi les maisons de pêcheurs, retapées, étagées sur les plages de Sausalito ou de Presidio avec le Pacifique qui leur lèche les pieds. Le soleil qui se lève et se couche sans aucune modestie et sert de toile de fond aux phoques et aux chiens de mer qui en font un max pour vous distraire.

Mais San Francisco est à l'Ouest. Et au bout d'un moment, à force de contempler les morphologies canon des filles et les épaules musclées des mecs – selon vos goûts –, vous trouvez le temps long.

Parce qu'à l'Est où il fait un froid de loup la moitié de l'année, une chaleur à crever le reste du temps, une pollution à vous rendre mutant et où, pour une turne mal chauffée, vous payez le loyer d'un palais vénitien, à l'Est : vous pensez.

Donc, un matin parmi tant d'autres, et alors que Nina vaquait encore dans la salle de bains, j'eus la brusque nostalgie de Boston.

Vous connaissez Boston la snob, la provinciale ? Ses maisons en bois peint alignées de chaque côté de sages petites avenues, ses bibliothèques, ses théâtres, ses cinémathèques, son Philharmonic Orchestra que dirigea Charles Munch, ses terrasses de café où les Bostoniens, convaincus d'être les seuls à posséder un cerveau qui ne baigne pas dans le Coca-Cola, commentent la marche du monde, ses familles patriciennes qui comptent parmi les plus anciennes du pays, son hypocrite puritanisme qui lui relève le menton et lui voile les yeux ? Bref, les yeux perdus sur l'horizon, un matin j'en ai eu marre.

– Nina, ma divine, appelai-je, que dirais-tu de rentrer à Boston ?

Il y eut d'abord un temps de latence, puis le clap-clap de talons sur le bois. Et Nina apparut.

– Tu sembles oublier, très chère, que si nous sommes ici, c'est en très grande partie grâce ou à cause de toi.

Nina est argentine, et elle partage avec les machos de son pays un très vilain caractère.

– De plus, poursuivit-elle, ça m'étonnerait que ton copain Goodman soit ravi de te revoir.

Je me suçai l'ongle du pouce et réfléchis à la pertinence de cette remarque.

Pendant ce temps, Nina s'était habillée d'une robe de soie écarlate ramagée de feuilles bleu indigo, chaussée de sandales à double patin dans les mêmes tons et, ainsi parée, s'apprêtait à dispenser dans les oreilles attentives des étudiants de Berkeley son savoir juridique.

Je soupirai en hochant la tête. Depuis la révolution des fleurs de 70, les professeurs d'université avaient changé de look. Surtout à Frisco.

– Mais toi, insistai-je, ça te dirait ?

– Pas vraiment.

– À cause ?

– De différentes choses dont, si tu veux bien, je t'entretiendrai ce soir, car pour l'instant il faut que je file.

Elle vint m'embrasser, me caressa la joue du bout de ses longs ongles carminés, et gagna sa petite jeep décapotable qu'elle fit démarrer sur deux roues comme chaque matin.

Moi, j'achevai mon jus d'orange en regardant cet océan qui commençait sérieusement à me taper sur les nerfs, puis je me préparai et m'apprêtai à mon tour à me rendre à mon boulot au *San Francisco News* où je tiens la rubrique judiciaire.

Mais avant, je décrochai le téléphone et composai un certain numéro à Boston.

– Allô ? me répondit une voix masculine mais séduisante.

– Lieutenant Goodman ?

– Oui...

– Sandra Khan à l'appareil...

Un flottement nettement perceptible, puis :

– Bonjour, Sandra.

– Bonjour, lieutenant.

– Qu'est-ce qui me vaut le plaisir ?

– Oh, l'envie d'entendre une voix avec un accent yankee... Comment allez-vous ?

– Bien, depuis que nous nous sommes croisés à l'aéroport de Paris. Et vous ?

– Mon reportage sur leurs présidentielles m'a emmerdée un maximum, en plus, leurs hommes politiques sont très snobs.

– Et la gastronomie ?

– C'est tout ce qu'ils ont conservé de leur charme.

– Vous me semblez dure avec nos alliés.

– Vous connaissez la pensée d'un de leurs hommes célèbres : « Protégez-moi de mes amis, mes ennemis je m'en charge » ?

Il eut la politesse de rire et enchaîna :

– J'approuve, mais à part le plaisir d'entendre l'accent

de la Grosse Pomme, qu'est-ce qui vous a donné l'envie de me téléphoner ?

– Comment va votre mère ? répondis-je, jésuite.

Je l'entendis sourire à l'autre bout.

– Eh bien, depuis qu'elle a failli se faire assassiner à Paris et que j'ai eu l'opportunité de la sauver, elle me considère presque comme un adulte.

Nous nous étions en effet rencontrés quelques mois auparavant à l'aéroport d'Orly, lui revenant aux États-Unis, moi en arrivant [1].

– C'est le paradis, alors.

– On y arrive ; et vous, comment allez-vous ?

– Moi ? très bien. Ça baigne.

– Le boulot, les amours...

– Tout baigne.

– Alors... pourquoi ce coup de fil ?

Je me mordis l'intérieur des joues. Je déteste demander une faveur, surtout quand je n'ai rien à offrir en échange.

– Je... voulais savoir... comment ça allait à Boston...

Je l'entendis encore une fois soupirer.

– Vous n'y avez pas laissé des amis qui pourraient vous renseigner ?

– Si... si... heu... je me demandais aussi... si j'avais envie de revenir... si... ce serait possible... Enfin dans quelque temps.

Il prit son temps avant de me répondre.

– Pourquoi pas ?

Je ne savais plus quoi dire. Il jouait avec mes nerfs, le beau Sam, mais c'était de bonne guerre, bien dans nos rapports. Moi j'avais les blancs et lui les noirs, ou vice versa, parce que de toute manière le but final était de se mettre mat.

1. Cf. du même auteur, *La mort quelque part* (éd. Viviane Hamy, 1995).

– Vous parlez sérieusement ?
– Pourquoi pas ? répéta-t-il.
Bon, fallait en finir, sinon notre conversation allait me coûter le prix d'un repas au Del Monico.
– Vous croyez toujours que j'ai tué Latimer [1] ?
– Évidemment.
Là, il n'y avait pas eu de blanc. Dans la foulée il m'avait répondu, mon détective.
– Ah bon, répondis-je avec esprit.
– Mais le problème n'est plus là, n'est-ce pas, Sandra ? J'habite une jolie petite maison en plein centre-ville avec un vrai jardin où je me ferais un plaisir de vous faire goûter mes spécialités culinaires.
– Ah... bon... c'est gentil, Sam... je... je suis ravie de vous avoir parlé... Nina le sera aussi de savoir que... vous allez bien...
– Vraiment ? Faites-lui mes amitiés à la belle Nina.
– Je n'y manquerai pas... je... alors, peut-être à bientôt...
– Mais oui... Vous savez, Sandra, la vie apprend qu'on ne sait rien... et que chacun fait comme il peut.
On a raccroché ensemble et je suis restée un moment à me répéter ce que je venais d'entendre.
Puis j'ai sauté dans ma Golf et j'ai filé au canard où je suis arrivée en retard pour la séance du comité hebdomadaire de rédaction.
– Excusez-moi... excusez-moi... impossible d'avancer ce matin... ai-je marmonné en dégageant une place.
Les autres n'ont rien répondu parce qu'eux non plus n'habitent pas dans l'immeuble du *San Francisco News*, et qu'ils étaient à l'heure.
– Assieds-toi, m'a dit « Woody », le rédac' chef. Toute façon, t'es toujours à la bourre !

1. Cf. du même auteur. *Un été pourri* (éd. Viviane Hamy, 1994).

On était dix-huit comme à chaque fois. Treize mecs et cinq nanas.

– Bon, a continué « Woody » en soupirant, comme vous le savez, la Marina a déposé plainte contre nous dans l'affaire de la bétonnisation anarchique du front de mer dénoncée par nos excellents collaborateurs, Burt Dusser et Ken Bradley, ici présents. Mais on s'en tape parce qu'on a un dossier... béton, a continué finement Woody, qui ne s'appelle pas Woody, mais Salvatore H. Finley Pereppi, rital pur jus, rebaptisé Woody parce que contrairement au cinéaste il possède autant d'humour qu'une clé anglaise.

Ça a duré sur ce ton un petit quart de siècle, et puis Woody s'est tourné vers moi.

– Dis, ma poule, ton reportage sur les enfants tabassés et les trisomiques violés, c'est terminé ?

– Ouais, et merci du tuyau, je me suis éclatée ! ai-je grincé.

– Formidable ! T'aimes le désert ?

– S'il y a du shopping à faire.

– Le désert de Mojave, Grand Canyon, Colorado River, la vallée de la Mort, tu connais ?

– J'ai vu ça sur des pubs.

Woody eut un rire sardonique.

– Considère-toi comme engagée dans l'affaire criminelle la plus ténébreuse depuis celle de Charles Manson...

Il y eut des ricanements autour de la table.

– Expliquez.

– Ça va faire un an ou deux que des voyageurs disparaissent dans le désert en se rendant à Vegas. Au début, la police locale a laissé courir parce qu'il s'agissait essentiellement de va-nu-pieds, de suceurs de cannabis et autres. Mais on a eu d'honorables familles qui ne sont jamais arrivées à la cité de l'Eldorado, alors qu'on les y attendait. Deux, en fait. Deux fois trois personnes. Tu piges ?

– Les ovnis ? demandai-je dans un soupir.

– On y a pensé, d'ailleurs certains y pensent toujours. Mais on se demande aussi si ce ne serait pas tout bonnement des futés qui auraient trouvé un moyen facile de dévaliser les cousus de dollars avant qu'ils ne les dépensent avec les bandits manchots.

– On a retrouvé des corps ?

– Que dalle !

Je fis une grimace. Est-ce que Woody s'imaginait que j'allais parcourir avec une pelle l'un des coins les plus pourris du monde pour y dégoter des squelettes ?

– Tu vois un peu l'histoire, ma grande chérie ? sourit Woody.

– Pas du tout, répliquai-je avec aigreur.

– Mais si, mais si, tu vois ! et tu frétilles d'excitation, je le sais...

– Bon, qu'est-ce que je dois faire, Woo... heu... patron ?

– Tu pars demain et tu nous rapportes l'enquête la mieux torchée de toute l'histoire de notre foutu canard !

– Demain ! Et pour combien de temps ?

– Jusqu'à ce que tu touches tes billes ! Compte une quinzaine.

Je suis rentrée chez moi vers cinq heures, et j'ai siroté un dry en surveillant les ébats des phoques jusqu'à ce que Nina revienne.

Il y avait un formidable coucher de soleil qui a presque été éclipsé par Nina qui est arrivée dans le même état de fraîcheur où je l'avais vue partir le matin.

– Dis-moi comment tu fais, fleur des tropiques, ai-je demandé en l'embrassant, pour qu'après une journée de labeur à 90° F, tu sembles droit sortie de ta salle de bains ?

Elle s'est contentée de hausser ses épaules dorées et de finir mon verre avant de nous en préparer deux autres.

Elle s'est installée sur le transat à côté du mien, a pris ma main dans la sienne, et a dégusté son margarita en regardant les phoques avec moi.

On finissait par les connaître, on leur avait même donné des noms. Il y avait le gros John qui n'avait pas de pot avec ses femmes, Marilyn, que nous aimions bien parce qu'elle jouait comme une folle avec sa copine Gaby, et bien d'autres encore.

– Comment s'est passée ta journée ?

– Pas mal. Ils veulent que j'aille à Columbia faire une conférence sur les droits des femmes en pays d'Islam.

– Tu fais dans la science-fiction ?

Elle sourit en me pressant la main.

– Et toi ?

Je vidai mon verre.

– T'as entendu parler du désert de Mojave, du Grand Canyon... Death Valley ?

– Bien sûr, pouffa-t-elle.

– Eh ben, on m'y envoie.

– Tu vas faire un reportage sur les serpents les plus venimeux du monde ?

– Ah bon, ils sont très venimeux ?

– Pas autant que les serpents marins, mais quand même...

– Non, pas de serpents, des disparitions de touristes dans le désert.

– Ah ? C'est pour quand ?

– Je pars demain.

Elle redevint sérieuse et termina son verre en une lampée.

Nina a horreur des séparations. Elle a l'impression d'être volée. Le temps lui appartient. Le sien comme celui des gens qu'elle aime.

– Combien de temps ?

– Une petite quinzaine.

– Sans revenir ?

– Je ne sais pas.

Elle se releva d'un bond. D'un coup, les amours de Marilyn et Gaby et les pitreries de Gros John ne l'amusaient plus.

– Je vais faire le dîner.

Elle a préparé un poulet au paprika hot avec du riz et des tranches de mangue qui était tout bonnement succulent.

On a mangé sur la terrasse en laissant doucement la nuit nous envahir.

On a pris un dernier drink et elle a disparu dans la chambre en laissant tout sur la table.

Comme elle avait allumé, j'ai vu se dessiner sa silhouette nue en contre-jour.

Elle m'a fait un signe de la main et je suis allée la rejoindre.

***

Lundi, 12 h 15

À McCarran, l'aéroport de Vegas, je reçois trente kilos de plomb fondu sur les épaules en descendant d'avion.

Le temps de récupérer mes affaires, de me traîner jusqu'au parking prendre la voiture de location qu'a prévue Woody, et je patine dans la sueur.

Sympa, une décapotable nipponne, la grande vie.

Je ne tarde pas à déchanter quand je m'aperçois que ces andouilles de loueurs ont négligé de protéger les sièges et le volant, et je me fais une brûlure au troisième degré en essayant de démarrer.

Je jure en recouvrant le volant d'une serviette-éponge

et me mets à l'abri d'un palmier étique pour consulter la carte.

Il fait une chaleur à crever. Mes cheveux ressemblent en un instant à une serpillière mouillée, et mes pieds clapotent dans mes sandales.

Mon jean me fait l'effet de ces instruments de torture moyenâgeux, style Vierge de Nuremberg, où l'on enfermait les suppliciés, et avant même d'avoir déniché mon itinéraire je voue Woody aux gémonies.

Je sors de Vegas par la 95 en direction d'Henderson et roule pendant une bonne heure jusqu'à ce patelin merdique qui tente de singer sa grande sœur en alignant le long du strand quelques casinos miteux aux façades ornées de cow-boys et de pin-up en néon de cinq mètres de haut.

Je m'arrête refaire le plein de café glacé dans un bar et manger un morceau.

– Bonjour, ma p'tite, me lance un gros fatigué de derrière son comptoir.

– Bonjour, mon gros, répliqué-je.

Il s'arrête d'astiquer son formica et me considère d'un œil éteint.

J'éteins le mien.

– Qu'est-ce que ce sera ? se décide-t-il après avoir envisagé plusieurs éventualités.

– Un grand café glacé, une salade et une tarte.

– Pas de salade. Café et tarte.

Si ça lui fait plaisir.

Je m'installe près de la fenêtre et déplie ma carte.

– Vous n'êtes pas de la région ? me demande-t-il avec sagacité.

– Non. Vous connaissez la route d'ici Boulder City ? Il en existe une qui ne figure pas sur ma carte, je crois.

– Qu'est-ce que vous allez faire dans ce coin pourri ? En général les gens qui passent ici vont dans l'autre sens. Ils viennent de ce coin pourri pour aller n'importe où.

Je risque un sourire aimable.

– Moi je viens de n'importe où, c'est pour ça que je veux aller à Boulder.

Il hausse ses épaules prises dans un maillot de corps à larges mailles qui lui dessinent de charmantes cloques de peau rose et grasse.

– Continuez la 95, m'indique-t-il en posant devant moi un verre de café embué et une part de tarte curieusement appétissante, et j'crois qu'y a une route qui part sur la droite en direction du Lake Mead et qui arrive à Boulder. C'est bien Boulder City où qu'vous voulez aller ?

– Pourquoi, il y en a d'autres ?

– Ben, vous avez Boulder Dam qu'est pas loin de City...

– Quelle différence ?

Il hausse ses ravissantes épaules.

– C'est à City qu'vous avez l'administration et plus d'choses, comme les magasins de mode, dit-il en me lançant un regard en coin. À Dam, c'est plus les gens qui habitent et qui vont travailler à City.

– Une banlieue dans le désert ?

Il me regarde l'œil rond.

– Ben ouais...

– On m'a retenu une chambre au Métropole, vous connaissez ?

Nouveau haussement d'épaules accompagné cette fois d'un reniflement.

– C'est le meilleur hôtel. Vous v'nez pourquoi ?

– Je suis journaliste, dis-je en attaquant la tarte effectivement succulente, je viens enquêter sur des disparitions de touristes... dans le désert, vous êtes au courant ?

Il me regarde un moment avec une moue persistante.

– Journaliste... hein... Los Angeles ?

– San Francisco.

– Hum... Pourquoi là-bas y s'y intéressent maintenant ?

Je bois mon café.

– Je ne sais pas. Ça a l'air de « les » exciter.

– Va encore ramener plein de hippies, cette histoire ! des traîne-lattes, voilà c'que j'dis !

– Expliquez-vous.

– Ça remonte à un couple d'années, y avait un couple, si on peut appeler ça un couple, enfin bref, un garçon et une fille qu'ont disparu sans laisser de traces. On a d'abord pensé aux coyotes, faut dire qu'ça manque pas ! et puis on a r'trouvé une partie de leurs fringues intactes et pas trace de bêtes. Comme y z'ont jamais dégoté les corps, la police a laissé tomber. Et après, y a eu plein de leurs potes qui sont v'nus en une sorte de pèlerinage, comme y disaient. Tu parles d'une foire ! On r'trouvait des s'ringues jusque dans les chiottes !

– Oui, et à part ces jeunes gens, vous savez quelque chose sur les autres disparitions ?

Il retourne essuyer son comptoir sans répondre.

– Autre chose ? insisté-je.

Il secoue la tête et s'occupe ostensiblement de sa machine à café.

OK. Cinq sur cinq. Il n'en dira pas plus. Je me lève et vais le payer.

– Merci pour tout.

– Pas d'quoi.

Après Henderson, c'est comme avant Henderson. Une coulée d'asphalte rectiligne entre deux surfaces lunaires, adoucie à l'est par le lointain foisonnement de la forêt de *National Recreation Area.*

Je croise peu de voitures (deux), par contre j'écrase sans le vouloir un grand serpent qui ne semble pas particulièrement incommodé par le traitement.

Je trouve l'embranchement que m'a indiqué le cafetier et emprunte une plus petite route en direction de Boulder.

Je m'arrête à l'entrée devant la pancarte d'identité :

BOULDER CITY. 6 000 habitants. Altitude 10 mètres.
Bienvenue au pays des serpents.

Je relis la phrase et tourne la tête.

Un gars en salopette est accoudé à la portière de droite et sourit en mâchonnant un brin de quelque chose.

– Salut, ma p'tit' dame...

Vais-je répondre selon mon habitude : « Salut mon p'tit monsieur » ? Je me contente d'un :

– Salut !

Du regard il m'enlève mon chemisier et mon pantalon, s'attarde sur l'entrecuisse et remonte vers mon visage.

– Ça vous convient ?

Il hausse les sourcils.

– Pas mal.

– Tant mieux. Vous faites partie des serpents indiqués sur la pancarte de bienvenue ?

Il se repousse en arrière et cesse de mâchonner.

– Faites pas trop la maligne, marmonne-t-il.

– Je m'en souviendrai, dis-je en démarrant.

« Ça part fort », pensé-je en roulant dans la rue principale.

Jolie, ma foi, bien ombragée, proprette, coquette, en trompe-l'œil.

Ce genre de trou perdu qui convoite le trophée de la ville la plus fleurie à cent milles à la ronde. Lesdites fleurs servant aussi à camoufler les odeurs de pourri.

Je trouve le Métropole, mais je ne pouvais pas le manquer.

Il trône au milieu de l'avenue, blanc et prétentieux comme un gâteau d'anniversaire, avec un vrai chasseur qui me débarrasse de mes bagages pendant qu'un autre surgit pour ranger ma voiture au parking.

Ou Woody n'a pas reçu le bon devis, ou il y a des rats dans les chambres.

Je me dirige vers la réception.

– Bonjour, je m'appelle Sandra Khan, on a retenu une chambre pour moi de San Francisco.

Le type m'écoute avec un intérêt excessif, comme si je venais lui annoncer qu'on avait découvert le vaccin contre le sida.

– Mais parfaitement, dit-il en saisissant son registre. La 425, elle est parfaite et donne directement sur le désert. Toutefois, si vous en désiriez une autre...

– Merci, coupé-je en voyant mes valises disparaître dans l'ascenseur.

C'est comme il l'a dit : parfait.

Des couleurs pastel, un lit où pourrait mouiller un porte-avions, une terrasse sur le désert face à des éboulis de rochers aux couleurs changeantes ; une salle de bains qu'aurait adorée Fellini, bref, le bonheur.

Je fais couler l'eau dans la baignoire qui met une bonne demi-heure à se remplir au quart – mais je suis prête à toutes les bassesses pour un bain tiède – et j'appelle Nina.

– *Querida mía*, j'étais folle d'inquiétude ! crie mon Argentine.

– Pourquoi donc ?

– Pourquoi ? Mais c'est un pays de sauvages, l'Arizona ! Serpents, scorpions, ivrognes, est-ce que je sais, moi !

– Justement, tu ne sais pas, et c'est le Nevada. C'est tout pareil à ton pays de rêve. Sable et palmiers, hôtels de luxe, boissons multicolores et glacées...

– Et les filles ? coupe ma tigresse.

– Jusqu'à maintenant je n'ai vu que des mecs. Je ne sais pas comment la population se reproduit.

Elle lâche un juron espagnol qui met ma mère en cause.

– Écoute, j'entends la baignoire qui déborde, mens-je, je te rappelle, ma merveilleuse !

Je raccroche le plus doucement possible et me glisse dans la baignoire à moitié remplie.

Tout en barbotant je me dis que si Woody me soigne autant, ce n'est sûrement pas par souci excessif de mon confort, mais pour adoucir un chemin qu'il pressent peut-être rocailleux.

D'après les rapports de police qu'il m'a remis, les deux familles ont disparu à quelque six mois d'intervalle. Un an après les deux jeunes.

Elles n'avaient rien de particulier. Un couple avec un garçon, et six mois plus tard un couple avec une fille. La première venait de Phoenix où le ménage possédait une boutique de mode ; la seconde était originaire de Tucson, et fermiers.

Dans les deux cas les hôtels retenus à Vegas avaient tenté de joindre les familles dans leurs villes d'origine, car les séjours avaient été réglés à l'avance.

Devant l'échec des recherches, on prévint le FBI. L'enquête fut menée à partir de Boulder City, dernière étape avant Vegas, avec le résultat que l'on sait.

L'affaire remontait à présent à six mois pour la dernière, mais Woody avait appris que la police avait classé les dossiers avec la célérité qu'on lui connaît quand il s'agit de ne pas faire de vagues.

Toute la région vivait exclusivement du tourisme que faisait retomber Vegas. Et personne n'avait intérêt à secouer le cocotier.

***

Lawrence Connel soupira. Il commençait à ressentir la fatigue de la route. À ses côtés, sa femme Sonia somnolait.

– Tu dors, *Honey* ?

– Non, je m'enivre de l'air pur du climatiseur.

Lawrence secoua la tête. Depuis la mort de dix congressistes causée par un virus projeté par l'eau des climatiseurs dans un hôtel de Philadelphie, Sonia détestait ces appareils.

– Si j'ouvre les fenêtres, c'est 150° F. qui entrent.

– Oh oui, ouvre, papa, ouvre ! cria leur fils, Fred, âgé de sept ans, de la banquette arrière.

– Tu ne tiendrais pas cinq minutes, répondit son père. Toi et Rusty seriez transformés en statues de sable.

Rusty était un labrador blond de l'âge de Fred, à quelques jours près.

Lawrence Connel était un homme heureux depuis qu'il avait épousé Sonia six ans plus tôt. Vie de famille épatante, belle situation, une jolie maison à Flagstaff, et les premières vacances depuis trois ans.

– On va aller jusqu'à Boulder où on s'arrêtera pour la nuit, proposa-t-il.

– C'est encore loin ? demanda Sonia.

– Non, une vingtaine de milles.

– Rusty a soif, dit Fred au bout de cinq minutes.

– On va bientôt s'arrêter, répondit son père. Il n'est pas déshydraté, on a tous bu y a pas deux heures.

– Si, il a soif ! insista le gamin.

Lawrence et Sonia se jetèrent un coup d'œil entendu. Depuis le départ leur fils avait été parfait, fidèle en cela à une promesse qu'il leur avait faite de se conduire comme un adulte ou de rester chez sa grand-mère avec Rusty. Il avait même réussi à emmener son chien.

– OK, OK, on va s'arrêter et il boira l'eau minérale qui est dans le coffre, céda Lawrence.

Comme il cherchait un hypothétique endroit ombragé

pour se garer, il aperçut une pancarte qui offrait des chambres d'hôte avec tout le confort à des prix modiques.

– Tu as vu ça ? indiqua-t-il à sa femme en s'arrêtant.

– Oui, ça pourrait être plus drôle qu'en ville. C'est à quinze milles, lut-elle.

– OK. T'es d'accord, Freddy, on va jusque-là ? C'est l'affaire de dix minutes.

– D'accord, consentit le petit garçon.

Lawrence appuya davantage sur l'accélérateur. Il ne risquait rien en dépassant la limite de vitesse autorisée : aussi loin que portait son regard, l'horizon était vide.

– Par là, dit Sonia en montrant une pancarte qui indiquait une route sur leur gauche.

Ils s'engagèrent dans un étroit chemin de terre qui se faufilait entre des buissons secs et poussiéreux.

– Quel pays ! marmonna Lawrence, ça va pour le traverser, mais pour y vivre...

Ils stoppèrent devant une vaste maison précédée d'un jardin, ou plutôt d'un grand espace herbeux.

– Ce doit être là, dit Sonia.

Il n'y avait pas un bruit et tous les volets étaient fermés.

– C'est calme, dit Lawrence, légèrement mal à l'aise.

Sonia se mit à rire.

– Tu t'attendais à un drugstore en plein désert ?

– Qu'est-ce que tu en penses, Freddy ? La ville est tout à côté, qu'est-ce que tu préfères ?

– Ici ! cria le petit garçon, Rusty pourra courir dans le jardin.

Au moment où ils descendaient de voiture, la porte s'ouvrit et une femme apparut. Elle resta à les considérer, la main en visière au-dessus des yeux.

– Bonjour, madame, nous venons pour les chambres.

Elle ne dut pas comprendre immédiatement, car elle se mit en marche avec quelque hésitation.

– Oui ? dit-elle en s'approchant.

Sonia, en la voyant, se fit la réflexion qu'elle était de la même couleur que le paysage alentour. Jusqu'à ses cheveux raides couleur sable mouillé, jusqu'à ses yeux, ses lèvres.

– Nous venons voir si vous pourriez nous louer une chambre, dit Lawrence en souriant.

La femme les observa un moment.

– Vous êtes trois ?

– Oui, nous allons à Las Vegas, ce serait pour une nuit.

– J'ai une chambre pour quatre personnes, mais si vous comptez le chien ça fera l'affaire. C'est cinquante dollars, avec le petit déjeuner.

– On peut la voir ? demanda Sonia.

La femme acquiesça après une brève hésitation, et ouvrit la barrière de bois qui fermait la cour.

– Par ici.

La famille Connel lui emboîta le pas, sauf Rusty qui fut invité à attendre dehors.

– C'est parfait, dit Lawrence en regardant autour de lui et après avoir consulté son épouse du regard.

– Bon, voilà votre clé. Si vous sortez ce soir, ne vous perdez pas.

– Heu... nous sommes fatigués, serait-il possible que nous puissions manger ?

La femme la fixa d'un curieuse manière.

– Nous n'acceptons personne chez nous.

– Ah ? Eh bien... y a-t-il un endroit dans le coin où nous pourrions aller ?

Quelque chose passa dans le regard de la femme.

– Je peux vous faire une omelette et des pommes de terre, et vous mangerez dehors, dit-elle soudain.

– Ce serait parfait, déclara Lawrence d'un ton enjoué, nous vous remercions beaucoup, madame. Bon, je vais aller chercher les valises.

– Je descends avec toi, déclara sa femme qui attrapa la main de son fils.

Ils regagnèrent leur voiture tandis que leur hôtesse rentrait chez elle.

– Elle me plaît pas, dit Sonia, alors que son mari prenait leurs affaires pour la nuit.

– Tu sais, ce sont des ploucs, mais ils sont pas désagréables. Regarde, elle accepte de nous faire quelque chose à manger. T'as vu ce coucher de soleil, c'est pas une merveillc ? C'est pas au Hilton que t'aurais ça !

Sonia hocha la tête. Elle ne s'expliquait pas ce qu'elle ressentait.

Peut-être tout bonnement de l'agoraphobie.

***

Je suis fatigué. La journée trop chaude a été propice aux odeurs.

J'ai déjeuné seul sur un banc, incapable d'affronter la cafétéria et sa clientèle immonde.

Je suis à bout de nerfs. Ça passera, j'espère, en me frottant la peau dans mon bain.

Par chance, le désert est semblable à lui-même. D'une pureté infinie.

Peut-être ce soir irons-nous nous rouler dans ce sable qui racle la peau jusqu'au sang.

Je tressaille parce qu'une voiture est arrêtée devant chez nous. Je me range derrière, et quand je sors je suis accueilli par les aboiements d'un chien que je ne connais pas.

Je n'aime pas les chiens, ils sont porteurs de toutes sortes d'odeurs et de microbes.

Je pousse la porte du jardin et Betsy apparaît.

– Bonsoir, qui est-ce ?

– Des touristes.

Je jette un œil vers les chambres d'hôte et je vois un mioche qui me regarde du perron.

– Pour combien de temps ?

– Une nuit. Ils vont à Vegas. J'ai pris cinquante dollars.

Je hoche la tête et m'apprête à rentrer chez moi, quand une femme sort à côté du gamin, me fait un signe de la main et descend l'escalier pour venir vers nous.

– Bonjour, je m'appelle Sonia Connel, je suppose que vous êtes le mari de madame, votre maison est très agréable.

Le chien vient me flairer et je le repousse du pied.

– Rusty, reste tranquille, dit la femme en se rapprochant.

Je suis aussitôt assailli d'odeurs désagréables. Poudre de riz, vêtements parfumés et froissés, maquillage, sueur à l'odeur piquante. Me reviennent les sermons que prononçait mon père, le dimanche, pour nous mettre en garde contre ces parfums trompeurs qui s'exhalaient du corps des prostituées de Babylone, senteurs élaborées par le malin pour perdre les hommes.

Je la toise en silence et entre chez moi suivi de Betsy.

– Où sont les enfants ?

– Les filles sont au patronage, elles ne rentreront que demain matin, elles font une neuvaine, et Joseph est chez la tante.

Je soupire : je n'aime pas ma tante.

– Ces gens ne me plaisent pas.

Elle hausse les épaules.

– Ton bain est prêt. Ils m'ont demandé de leur faire quelque chose à manger, j'ai accepté ; sinon ils allaient sortir.

Je ne réponds rien et je monte dans la salle de bains où je me déshabille.

Je reste devant la glace un moment, passe la main partout. Ma peau est saine, pourtant...

J'entre dans l'eau avec bonheur. Elle est tiède et je ferme les yeux en enfonçant la tête dessous.

Je pense à cette femme. Elle était à moitié nue dans cette robe décolletée si courte.

Les gens ne se rendent-ils pas compte qu'en s'exposant ainsi ils sont vulnérables ? Le vice possède une odeur, la pire de toutes peut-être.

Je me frotte la peau avec la pierre ponce jusqu'à ce qu'elle me brûle. Cette semaine nous allons tous nous purger pour nettoyer nos intestins. Joseph pleure beaucoup pendant ces cérémonies purificatrices.

Plus tard il comprendra.

Je sors de mon bain au bout d'un long moment et me rince plusieurs fois la bouche avec un désinfectant.

En bas, j'entends Betsy s'affairer dans sa cuisine, et de la cour m'arrivent des bruits de voix. Je regarde par la fenêtre et vois le couple jouer avec le gosse et le chien. Puis l'homme prend sa femme par les épaules et l'embrasse d'une manière impudique comme s'ils étaient seuls.

Mon bain ne m'a pas calmé, je suis en colère et ce que je viens de voir n'y est pas étranger.

S'embrasser ainsi devant Betsy !

Je m'habille et redescends dans le séjour. Betsy fait cuire des pommes de terre et bat des œufs.

– C'est pour eux ?

– Oui.

– Fais voir.

L'odeur des aliments cuits me lève le cœur.

La plupart du temps nous mangeons de la salade, du soja, des galettes de blé bouilli.

Le médecin de l'école des filles a eu le culot de dire un jour que ce n'était pas une nourriture suffisante pour des adolescents.

Il n'a pas recommencé.

– Attends, dis-je à Betsy.

Elle s'immobilise et on se regarde un moment sans rien dire. Puis son visage se plisse.

– Laisse-les, murmure-t-elle.

– Tu as vu la femme, tu les as vus s'embrasser ?

– Oui. Mais je suis si fatiguée.

– Et le gosse qui a pissé contre la barrière ? Où se croient-ils ?

– Ils sont jeunes...

Son visage se défait et des larmes jaillissent de ses yeux comme si on avait soudain ouvert une vanne. Elles coulent silencieusement sans qu'elle cherche à les retenir ou à les essuyer. Elles dégoulinent le long de ses joues, sur son menton, et ce spectacle m'exaspère.

– Fais comme tu veux ! Continue comme ça et tu vas bientôt leur ressembler !

Elle prend un essuie-tout, y enfouit son visage et sanglote en silence.

Je remonte dans notre chambre, me déshabille et m'allonge sur notre lit.

La porte de la cuisine grince quand Betsy sort apporter leur nourriture à nos hôtes.

Je les entends s'exclamer et remercier ma femme. Leur chien aboie autour d'eux ; ça fait une cacophonie épouvantable et je me bouche les oreilles.

Comme lorsque mon père tonnait contre les impies et les décadents : « Tous ces misérables qui en prennent à leur aise avec notre Créateur ! »

Je ne comprenais pas toujours de qui il parlait.

Dieu fasse que ces gens partent très vite !

***

Mardi, 10 h

– Bonjour, sergent, je m'appelle Sandra Khan, je suis journaliste et j'ai rendez-vous avec votre capitaine.

Le flic relève la tête et me considère de derrière son comptoir.

– Journaliste ?

Du même ton que : « Lépreuse ? »

– Oui, du *San Francisco News*, votre chef est au courant.

Il se gratte la tête et relève son ceinturon sur ses seize mois de grossesse.

– Par ici, lâche-t-il d'un air dégoûté.

Je lui emboîte le pas jusqu'au bureau de son chef.

– Chef, c'est la journaliste.

– Ça va.

J'entre, et je me trouve devant King Kong.

Sa tête est enfoncée dans les épaules et part en pain de sucre vers le haut. Il a des yeux petits et rapprochés, tellement injectés de sang qu'on n'aperçoit plus leur couleur. Sa bouche sans lèvres est projetée en avant et son nez est réduit à deux trous.

– Asseyez-vous, coasse-t-il.

– Merci.

Il se renverse dans son fauteuil qui grince d'une manière déchirante, et me toise.

– Journaliste, hein ? Reportage sur la faune, sur la flore ? Oui ?

– Mon patron vous a téléphoné, dis-je avec le sourire le plus charmant de mon répertoire.

– Ouais... mais j'ai pas compris...

– Au sujet des disparitions.

Il avance le museau.

– Des disparitions ? De quoi ?

– Chef, vous n'allez pas me faire croire que vous n'êtes pas au courant. Je sens la moutarde me monter au nez.

Deux familles, un couple de jeunes gens... ça ne vous dit rien ?

– Ah... renifle-t-il, ça ! Mais vous avez trois trains de retard ! L'affaire est classée !

– Et résolue ?

Il pince les lèvres.

– En quoi ça vous regarde ? Vous êtes du FBI ? Ils sont venus et repartis. Ça devrait vous suffire.

– Pas vraiment. Il semblerait qu'on n'ait pas trouvé le ou les coupables ; ça peut recommencer, vous ne croyez pas ?

– Le couple de drogués s'est paumé dans le désert et s'est fait bouffer par les coyotes, quant aux autres y z'ont abandonné pour la bonne raison qu'on n'a pas retrouvé un lacet de chaussure. Pas de corps, pas de *corpus delicti.* Vous savez ça ?

– C'est tout ce que ça vous fait ?

– Ça ne devrait pas ?

La porte s'ouvre derrière moi et le flic du comptoir entre et s'adosse au mur.

– Y sont marrants, chef, les journaleux, vous trouvez pas ? Y z'arrivent quand la fête est finie !

– Tu l'as dit, bouffi ! se marre l'australopithèque.

Je me retourne et le regarde d'un air mauvais.

– Parce que pour vous c'est fini ? Huit personnes disparaissent en moins de deux ans, mais c'est normal ? Tout baigne ?

– Écoutez, ma p'tite dame, des gens comme vous on en a eu à plus savoir où les mettre ; et puis y sont repartis chez eux écrire leurs petits articles... et vous savez quoi ? Y nous ont pas vraiment arrangés... et j'ai pas envie qu'ça recommence ! Alors, vous allez reprendre votre petite voiture, vos petites valises et vous tirer là d'où vous venez...

– Dois-je comprendre que vous refusez de collaborer avec la presse, capitaine ?

J'ai dû y mettre trois litres d'acide, dans ma phrase, parce qu'il se fabrique un long silence.

– J'en ai rien à foutre des pédés de Frisco !

J'ai envie de lui coller ma main sur la gueule, mais outre le fait qu'il doit peser cinquante kilos de plus que moi, il est flic.

– Comme vous voudrez ; je ferai donc mon enquête sans vous. Ça va sûrement beaucoup plaire à mon patron...

– Vous savez c'que j'lui dis à vot' patron ?

J'arrondis les lèvres d'un air dégoûté.

– Pas sûr que je sache, mais je vais m'en priver. Merci encore de votre accueil, capitaine...

Je sors, bouillonnante de rage. Je me suis plantée dans les grandes largeurs.

Dans un trou comme ce Boulder je ne ferai pas un pas sans tomber sur ces échappés du zoo. Ils vont me tailler des croupières.

Le soleil cogne sur mon crâne comme un dingue, et je me précipite dans le premier bar venu.

Il est vide, comme la rue principale de ce pays de merde. Comme les crânes de ces péquenots de merde !

– Vous désirez ?

Je fixe d'un air féroce le gars qui me pose la question à l'abri de sa pompe à bière.

Mais il est souriant et a un air gentil.

– Heu... une bière.

Il me la tire et la pose gracieusement devant moi.

Il est précieux et délicat. Qu'est-ce que ce pauvre type fait ici ?

– Vous êtes d'ici ? demandé-je en avalant goulûment ma bière.

Il secoue la tête.

– Non.

– Et c'est bien, ici ?

Il écarquille les yeux.

– Bien ? c'est juste un cran au-dessus de l'enfer !

– Alors pourquoi vous restez ?

– J'ai un bon job. Le patron est vieux et me laisse la responsabilité de l'affaire. Le plus dur, c'est le samedi.

– Pourquoi ?

Il hausse les épaules et se tire une bière.

– Parce qu'ils viennent tous en ville se défouler. Faut voir ça !

– Et vous êtes tout seul à servir ?

– Non, j'ai un type qui m'aide les vendredis et samedis. Comme il est costaud, les autres en ont peur. Vous êtes de passage ?

– Je suis journaliste à San Francisco, je viens pour une enquête.

– Ah, San Francisco ! dit-il d'un ton rêveur. Quel genre, votre enquête ?

– Sur les disparitions de l'été dernier.

Il hausse les épaules dans un mouvement peu viril. Avec une telle allure il doit s'en prendre plein la tête dans ce patelin !

– On ne les a jamais retrouvés ; notez qu'ils n'ont pas fait grand-chose pour. Ici, c'est comme dans *Les Dents de la mer*, ils sont pas près de reconnaître qu'il y a un requin bouffeur !

Il a l'air de les adorer, les gens du coin.

– Tiens, qu'est-ce qu'il a ce cabot ?

Je me retourne et je vois un chien planté devant la porte, langue pendante et en piteux état.

– Vous le connaissez ?

Il secoue la tête.

– Jamais vu.

– En tout cas, il a l'air épuisé et assoiffé. Vous pouvez me donner un bol d'eau ?

Il tire de l'eau fraîche du robinet et me tend une petite cuvette. Le chien a suivi nos gestes et remue la queue quand je m'approche de lui.

– Bois, mon beau.

C'est un grand chien clair, un Labrador ; il paraît plutôt en forme malgré son épuisement, mais je remarque du sang sur sa cuisse. Je m'accroupis près de lui.

– Il est blessé !

Le barman sort de son comptoir et me rejoint.

– On dirait. Une bagarre, sans doute.

– Ça ressemble plutôt à une large coupure.

– Peut-être.

Le chien vide l'écuelle avec avidité et pose sa tête sur ma main.

– Gentil... Tiens, il a une médaille. On va savoir à qui il est. « Rusty »... ah, zut !... le reste est effacé. Regardez, vous voyez quelque chose ?... il y a un numéro de téléphone...

– Oui, mais on ne voit rien, dit le barman penché sur la médaille.

Le chien gémit et se lèche la cuisse. Je regarde de plus près. Il n'y a pas que la peau d'entamée, la viande aussi. Je frissonne.

– Il y a un vétérinaire dans le coin ?

– À côté. La boutique au coin de la rue. Docteur Turney, un brave type. Ils sont pas nombreux ici, ajoute-t-il.

– Bon, j'y vais, dis-je en saisissant le chien au collier. Je vous paye tout de suite ou en revenant ?

– Tout à l'heure ! À mon avis, on est appelé à se revoir !

Effectivement le Dr Turney est un brave type. Tout au moins avec les bêtes.

– Eh ben, mon pauvre vieux, qu'est-ce qui t'est arrivé ? Il est à vous ?

– Non, je l'ai vu dans la rue, je lui ai donné à boire et je vous l'ai amené.

Le chien remue la queue quand le vétérinaire se penche pour l'examiner.

– Ben dis donc, t'es un brave zig, toi, tes maîtres doivent être gentils ! Avec quoi t'as été touché, mon gars ? Bon, je vais le recoudre, c'est pas bien grave. Mais il va falloir t'endormir, mon vieux. Vous voulez m'aider à le mettre sur la table ? Oh, t'es un gros pépère, toi !

Je l'aide à mettre Rusty sur la table et reste près du chien à le caresser.

– Vous aimez les chiens ? me demande Turney.

C'est un grand mince, dans la petite quarantaine, grosses lunettes et regard vif. Il me plaît bien.

– J'aime tout ce qui vit, et particulièrement les chiens.

– Bravo. Bon, une petite piqûre et bonsoir. Si vous craignez de ne pas supporter la réparation vous pouvez attendre à côté.

– Non, ça ira, ne vous en faites pas.

Il recoud soigneusement la plaie, pendant que Rusty dort, son bout de langue dehors.

– Voilà, dans quelques jours ce ne sera plus qu'un souvenir. On va le descendre et le mettre dans une cage en attendant qu'il se réveille.

Rusty ronfle pendant que le toubib l'installe sur une couverture.

– Bon, combien je vous dois, docteur ?

Il me regarde un bref instant.

– Je prends la main-d'œuvre à ma charge. Payez l'anesthésie et les antibiotiques : quarante dollars.

– Merci, c'est gentil à vous.

– Non, c'est gentil à vous. Mais qu'est-ce que vous allez en faire ?

Évidemment. Je me vois mal cavaler avec Rusty en bandoulière.

– Je ne sais pas. Si on mettait une annonce ?

– Pourquoi pas ? Je m'en charge. Je le garderai en attendant.

– Je vous paierai une pension.

– On verra ça. Vous êtes pour quelque temps chez nous ?

Je le regarde avec un sourire étonné.

– Ah bon, parce que vous savez que je ne suis pas d'ici ?

Il rit, et son rire est lumineux.

– Pas la peine d'être grand clerc pour s'apercevoir que vous venez d'ailleurs.

– Ah ? San Francisco... Je suis journaliste et suis venue enquêter sur les gens qui ont disparu l'an dernier.

Il hoche la tête.

– Ça va pas être du gâteau.

– Je m'en suis aperçue. Qu'est-ce qu'ils ont ici, ils sont timides ?

Il hausse les épaules.

– Ils pensent que toute l'Amérique les considère comme des ploucs, et ils se méfient particulièrement des gens des villes. Alors, si vous dites San Francisco, pour eux c'est Sodome et Gomorrhe.

– Oui. Bon, au revoir, docteur, je repasserai un peu plus tard. Prenez bien soin de Rusty.

– Ne vous en faites pas, il va être si bien qu'il va se croire au Métropole.

– Au fait, c'est là où je suis descendue, si vous avez besoin de quelque chose, je m'appelle Sandra Khan.

– Oh, j'aurais demandé la belle rousse de Frisco, je ne pouvais pas vous manquer.

On se quitte et je retourne au bar.

– Alors ? me demande le barman.

– Ce n'est rien, il l'a recousu. Très bien, ce toubib, vous aviez raison.

– Je vous l'ai dit. Au fait, je m'appelle Harold.

– Sandra. Ravie, dis-je en lui tendant la main.

– Je vous offre une autre bière, me propose mon nouveau copain.

À ce moment, deux gus en tricot de corps kaki et pantalon treillis de l'armée entrent et vont s'accouder au comptoir. Ils me jettent un coup d'œil au passage et ricanent.

– Eh, mon joli, tu nous sers deux bières pression ? dit le plus grand.

Harold me lance un coup d'œil et tire deux bières.

– Dis donc, mon chou, j't'ai pas dit qu'c'était pour une cérémonie, j'veux pas d' faux-col !

Harold essuie la mousse sur le haut du verre avec une languette de bois et claque les deux verres sur le comptoir. Il regarde le type dans les yeux.

– Je m'appelle Harold, et « mon chou » et « mon joli », c'est pour mes intimes. Et j'en ai pas beaucoup.

Les deux types restent une seconde médusés et enfin s'esclaffent.

– T'es drôlement susceptible, « mon chou », c'est pas' qu'y a une dame ?

Ils se retournent vers moi et me reluquent de haut en bas.

Je ne porte pourtant pas des fringues à la Marilyn : pantalon large de toile légère, chemise ample, sandales, pas de quoi s'émoustiller.

– Si vous cherchez la bagarre, dit Harold, revenez donc ce soir.

– Pourquoi, ton jules sera là ? demande celui qui jusque-là est resté silencieux.

Je vois la main d'Harold glisser sous le comptoir ; les deux autres aussi l'ont remarqué. Ils se redressent sur leur tabouret, leurs mains se crispent sur la rambarde de bois, et je me lève.

S'il y a bagarre, Harold aura besoin de toutes les bonnes volontés.

Le temps suspend son vol jusqu'à ce que la porte s'ouvre de nouveau C'est le livreur de bière.

– Hé, patron, c'est ouvert derrière ?

Le silence se défige, et on jette tous un coup d'œil vers le nouvel arrivant.

– Oui, allez-y.

Les deux gars se regardent et sifflent leur verre sans ajouter un mot. Puis ils se lèvent et se dirigent vers la porte. Au moment de sortir, le plus bavard balance :

– C'est bien, « mon chou », tu t'es trouvé une copine !

La porte se referme sur leurs rires, et on se regarde, Harold et moi.

– Vous avez compris ? C'est ça sans arrêt.

– Pourquoi vous restez ? Vous pourriez faire la même chose ailleurs.

Il hausse les épaules.

– Toujours ailleurs. Je n'aime pas les villes, j'y étouffe. Je suis un gars de la campagne. Je suis né de l'autre côté des montagnes Rocheuses, près de Cheyenne...

– Mais avec votre mode de vie...

Il me regarde et on se comprend.

– Je sais. À Cheyenne j'avais un ami. Il voulait se rapprocher de la Californie. On a fait une première étape ici, mais il a pas tenu, il est parti tenter sa chance ailleurs ; moi, j'ai pas eu le courage.

– Moi, c'est de rester ici que je n'aurais pas le courage. Bon, je vous laisse, Harold, merci pour le verre.

– Merci du coup de main.

– Quel coup de main ?

– Pour ces deux types. J'ai compris que je n'étais pas tout seul.

Je sors en pensant qu'en une heure je me suis fait trois copains en comptant Rusty, et deux ennemis. La moyenne est bonne.

***

Je range ma voiture sur le parking de la banque. Pas à ma place habituelle parce que quelqu'un l'a prise.

Sur la façade de la mairie le thermomètre indique 105° F.

En dépit de cette canicule je tremble des pieds à la tête sans pouvoir m'arrêter.

La nuit a été effroyable. J'ai l'impression que ma peau est poisseuse malgré tous mes efforts pour la récurer.

Quand je suis parti ce matin, les filles n'étaient pas encore revenues de leur neuvaine.

Betsy ne disait rien, mais son regard me fuyait.

Je n'ai pas essayé de la convaincre car j'étais trop fatigué, et de toute façon je sais que Betsy me comprend au fond de son cœur.

N'empêche, cette nuit, ça m'a semblé plus dur que d'habitude.

La pensée de mon père m'a beaucoup aidé. Surtout quand il a fallu s'occuper de la femme.

Betsy n'avait pas voulu monter et je lui en voulais car j'aurais bien eu besoin d'elle.

Pour lui, ça a été facile. Sous l'emprise du somnifère versé dans la tisane que Betsy leur avait préparée, il a à peine réagi au premier coup porté et est mort aussitôt.

Pour elle, ce fut différent. Elle n'avait peut-être pas bu beaucoup de tisane, et leur fils, pas du tout, m'a-t-il semblé.

Elle s'est réveillée au moment où je fendais la tête de son époux et m'a fixé comme une démente. Cependant, dans un réflexe incroyable, elle a sauté du lit et s'est jetée en travers de la couche de son enfant qui ne dormait pas loin.

Elle poussait des hurlements et son fils, réveillé en sursaut, y a joint les siens avant même d'avoir vu son père qui se vidait dans son lit.

Dans la cour, leur cabot faisait un raffut terrible et j'entendais Betsy lui courir après.

La femme s'est dressée et a fait front quand je me suis approché d'elle.

Sa chemise de nuit était courte et transparente.

Elle s'est tue brusquement et a empoigné son fils qu'elle a tenu serré contre elle. Il pleurait à gros sanglots dans son cou.

L'odeur de sang me donnait la nausée, mais on restait à se fixer, la femme et moi.

– Ne le touchez pas ! murmura-t-elle. Faites de moi ce que vous voulez, mais épargnez mon fils...

Pourquoi l'aurais-je épargné ?

Les yeux exorbités, elle essayait de gagner la porte de la chambre.

En bas, le chien continuait de hurler.

Je me suis avancé encore : elle a alors posé son fils sur le lit et a relevé complètement sa chemise.

– Si c'est ça que vous voulez, allez-y.

Je suffoquai, et c'est à ce moment-là que ma grande colère m'a pris.

J'avais le cœur et les tempes qui battaient, de la salive plein la bouche et une infâme lourdeur au ventre.

– Faites de moi ce que vous voulez, a-t-elle répété, alors que son fils s'étouffait à pleurer.

– Faites-le taire !

Elle s'est tournée vers lui et l'a enlacé, et je n'ai pu éviter de voir la courbe de ses fesses.

– Tais-toi, mon chéri, tais-toi, va rejoindre Rusty, va te promener avec lui, mon chéri. Tu l'entends, il t'appelle, Rusty.

Je me rapprochai encore et elle se redressa.

– Laissez-le rejoindre son chien, m'implora-t-elle.

– Pas la peine, le chien aussi va mourir.

Le gosse dut m'entendre car ses sanglots redoublèrent.

– Laissez-le partir, supplia-t-elle encore. Tuez-moi, mais épargnez-le !

Cette femme avait un sacré sang-froid, et j'aurais bien aimé que Betsy soit comme elle.

Je crois qu'à la façon dont je la regardai elle comprit qu'elle n'avait rien à espérer d'une quelconque faiblesse, et que ses minauderies me laissaient froid, car elle se jeta sur moi toutes griffes dehors.

Je ne sais pas comment j'ai échappé à son assaut, mais au moment où elle allait me déchirer, j'ai asséné ma hache qui l'a prise à la base de la tête – la soulevant littéralement de terre – en écrasant tout ce qui s'y trouvait et qui éclata sous l'impact.

Mais elle n'était pas morte, malgré sa tête à moitié tranchée, et ses mains tentèrent encore de s'accrocher à mes jambes.

À ce moment-là son fils s'est jeté sur moi et je l'ai abattu du même coup que celui que j'avais porté à sa mère.

Il est tombé sur elle et je crois qu'ils sont morts ensemble.

Ensuite Betsy est venue m'aider pour débarrasser les corps et tout nettoyer.

– Et le chien ? ai-je demandé en me penchant par la fenêtre.

– Je l'ai eu.

– Tu en es sûre ?

– Oui.

– Bon, alors où est-il ?

Elle désigna le désert du bras.

– Il est allé crever par là, je l'ai vu se traîner.

– Et s'il n'était pas mort et qu'il revienne ?

– Avec les tripes à l'air ? Et les chacals ?

Je haussai les épaules parce que j'avais un sale travail qui m'attendait et que la nuit était déjà bien avancée.

On a enveloppé les trois corps dans de vieux draps et on les a portés dans notre van.

Les draps furent vite détrempés et je dus les renforcer de feuilles de plastique.

– Où vas-tu t'en débarrasser ?

– Dans le ravin.

– Elle était drôlement belle, a ajouté ma femme avant que je referme le linceul. Tu ne t'en serais pas servi ?

– C'est à moi que tu demandes ça !

Elle a haussé les épaules et est retournée vers la maison. Sur le seuil, elle m'a demandé :

– Et leur voiture ?

– Comme d'habitude. Je l'amènerai tout de suite après dans la grotte. Récupère leurs effets et mets-y le feu. Brûle aussi les travellers-chèques, ne garde que les espèces, tu as compris, pas de bijoux !

Elle n'a pas répondu et a claqué la porte sur elle.

Un de ces jours il faudra aussi que je m'en occupe.

***

Mercredi, 8 h 30

Le téléphone me réveille alors que j'ai l'impression de m'être juste endormie.

– Allô ? dis-je d'une voix ensommeillée.

– Encore au lit !

Je mets quelques secondes à reconnaître la voix de mon seigneur et maître.

– Bonjour, patron.

– Bonjour. On t'a coupé le téléphone ?

– Je n'avais rien de neuf à vous annoncer, marmonné-je.

– C'est bien ce que je te reproche. Tu te crois en vacances ?

– Venez donc faire un tour par ici, vous verrez si c'est une villégiature, réponds-je d'un ton aigre.

– Oh, excuse, princesse, la prochaine fois je te trouverai un boulot aux Bahamas. À part ça ?

– À part ça on est très aimé ici, ils sont très coopératifs. Particulièrement les flics.

– Je m'en fous, je veux des résultats ! Je paye pas mes reporters pour qu'ils se prélassent dans leur lit !

– Il est huit heures et demie, protesté-je en consultant ma montre, vous avez entendu parler des droits des travailleurs ?

Je l'entends grincer à l'autre bout.

– Écoute, ma petite Sandra, tu as quinze jours pour me rapporter du neuf et du sensationnel, et même si tu dois travailler vingt-quatre heures par jour, je m'en tape !

– Je suis là depuis deux jours et j'en ai déjà marre ! C'est le patelin le plus plouc qui existe ! l'Amérique profonde, vous voyez ce que je veux dire ?

– M'en fous ! qu'est-ce que t'as trouvé ?

– Un chien.

– Un chien !

– Oui, blessé, je l'ai amené chez le véto.

– Bravo, il y a justement un poste libre aux chiens écrasés.

– J'ai fait aussi ami-ami avec un barman et le vétérinaire.

– Tu te fous de moi ?

– Non. Le shérif ressemble à King Kong et son adjoint à une vache, en beaucoup plus moche. Les disparitions, ils ne veulent plus en entendre parler. Personne, d'ailleurs. Ils vivent à l'écart du monde et tout ce qui les intéresse c'est le fric des gens qui passent par là avant d'aller le dépenser à Vegas. Autrement dit, tout ce qui pourrait déranger leur tourisme leur file des boutons. Vous avez vu *Les Dents de la mer* ?

– Quoi ?

– Le film de Spielberg. Eh ben, c'est pareil. Pas de vagues, pas de publicité, même s'ils doivent enterrer eux-mêmes les cadavres.

– C'est là où ton talent intervient.

– Il faut plus que du talent, il me faudrait la gégène pour les faire parler.

– Je t'en envoie une !

– La barbe ! laissez-moi travailler à mon rythme, le barman en question en a gros sur la patate des gens d'ici, peut-être qu'il pourra m'aider.

– Fais comme tu veux, mais vite. Tes papiers doivent passer en même temps que...

– Je sais. Je vous rappelle bientôt, dis-je en raccrochant.

Inutile d'essayer de me rendormir, d'ailleurs je n'ai plus sommeil. Je commande mon petit déjeuner et me prépare en attendant.

À neuf heures un quart je suis au poste de police, et c'est un autre flic qui me reçoit.

– Je voudrais voir le capitaine.

– Il est pas là.

Ce flic est moins moche que l'autre, mais aussi peu aimable. Doivent avoir des liens de famille.

– Bon, alors, est-ce que je pourrais avoir accès aux dossiers concernant les disparitions des touristes de l'an dernier, demandé-je en exhibant ma carte de presse. J'ai déjà vu votre capitaine, il me connaît.

– Je sais.

– Tant mieux.

– J'ai pas d'ordre là-dessus.

– Sur une affaire qui n'a pas été classée la presse a un droit de regard.

Il me regarde par en dessous.

– J'sais pas qui les a.

Il fait chaud dans le poste, et à l'autre bout du comptoir un petit vieux nous écoute en se marrant.

– Vous pouvez vous renseigner ? insisté-je.

– J'ai du travail, marmonne-t-il.

Bon, je sais. Mike Hammer l'aurait déjà saisi par les revers de sa chemise mouillée et l'aurait soulevé par-dessus le comptoir. Mais on n'est pas chez Mickey Spillane.

À ce moment, son collègue de l'autre jour pousse la porte et ne peut s'empêcher de sourire vilainement en m'apercevant.

– Encore elle !

– Vous risquez de me voir souvent, tout au moins tant que je n'aurai pas pris connaissance des dossiers. C'est mon droit, et je suis journaliste judiciaire.

Le petit vieux, à l'autre bout, ricane un peu trop fort, et le flic fait volte-face.

– Qu'esse-tu veux, toi ! aboie-t-il.

L'autre se recroqueville et dégage dans la foulée.

– Qu'est-ce qu'il foutait là ? demande-t-il à son collègue.

– J'sais pas. Tu le connais, c'est un vieux cinglé ! Il a une bicoque à Dam, un vrai trou à rats !

– Et alors ?

– Y dit qu'il a entendu gueuler un clébard toute la nuit.

– Et alors ?

L'autre hausse les épaules.

– C'est tout. J'lui ai dit de tirer d'ssus si y r'commençait.

Mon ami le ruminant se tourne vers moi.

– Vous êtes bien jolie pour faire un métier aussi merdique. On vous a dit que vous ressembliez à une chanteuse ? Barbra Streisand, je crois qu'elle s'appelle... vous préféreriez pas vous baigner à la piscine de votre bel hôtel ?

– Si. Mais on ne me paye pas pour prendre des bains de soleil.

Il écarte les bras dans un geste d'impuissance, ce qui me permet de remarquer qu'il a les dessous de bras trempés.

Dur, le métier de flic !

– Vous vouliez quoi ? Les dossiers. Ah, dommage ! mais le FBI les a pris.

– J'imagine que vous en avez des doubles.

– Sûrement, mais faudrait demander ça au chef, et justement il est absent. C'est moi qui le remplace et j'sais pas où il les a fourrés.

– Vous n'avez pas d'archives, ici ?

– Oh, vous savez, nous on est des péquenots, on n'a pas grand-chose.

Les deux flics sont hilares.

– Vous n'êtes que trois pour une ville comme ça ?

– Ah, mais non ! Les autres sont en patrouille. Vous croyez qu'on se tourne les pouces ? Vous avez remarqué comme la ville est calme et tranquille ? On se croirait à la campagne. Et ça, c'est grâce à nous.

– Et les gens qui disparaissent, ça fait moins de bruit qu'une attaque de banque...

– Tout juste. Vous savez, on les retrouvera bien un jour, si vraiment ils ont disparu.

– Parce que vous n'en êtes pas convaincus ?

Il hausse à la fois sa bedaine et ses épaules.

– Qui peut savoir ? On est à la limite des réserves indiennes, ils s'en servent peut-être comme totems, dit-il avec un grand rire qui dévoile des maxillaires à la denture réduite.

– Peut-être. Ou alors ils ont été enlevés par des Martiens.

– P't'êt' bien.

Je soupire.

– Merci de votre aide, à bientôt.

Je croyais qu'il faisait chaud dans le poste, mais à côté de ce que je trouve sur le trottoir, c'était le cercle polaire.

Est-ce la chaleur qui liquéfie les cerveaux, ou faut-il avoir le cerveau déjà malade pour vivre ici ? Je regarde ma montre et décide d'aller rendre visite à Rusty.

Au moment où je vais traverser, je me sens tirée par la manche. Je me retourne et me trouve face au petit vieux du poste.

– Oui ?

– Vous êtes journaliste ?

Il zézaye parce qu'il n'a presque plus de dents, et postillonne en conséquence.

– Oui.

Sa face se plisse en une espèce de grimace qui pourrait être un sourire.

– J'pourrais vous parler ? Mais il fait soif.

– Vous voulez me parler de quoi ?

– On dirait que vous vous intéressez aux disparitions.

– Oui, vous savez quelque chose ?

– Vous m'offrez une bière ?

– D'accord.

J'hésite à l'amener chez Harold, et me décide pour un bar plus proche.

On s'installe à une table et je commande un café et une bière.

– Alors ?

Il m'arrête de la main et attend d'être servi et de boire sa bière. Ensuite il s'essuie la bouche du revers de la main, rote, et me regarde.

– C'est sûr que ces gens ont disparu... commence-t-il.

– En effet.

– Et pourquoi qu'ils les ont pas trouvés ?

– Je ne sais pas.

– Pas'qu'ici y's'tiennent comme les doigts d'une main,

explique-t-il en mimant le geste. Y sont plus ou moins cousins.

– Ah, bon. Vous croyez que c'est quelqu'un d'ici qui a fait le coup ?

Il me regarde :

– J'ai encore soif.

– D'accord ; et je recommande une bière.

Il boit son verre en une lampée, s'essuie la bouche du revers de la main et rote.

On peut continuer.

– J'ai retrouvé une poupée d'enfant dans le désert.

– Dans le désert ?

Il secoue la tête.

– Le désert, ça rend tout un jour ou l'autre.

– Oui ?

– Seulement, y a jamais de gosse qui se promène seul dans le désert.

– C'est vrai...

– Donc, cette gosse, elle avait des parents.

– Sûrement.

– Et qu'est-ce qu'y sont devenus ? continue-t-il en se fendant d'un sourire édenté.

– Ils sont repartis avec leur enfant pour continuer leur voyage...

– P't'êt, ou p't'êt pas, répond-il en m'arrosant.

– Vous avez une idée ?

– Ça donne soif !

– Après.

Il soupire.

– Ici, les loups se mangent pas entre eux.

– Pourquoi, il y a des loups ?

– Ça s'pourrait.

– La poupée, vous l'avez ?

– P't'êt ben.

– Qu'est-ce qu'il faudrait pour que vous la retrouviez ?

Il me regarde en réfléchissant.

– Un vélo.
– Un vélo ?
– Ouais. Le mien est mort et je suis obligé de me taper la route à pied depuis chez moi.
– Et vous habitez loin ?
– Une dizaine de milles...
– Bon, mais je veux la voir d'abord.
– On y va.

Il se lève dans la seconde et m'attend avec une sorte d'impatience pendant que je règle les consommations.

– Où est vot' voiture ?
– À l'hôtel.

On marche vers mon hôtel et je me demande si je suis en train de me faire avoir par ce vieil ivrogne qui va me fourguer une espèce de jouet qu'il a ramassé dans une décharge, ou si je tiens ma première piste.

Il saute dans la voiture avec aisance et on quitte la ville après qu'il m'a guidée.

Il fait moins chaud en roulant et je décapote. Mon compagnon s'amuse comme un gosse. Il laisse pendre sa main à l'extérieur pour sentir l'air glisser entre ses doigts.

Le désert est magnifique. Le sable est blanc, parcouru de lignes sombres qui sinuent.

– Serpents, précise le vieux en les désignant.
– Il y en a beaucoup ?
– Autant que les cheveux sur la tête d'un hippie !

On est une bonne vingtaine d'années plus tard que le mouvement du même nom, et les gens du coin ne s'en sont pas encore remis.

On roule une quinzaine de minutes et il me fait signe de m'arrêter.

– C'est là !

Il descend comme un jeune homme et je le vois disparaître derrière des buissons.

– Par ici !

Je le suis, et je tombe sur une baraque en bois, rafistolée de tôles et de bardeaux qui paraissent prêts à s'écrouler. On entre, et une odeur suffocante me prend à la gorge.

Ça sent la crasse réchauffée depuis des siècles, le poisson avarié et un pot-pourri d'étable.

– Voilà !

Et il me tend triomphalement une poupée en celluloïd. Je l'examine.

– Vous l'avez trouvée où ?

– Dans le désert, j'vous dis.

– Vous pourriez me montrer le lieu ?

Il me regarde d'un air matois.

– Et mon vélo ?

– Vous l'avez, dis-je, tout en me demandant comment il peut pédaler sous une chaleur pareille.

– Alors, on y va !

Ce vieux est monté sur ressort, avant que j'aie pu réfléchir il court déjà vers la voiture. On embarque et je démarre.

– C'est loin ?

– Non, et il me désigne du doigt un amas rocheux aux formes bizarres.

On a pris la voiture pour faire trois cents mètres.

On descend et je vais examiner l'endroit. Comme de bien entendu il n'y a que du sable et rien d'autre à part les fameux buissons qu'on voit cavaler dans tous les westerns.

– Il y avait autre chose ?

Il hausse les épaules.

– Peut-être qu'on retrouvera un jour, le désert avale et recrache, c'est toujours comme ça.

– Vous n'avez rien remarqué d'autre ? Comme un trou, quelque chose qu'on aurait voulu cacher ? une tombe ?

Il secoue la tête.

– Bon, eh bien on s'en va, dis-je.

Je le ramène devant chez lui.

– Pour la poupée ? je demande alors qu'il saute à terre.

– Je vous l'apporte à votre hôtel. Vous aurez le vélo ?

Je l'imagine au Métropole.

– Oh, on sera plus tranquille pour l'échange chez un ami. Vous connaissez le bar d'Harold ?

– La tante ?

– Heu... c'est ça.

– Ouais.

– Cet après-midi ?

– J'y serai, trois heures. Le vélo, rouge, n'oubliez pas.

– Entendu.

Il repart en sautillant sans se retourner et je fais demi-tour.

Qu'est-ce que va dire Woody quand je vais lui présenter la facture d'un vélo rouge ?

Et cette poupée, c'est à qui ?

***

Le shérif Rossard entra dans son bureau en se grattant l'entrejambe.

Depuis qu'ils avaient collé du polyamide dans les uniformes, il était perpétuellement irrité.

Et ce foutu climatiseur qu'était en panne et que la mairie promettait toujours de changer !

Pas la peine que la belle-sœur du maire soit sa nièce.

Il se laissa choir dans son fauteuil qui gémit comme à son habitude, tandis qu'entrait son adjoint Ross.

Rossard et Ross. Comme cul et chemise.

C'est ce qu'avait confié son second adjoint, Palmer, qu'était pas d'ici, au livreur d'eau qui lui avait répété.

Rossard s'en foutait. Palmer serait depuis longtemps retourné dans ses foutues prairies texanes que lui, Rossard, l'aurait oublié.

– Quoi de neuf ?

Ross haussa les épaules et remonta son ceinturon en reniflant.

– Un accident sur la 93. Deux blessés. C'est les gars d'Arden qui s'en occupent. Une bagarre chez Bradford, hier soir. Pitt s'est retrouvé à l'hosto avec le nez de travers.

– Tant mieux, c'était pourquoi ?

– Une histoire de cul !

Le shérif haussa les épaules.

– C'est tout ?

– La journaliste est venue ce matin demander les dossiers, tu sais quoi ?

– Qu'est-ce t'as dit ?

– Qu'on les avait pas, qu'c'était le FBI.

– Bon. Elle commence à m'courir, celle-là !

– Pas grave, elle va se tirer. Si tu donnes pas d'cadavres à bouffer aux charognards, y s'envolent !

– Ouais. Comment tu la trouves ? demanda-t-il à Ross avec un clin d'œil sanglant.

– Baisante. J'me la tirerais bien dans un coin.

– M'a l'air plutôt bêcheuse...

– Ouais, n'empêche qu'elle peut aimer, ou pas. Dans les deux cas ce serait bonnard.

– Explique-toi.

– Si elle aime, elle nous fout la paix, si elle aime pas, el' s't'irera !

L'idée fit rire le shérif et lui plissa les yeux qu'il avait plantés, comme son grand-père le babouin, très près du nez.

– T'sais qu't'es plein d'idées !

– En plus, rigola Ross, j'demande pas d'heures supplémentaires !

Leurs éclats de rire attirèrent l'attention de Palmer. Tant que Ross serait là, lui, Palmer, pourrait se brosser pour l'avancement ! Dans ce bled pourri, le mérite se mesurait aux liens du sang.

Il repensa à la journaliste. Est-ce que son intérêt était de l'aider ? Il n'y croyait pas. De plus, les deux singes gardaient toutes les affaires par-devers eux.

Palmer, depuis un an qu'il était là, n'avait jamais eu connaissance de ces foutus dossiers de disparitions. Il avait beau être brigadier, on le traitait comme une quelconque bleusaille. Ç'aurait pourtant pas été mal qu'il mette son nez là-dedans.

Il avait vite compris que les touristes étaient une marchandise trop précieuse pour risquer qu'elle s'envole. C'était pour ça que l'affaire avait été enterrée à peine elle avait vu le jour. Même le FBI avait mis les pouces. En plus, c'était juste tombé au moment de l'attentat d'Oklahoma City.

Ils avaient d'autres chats à fouetter que de s'occuper de la prétendue disparition de touristes dans le désert. Fallait pas non plus trop énerver les Indiens des réserves, toujours prompts à s'enflammer.

N'empêche, il serait drôlement jouasse si ces deux pécores s'en prenaient plein la gueule.

– Il est dans la cour, me dit le Dr Turney.

– Il va bien ?

– Parfait. Il a mangé deux gamelles pleines ce matin.

Je souris et rejoins Rusty allongé à l'ombre d'un eucalyptus. Quand il me voit, il remue la queue et fait l'effort de se lever pour me faire la fête.

– Bravo, mon chien, bravo Rusty, t'as l'air en forme, mon gars !

On se cajole, on rigole pendant que je me demande ce que je vais faire de lui si l'annonce ne donne rien.

– Enfin, d'où tu viens ? C'est frustrant, tu sais ! Surtout que je vois à tes yeux que tu voudrais m'en raconter plein.

Rusty se frotte à moi et me lèche les mains.

– Et si je te lâchais et que je te suive, tu retrouverais ton chemin ?

– Peut-être. C'est le vétérinaire qui me répond du pas de sa porte. On a vu des animaux parcourir des centaines de milles pour rejoindre leur foyer. On n'a jamais compris comment ils faisaient pour se repérer. On a pensé aux étoiles, au magnétisme des pôles, au flair, mais souvent ils étaient venus en voiture et repartaient à pattes... on a encore beaucoup à apprendre...

– En tout cas, ça m'arrangerait bien que Rusty possède cet instinct. Je me vois mal le ramener à Frisco avec mon boulot. Surtout que j'envisageais de retourner à Boston.

Le véto s'agenouille à côté de nous.

– Vous êtes d'où, en fin de compte ? L'Est, l'Ouest ?

– En fin de compte, New-York. Mais j'ai vécu longtemps à Boston, et là je suis arrivée à Frisco... parce qu'on me proposait un poste intéressant.

– Le vrai globe-trotter, raille Turney.

– Oui. Mais s'il y a une chose dont je suis certaine, c'est que je ne viendrai jamais m'installer ici.

Turney rigole.

– J'ai eu cette sensation pendant deux ans, quand j'ai repris le cabinet du Dr Douglas ; après, j'ai dû m'y habituer. Vous savez, ajoute-t-il devant mon air incrédule, quand on travaille douze heures par jour, on n'a plus beaucoup le temps de penser.

– C'est ce qui a dû arriver aux habitants.

– Quel est votre problème ? Vous voulez boire quelque chose ?

– Avec plaisir !

Je m'assois, tandis que Rusty pose sa tête sur ma cuisse en fermant les yeux.

Il revient avec deux verres et un broc de citronnade glacée.

– Alors, c'est quoi ?

– Comme je vous ai dit, je suis chargée par mon journal d'enquêter sur les disparitions de touristes qui se sont produites l'an dernier. On a étouffé l'affaire et mon patron voudrait comprendre pourquoi.

– Question d'intérêt.

– Ça, je l'avais compris. Mais ça ne me semble pas suffisant. Huit personnes, ça fait désordre.

– Vous savez le nombre de disparitions inexpliquées dans le pays durant l'année écoulée ?

– OK. C'est autre chose. Ici, un couple et deux familles s'évanouissent dans la nature, on ne retrouve rien d'eux, et ça n'alerte personne ?

– Ouais, ça peut paraître bizarre, surtout à quelqu'un qui vient de la ville, sourit-il.

– Je ne comprends pas.

– Ici, ils ont une règle d'or : on lave son linge sale en famille. On n'a même pas de salle de tribunal parce qu'on n'en a pas besoin. S'il y a litige et qu'il arrive sur la place publique, les gens vont à Arden ou à Henderson où ils trouveront un juge. Le shérif est Dieu et Ross est son prophète, et, ma foi, ça marche pas mal. On a certainement une des villes les plus calmes du comté.

J'ai vu Rossard l'an dernier virer deux voyous à coups de savate et leur faire descendre la rue principale jusqu'à la sortie de la ville. Les gens étaient sur les trottoirs et l'encourageaient. J'aime mieux vous dire que les voyous, on ne les a pas revus.

– La loi de Lynch ?

Il hoche la tête.

– Vous savez comment les gens nomment leur région ? Le cul du Diable. On est tout près de la Vallée de la

Mort, et tous ont des histoires effrayantes à vous raconter sur ce qui s'y passe parfois.

– Quoi, par exemple ?

Il hausse les épaules.

– Justement, des gens qui disparaissent ; des campeurs, des routards. On est à deux cent quatre-vingt-six milles de Los Angeles, mais ça pourrait être de l'autre côté de la lune, ce serait pareil.

Le Dr Bertram, mon homologue pour les humains, me racontait qu'il n'y a pas si longtemps, les gens se mariaient entre cousins germains, oncle et nièce, jusqu'à ce qu'ils comprennent que si les cas de mongolisme ou autres maladies génétiques étaient plus fréquentes ici qu'ailleurs, ça provenait de la consanguinité. Entre la population de Frisco, Les Anges, et celle de Boulder, il y a autant de différence qu'entre vous et un Bantou.

– Vous n'exagérez pas un peu ?

– Si, mais c'est pour vous faire comprendre. Les gens d'ici se méfient beaucoup des autres. Ils ont un peu le complexe de Massada.

Je le regarde, interloquée.

– Vous ne savez pas ce que c'est ?

– Si, mais je m'étonne que vous, vous le sachiez.

Il a un geste vague.

Avant de faire médecine, j'ai beaucoup étudié la théologie, particulièrement l'Ancien Testament. Ils se conduisent comme les zélotes face à l'Empire romain.

– Bon, j'ai compris. N'empêche, dis-je en me levant, que je dois ramener quelque chose à mon patron. Les places de journaliste sont chères.

– Je souhaite que vous réussissiez. On a besoin que quelqu'un désensable les mentalités.

– Ça, c'est pas mon problème, je ne suis pas venue faire une croisade. Tout ce que je veux, c'est comprendre comment et pourquoi ces gens ont disparu, et surtout pourquoi les indigènes deviennent nerveux dès qu'on en parle.

– Bonne chance, dit-il en me serrant la main. J'ai passé une annonce pour Rusty, mais ne vous en faites pas, même si on ne retrouve pas ses maîtres, je ne l'abandonnerai pas.

– Merci, à bientôt.

– Revenez voir Rusty quand vous voulez, me crie-t-il alors que je remonte en voiture.

Pourquoi pas ? Il est parmi ceux qui depuis mon arrivée m'ont témoigné le plus d'amitié.

Je démarre et me rends tout droit chez un marchand de cycles et matériel de jardin que j'ai aperçu plus tôt.

Il y a des bicyclettes en vitrine, mais je n'en vois pas de rouge.

J'entre et le carillon fait se retourner un homme en train de graisser une tondeuse.

– C'est pour quoi ?

Il ressemble à l'adjoint du shérif. Mêmes cheveux rares et filasse, même regard faux sous des paupières lourdes, même bedaine.

Bon, une histoire de cousin-cousine.

– Bonjour, je voudrais voir pour une bicyclette...

Il se redresse en s'essuyant les mains sur sa salopette qui a dû connaître beaucoup de gestes identiques.

– Ouais. Femme ou homme ?

– Homme, mais mixte serait peut-être mieux.

– Ah, ouais, mixte...

J'ai dû sortir une insanité.

– C'est pour un vieux monsieur, expliqué-je.

Il va vers le portable où sont enfilés les vélos et je le suis.

– Vous en avez une rouge ?

– Une rouge ?

J'ai dû encore dire quelque chose de sale.

– Il en voudrait une rouge.

Il soupire, hausse les épaules, secoue la tête, et me toise.

– C'est pour un enfant ou un vieux ?

– Un vieux monsieur.

– Et y veut du rouge ?

– C'est combien, celle-là ? dis-je en désignant une marron-bordeaux.

Il regarde l'étiquette.

– Cent vingt-cinq dollars, et vous bénéficiez avant augmentation.

– Ah, bon. Vous êtes sûr de ne pas avoir plus rouge ?

Il ne se donne même pas la peine de me répondre.

– Bon, alors emballez-la-moi, je la prends.

Il la tire, vérifie les pneus, leur donne un coup d'air, essuie le cadre, les roues, enveloppe le tout dans du papier crépon, tout ça sans prononcer un mot ni me jeter un seul regard.

– Voilà. C'est vot' voiture là d'vant ?

– Oui.

Il charge le vélo en travers de la banquette arrière.

– J'vous l'attache ; vous allez loin ?

– Non, à côté.

Il revient et je le paye.

– Vous pourriez me faire une facture ?

– Une facture ?

Il doit se fatiguer s'il répète tout ce qu'on lui dit.

– Une facture... marmonne-t-il en jetant un coup d'œil significatif sur la tondeuse qu'il a abandonnée... Une facture... Sur ce bout de papier avec un tampon, ça ira ?

– Parfait. Merci.

Je sors avec la facture et rejoins ma voiture. Le type s'est planté sur le pas de sa porte, les poings sur les hanches, et me regarde partir en hochant la tête.

Ça n'a pas dû lui plaire le coup de la mixité.

J'ai juste le temps de me rendre à mon rendez-vous

chez Harold. D'ailleurs, quand j'y arrive mon petit vieux est déjà là, accoudé au bar devant une bière fraîche.

Quand il me voit, il saute de son tabouret et court vers la voiture. Il est excité comme un gosse.

– Elle est rouge ? crie-t-il alors que je l'aide à la descendre.

– Bien sûr.

On déballe sur le trottoir, et il regarde sans dire un mot l'objet de sa convoitise qui a le crépon rabattu sur les roues comme une femme qui sort de sa robe.

– Ben mazette, elle est chouette !

Je respire.

– Vous avez la poupée ?

Il la sort d'un sac qu'il avait sous sa veste.

– Voilà.

C'est bien elle. Mais je me demande si je ne viens pas d'avoir affaire à l'escroc le plus malin de Boulder City.

– Merci.

– Salut !

Et il monte à la volée sur son vélo et disparaît.

Harold arrive sur le pas de la porte en s'essuyant les mains.

– C'est quoi cette histoire ? me demande-t-il en souriant.

– Je viens de faire une affaire. Une poupée déglinguée contre un vélo neuf. Il a payé sa bière ?

Harold hausse les épaules.

– Quand vous verrez le vieil Anatole payer quelque chose, il tombera de la neige.

– Ah ? Vous croyez qu'il m'a eue ?

– Je ne sais pas ce que cette poupée représente pour vous, répond-il en haussant les épaules d'une façon très différente de celle d'un marine.

– C'est peut-être celle de la petite fille qui a disparu avec sa famille, lui confié-je.

– Pourquoi ?

– Il m'a dit l'avoir trouvée dans le désert, à côté de chez lui.

Harold hoche la tête.

– Il habite un coin perdu, y a juste une autre maison un peu plus loin, sinon, c'est la lune, là-bas. Dam, proprement dit, commence, comme vous avez pu le voir, quelques milles avant. Ça veut se croire résidentiel.

– Et ça ne l'est pas ?

– Vous savez, leur notion du résidentiel, c'est comme pour tout le reste, il n'y a qu'eux qui y croient. Disons, pour simplifier, que c'est pas les plus pauvres qui habitent là-bas, mais les commerçants, les gens comme ça. Et comment va Rusty ?

– Très bien. Je viens d'aller le voir et j'ai parlé avec le toubib. Il n'est pas très encourageant pour mon enquête.

– Il n'a pas tort, dit Harold en posant une bière devant moi sans que je lui aie demandé, ils lui en ont fait voir au début. Ils l'ont « testé », comme on dit.

– Ah bon ? et ça consiste en quoi ?

– À faire toutes sortes de vacheries aux nouveaux pour savoir jusqu'où ils tiendront.

– Charmant. À vous aussi ?

– Ouais, moi aussi. Si vous passez l'examen, après on vous fout la paix. Enfin, j'espère.

– Mais, dites-moi, je me penche vers lui, qu'est-ce qui vous retient vraiment ici ?

On se regarde, et je m'aperçois qu'il a de longs cils noirs bien fournis et une assez jolie bouche, si elle n'avait pas cette moue légèrement dédaigneuse affichée en permanence.

Il pousse un profond soupir.

– Si je vous le disais, vous ne me croiriez pas... Le désert ! Les jours de congé, je prends mon 4 x 4 et je roule pendant des heures dans les dunes, la rocaille, parfois même j'y passe la nuit, rien que pour voir le lever du soleil. Comment dire ? Ça sublime, ça rend propre.

– Parce que vous êtes sale ?

– Parfois je me sens sale, oui, et il baisse la tête.

J'avale ma bière qui me paraît soudain avoir un goût amer. La religion a encore frappé.

– Vous êtes catholique ?

Il acquiesce.

– D'une famille très pratiquante.

– Et ici, ils sont quoi ?

– De tout, mais avec conviction, pour ne pas dire fanatisme. Pour six mille habitants, vous avez, je crois, cinquante lieux de culte. Et ils n'ont pas intérêt à manquer un office.

– De mieux en mieux, soupiré-je, en espérant qu'ils aient oublié de construire une synagogue. Bon. Je vais continuer.

– Où vous dînez, ce soir ? me demande soudain Harold.

– Heu... je ne sais pas, au restaurant.

– Ça vous ferait plaisir de venir chez moi ? je fais bien la cuisine, vous savez. Et comme ça on se connaîtrait mieux.

– Pourquoi pas ?

– Vous n'imaginez pas ce que ça me fait de parler avec une femme comme vous... J'ai... j'ai l'impression de respirer à trois mille mètres !

– Mais vous pouvez quitter votre bar ?

– Le patron vient ce soir me remplacer parce que je me sens fatigué. Il en profitera pour recevoir ses cousins et ses oncles.

C'est sympa, la maison d'Harold. Elle est située dans le centre, entre un bar et une discothèque avec foule agitée. Mais j'imagine que cette animation lui convient.

Elle n'a pas d'étage et est plus longue que large. Il l'a arrangée avec un certain mauvais goût qu'on retrouve parfois chez les garçons homos qui confondent esthétique et kitsch.

– Installez-vous, je surveille ma poêle.

Il a la taille ceinte d'un grand tablier jaune et s'affaire comme une guêpe ventileuse.

– J'ai demandé à une amie de venir, la fille du maire. Elle est très chouette ! Servez-vous un verre, je suis à vous tout de suite !

Je colle des cubes de glace dans deux verres, verse du whisky dessus et lui tends le sien par-dessus le comptoir.

– Ça ne vous change pas de votre bar !

Il grille des oignons et des lardons en versant dessus une sauce brunâtre qui crépite en dégageant une épaisse fumée.

– Vous réalisez une expérience de chimie ?

À ce moment-là on sonne à la porte.

– Vous voulez bien aller ouvrir, ce doit être Mauren.

Je lui obéis et me trouve face à une jeune femme dans les vingt-deux, vingt-cinq ans, qui se tient toute raide sur le pas de la porte, une bouteille de vin enveloppée dans les mains.

– Entrez, invité-je, je suis Sandra. Je suppose que vous êtes Mauren ?

Elle acquiesce sans répondre, et Harold qui s'est sorti de ses fourneaux la serre contre lui.

– Oui, c'est mon adorable Mauren, roucoule-t-il, la femme de ma vie, comme je suis l'homme de la sienne ! Car, figurez-vous, chère Sandra, que nous sommes l'alibi l'un de l'autre.

– Comment ça ?

– J'aime les garçons, et Mauren, de son côté, préfère les filles.

– Pratique.

– Très, d'autant que dans ce pays arriéré vous avez intérêt à avoir une vie transparente.

J'opine. Harold croit-il à ce qu'il dit ?

Même le vieil Anatole n'est pas dupe. Faut dire que celui-là semble plus malin que les autres.

On s'installe dans le canapé et le fauteuil, et Harold joue les maîtresses de maison.

Mauren est jolie, avec cette réserve que l'on trouve encore en province chez certaines filles de bonne famille.

Elle a les pommettes hautes, des yeux sombres et écartés, des cheveux noirs raides et un teint mat qui la font ressembler à une Indienne.

À mon avis, une de ses ancêtres n'a pas eu le temps de former en rond son chariot au moment de la conquête de l'Ouest.

Harold est tout excité et nous raconte avec complaisance quelques aventures amoureuses avec des clients de passage.

– Vous ne pouvez pas imaginer l'hypocrisie des hommes mariés ! Devant leurs femmes, ils jouent les agressifs avec nous, et dès qu'elles ont disparu ils nous coincent en nous demandant des câlins !

Je sens le regard de Mauren sur moi et je tourne la tête.

Un gentil regard, ma foi, même un poil plus.

On passe à table et notre hôte nous explique sa recette typiquement Sud-Nevada.

Je n'écoute plus quand il évoque les intestins de serpent qu'il a achetés à un chasseur de ces charmantes bestioles, et qui font d'après lui, hachés menu, tout le charme du plat.

Mauren est assez silencieuse, d'ailleurs avec Harold elle n'a pas le choix.

– Je voudrais que vous enfonciez dans le sable les têtes des gens du coin, me lance-t-il alors que nous attaquons le dessert composé d'une pâte rouge et gélatineuse, parfumée, je pense, à la benzine, et agrémentée de pépites fondantes comme des écailles de crapaud.

Comment trouvez-vous ? me demande-t-il avec un sourire ravi.

– C'est original, je ne connaissais pas.

Et devant mon enthousiasme il me ressert une deuxième tranche de caoutchouc aux polymères.

– Pourquoi vous voudriez que je fasse ça ?

– Parce que ce sont des fumiers ! clame-t-il, de vrais fascistes ! et ce n'est pas Mauren qui les connaît de près par son père, qui me contredira. Hein, ma chérie ?

– Non.

Elle a la voix douce avec un léger accent chantant. Charmant, absolument charmant.

– Expliquez-vous.

Il semble hésiter, le prolixe Harold, et jette un coup d'œil sur sa voisine comme pour quêter un encouragement.

– Vous avez entendu parler des milices du Michigan, de l'Arizona, du Montana ? et d'autres coins ?

– Oui, comme tout le monde. Des mecs abrutis de bière et d'armes à feu qui sont persuadés que le monde entier en veut à l'Amérique, pourquoi ?

– Parce qu'il y en a une ici.

– Ah bon ? C'est nouveau... La Californie n'est pas normalement une terre de fanatiques.

– Vous n'êtes plus en Californie, mais dans le Nevada, me reprend Mauren d'une voix un peu tendue.

– Exact. Admettons, et en quoi ça vous concerne ?

– Ça nous concerne, répond Harold, à cause de ce que nous sommes, je veux dire Mauren et moi. Pour eux nous sommes des malades et avons à peine le droit de vivre. Quant au maire, je suis certain qu'il les connaît, ou même qu'il en fait partie.

– Qu'est-ce qui vous fait dire ça ?

– Dans un bar on entend plein de choses. Les gens ne se méfient pas quand ils ont un verre dans le nez.

– Bon, mais je ne suis pas Superman, je viens juste

faire une enquête sur des disparitions inexpliquées, rappelé-je.

– Et si ça avait un lien ?

– Je ne vois pas lequel, dis-je en faisant la moue. Ces dingues en veulent principalement à l'État. Ils assassinent bien quelques Noirs et quelques Juifs quand ils en ont l'occasion, mais des touristes...

– Écoutez, ici c'est un bouillon de sorcières. Ça grouille comme un nid de crotales à la saison des amours. Mais y a pas une tête qui dépasse du rang, sinon ils la tranchent !

Je me demande si Harold ne sombre pas un peu dans la paranoïa. Ça peut arriver quand on vit dans ce genre d'endroit qui vous oblige trop longtemps à cacher votre véritable nature.

– Je pense que, sorti des grandes métropoles, c'est partout pareil.

– Peut-être, admet-il, mais ici vous avez une dimension supplémentaire... Le désert.

Le désert ? Qu'est-ce qu'ils ont tous avec leur désert ? D'accord c'est beau, c'est propre, c'est pur. Les rochers se payent des silhouettes taillées dans l'étrange et le bizarre ; le soleil se joue Hollywood deux fois par jour, mais j'imagine qu'au bout d'un moment, on se lasse.

– Pourquoi le désert ?

– Parce que c'est l'infini ! l'inhumain, la démesure ! Personne n'est plus personne dans le désert ! On est du sable, on est poussière ! Devant le mont Waasa et ses 3 850 mètres d'à-pic, à quoi on ressemble ?

– C'est pareil pour l'Himalaya ou les Alpes, soupiré-je, c'est pas pour ça que les gens deviennent fous.

Il me regarde pensivement.

– Sandra a raison, intervient Mauren, on ne peut pas mettre tout sur le dos de la nature. Les hommes ont aussi leur responsabilité. Je crois que tu t'exaltes, Harold, achève-t-elle gentiment.

À croquer, cette fille !

Harold se renfrogne. Il relève brusquement la tête.

– J'ai peur, j'ai vraiment peur.

– Mais de quoi ?

– D'eux !

– Mais partez ! crié-je, impatientée. Je ne vois pas pourquoi vous auriez peur, mais si c'est le cas, le monde est vaste.

– Vous savez pourquoi j'ai peur ? Parce que justement je ne peux pas ou je ne veux pas partir. Ici, je connais mes ennemis, mais ailleurs ?

Bon, il est parano. Ça me rassure. Encore un peu et je tombais dans son délire.

Je me lève pour mettre la cafetière électrique en marche.

Harold est à table, la tête appuyée sur ses bras, et Mauren lui caresse doucement la nuque. Ces deux-là ont besoin de changer d'air.

On boit le café et je vois qu'Harold s'est calmé.

La fin de la soirée se passe en propos badins sur l'amour, le monde, d'où on vient et qu'est-ce qu'on mange ce soir ?

On prend congé, Mauren et moi, après force remerciements pour ce délicieux dîner.

– Vous êtes en voiture ? demandé-je.

– Oui, et vous ?

– Moi aussi.

Sacré progrès. Avant on raccompagnait chez elle la conquête de la soirée. À présent chacun s'enferme dans sa boîte à roues et au mieux on se suit à la queue leu leu. Ça tue le romantisme de fin de bal.

– Alors, à une autre fois, j'espère. Je loge au Métropole.

– Je sais, Harold me l'a dit. Mon père aussi.

– Votre père ?

– Harold ne vous a pas mise au courant ? C'est le maire.

– Et alors ? Il s'occupe aussi du logement des touristes ?

– Vous n'êtes pas une touriste classique pour la ville, Sandra, vous leur faites peur. Et à moi aussi. Mais pas pour les mêmes raisons.

Là-dessus elle me dépose un baiser sur les lèvres, remonte dans sa voiture et démarre sans un autre regard.

Et je ressemble à quoi, moi, plantée sur le trottoir avec mon air ahuri ?

***

Jeudi, 9 h

Le lendemain est un autre jour, c'est-à-dire qu'il est pareil.

Je me prépare rapidement dans la salle de bains, mais je ne sais pas à quoi.

Depuis que je suis arrivée, j'ai l'impression que chaque pas en avant me ramène deux pas en arrière.

À ce rythme je vais passer les fêtes du Kippour à faire des châteaux de sable.

Je prends la poupée et la considère attentivement comme si elle allait m'expliquer ce qui s'est passé pour sa jeune amie disparue.

Mais elle n'est pas plus bavarde sur son histoire que Rusty.

Soudain, je sursaute. Ce vieux fou d'Anatole n'est-il pas venu se plaindre à la police que des aboiements de chien l'avaient empêché de dormir ? Et si c'était Rusty, ce chien ? Bon, et même. Quel rapport entre une poupée abandonnée et un chien trouvé ?... On peut perdre une poupée en voyage, mais un chien ? Un chien ça peut s'échapper, ses maîtres l'abandonner... dans le désert ? Les ordures !

Pourtant Rusty, à part son extrême fatigue, semblait en parfaite santé. Pas un chien malheureux. Et gentil, pas craintif.

Je m'assois sur mon lit, le cerveau en ébullition.

Une poupée. Un chien. Tous les deux trouvés au même endroit ?

Est-ce que Rusty et la poupée pourraient appartenir à la même personne ? Peu probable. La poupée a visiblement longtemps séjourné dans le sable, et Rusty vient d'arriver. Je ne vois pas un labrador domestiqué comme lui survivre au milieu d'un des lieux les plus inhospitaliers du pays.

Première chose : aller voir Anatole et lui parler de Rusty.

Je commence à bien connaître la route et ralentis pour examiner les maisons quand je passe à Dam.

Effectivement, ce sont les mieux nantis qui habitent ici. Belles voitures et herbe tendre.

Mais l'aridité reprend ses droits à peine la dernière demeure dépassée.

Je reconnais de loin l'amas de rochers qui voisinent avec la baraque d'Anatole et me range sur le bas-côté.

Je traverse la haie d'épineux avec précaution et tombe sur le vieux forban occupé à siroter je ne sais quel liquide alcoolisé sous un soleil de plomb.

– Bonjour.

Il hoche seulement la tête.

– Tout va bien ? La bicyclette vous plaît ?

Il réopine sans cesser de téter.

Je m'approche avec un grand sourire et il me regarde arriver avec méfiance.

Il croit peut-être que je viens la lui reprendre.

– Anatole, quand j'étais au poste de police, vous disiez au brigadier que vous aviez été dérangé toute la nuit par des aboiements de chien, ce qui est inhabituel dans un tel coin et vous a intrigué, exact ?

Il a les yeux presque complètement fermés à cause de la brûlure du soleil ; son visage a la couleur d'un cul de babouin et ses lèvres ressemblent à de la toile émeri.

Il a fait le vœu de cuire ?

Il me regarde sans répondre, et je ne sais pas si c'est le biberon qu'il suce ou la chaleur infernale qui règne, qui lui assèche le cerveau.

Je repose ma question, et il soupire. Puis il se lève et se dirige vers l'intérieur. Je le suis, malgré l'odeur de tannerie dans laquelle on baigne. Qu'est-ce qu'il peut bien garder dans cette turne ?

Il n'a pas dû enlever ses fringues depuis la fin de la guerre de Corée et elles cassent en mille plis sur lui.

– Quel chien ? répond-il enfin.

– Vous vous êtes plaint d'un chien qui faisait du bruit, rappelez-vous... On était au poste de police ensemble.

– Ouais... l'aut' nuit...

À mon avis il doit se demander si je continue dans mes obsessions et si à présent il va pouvoir me fourguer un clébard contre une décapotable.

– Ouais... p't'êt bien.

– Ce chien, il était comment ?

Il hausse les épaules.

– Il faisait nuit, dit-il d'un air matois.

Bon, j'ai pigé, mais j'ai pris mes précautions ; et je sors de mon sac une bouteille de gin que je pose sur la table. Ses yeux s'arrondissent et ses lèvres miment la lampée qu'il se promet.

– J'me rappelle pas bien... assez grand, assez clair... poil ras...

Il me regarde par en dessous, de crainte d'en avoir trop dit.

C'est exact. J'ai mes renseignements.

– Merci, Anatole, et méfiez-vous du soleil, il tape dur, dis-je en m'esquivant avec un grand sourire.

Cette fois le four que je trouve en sortant m'évoque de verts pâturages comparé à ce que j'ai respiré chez Anatole.

Je remonte en voiture et fais demi-tour. Un break arrive à grande vitesse, ralentit et me dépasse. Le conducteur me regarde avec circonspection, jette un œil en direction de la baraque d'Anatole et accélère.

Pas bien aimable.

Je le suis, mais il va trop vite pour moi et je relâche l'accélérateur. D'ailleurs, ce mec, je m'en fous. Il n'aime peut-être pas les femmes au volant.

Arrivée à Boulder, je vais droit chez le Dr Turney. Comme d'habitude, il est en consultation et son assistante me fait entrer dans la cour où Rusty, toujours à l'ombre de son eucalyptus, joue avec un morceau de bois.

– Eh bien, mon gros, c'est la belle vie !

Il vient vers moi en se trémoussant avec son bâton en travers de la gueule.

Drôle de bâton qui plie au milieu.

Damned ! c'est un serpent ! Un putain de serpent noir encore vivant qui se tortille dans la mâchoire de ce gros ballot de Rusty.

– Turney ! arrivez !

Cinq secondes et il est là avec son assistante.

Je leur désigne Rusty qui secoue la tête avec bonheur, ce qui ne paraît pas tellement plaire à son jouet.

– Nom de Dieu ! s'exclame Turney, c'est une vipère-tigre !

Il se précipite dans son cabinet et en revient aussitôt avec une grande pince.

– Éloignez-vous ! nous crie-t-il.

Puis il s'efforce d'attraper la tête de la vipère, ce qui amuse beaucoup Rusty qui cavale joyeusement autour de l'arbre.

– Arrête, espèce de con !

Ce qui ne vexe pas du tout Rusty qui continue de gambader en jubilant.

Moi et l'assistante on regarde le manège la gorge serrée.

– C'est dangereux, ce serpent ? murmuré-je à l'assistante, comme si le serpent pouvait se vexer de ma question.

– Très. Un des pires du coin.

Enfin Turney, moins rapide mais plus futé que Rusty, parvient à pincer la tête de la vipère ; mais le cirque n'est pas fini, car Rusty croit que c'est un nouveau jeu et tire sur la vipère comme sur une corde.

– Venez m'aider ! hurle Turney.

On se réveille, et pendant que j'attrape Rusty, l'assistante lui décroche le serpent de la gueule.

Turney serre de toutes ses forces la tête de la vipère dans sa pince jusqu'à ce qu'on entende le bruit écœurant des os qui craquent.

Il rentre alors dans son cabinet et jette la vipère dans une poubelle.

On le rejoint avec Rusty. La cliente qu'il a abandonnée nous regarde d'un air ahuri, en se cramponnant à son perroquet sur la table.

Je trouve Turney aussi vert que l'oiseau.

– Excusez-moi encore une minute, dit-il à la dame, heu... je vais me laver les mains.

Il nous entraîne dans la cour et se laisse tomber sur une chaise. Il prend la gueule de Rusty dans ses mains et l'examine.

– Il n'a pas été mordu ?

Il hausse les épaules.

– S'il l'avait été, il ne serait plus debout. Je regarde

si par hasard il n'aurait pas des traces de venin sur les poils. Quelle sale bête !

– Mais c'est normal un serpent pareil dans une cour de maison ?

– Sûrement pas ! On est en pleine ville, ici. Et les serpents sont trop froussards pour s'aventurer si loin de leur habitat naturel.

– Alors ?

– Alors ? Alors, il n'est pas venu tout seul.

– Quoi ?

– Si Rusty n'avait pas joué avec, je l'aurais sûrement eu dans les pattes. Vous voyez l'effet sur la clientèle ? Le Dr Turney aime tellement les animaux qu'il élève des vipères tigre en liberté dans son cabinet !

Il fait signe à son assistante.

– Soyez gentille de rejoindre Mme Robert et dites-lui que j'arrive. Ne parlez surtout pas de ce qui vient de se passer. Si elle demande quelque chose, c'était une couleuvre, compris ?

– Oui, docteur.

On reste avec Rusty, qui, visiblement fatigué de ses facéties, somnole à nos pieds.

– Je venais justement parce qu'un vieux qui habite en dehors de Boulder a été dérangé il y a deux nuits par des aboiements de chien. J'ai pensé que ça pouvait être Rusty, et apparemment c'était lui.

– Ah, bon, il sait donc à qui il appartient ?

– Non. Il ne connaît pas Rusty. Ce que je veux dire, c'est que là-bas ce n'est pas un coin où se promener pour un chien citadin comme l'est Rusty.

– Oui...

– Et que probablement il s'est perdu, ou ses maîtres l'ont abandonné...

– Quels salauds... Où c'est ?

– Après Dam, en plein désert.

Turney hausse les épaules avec colère.

– Moi j'les foutrais en taule, ces gens-là !

– C'est ce même vieux qui a trouvé une poupée à côté de chez lui.

Turney me regarde sans comprendre.

– Ah ? Et quel rapport ?

– Justement, je ne sais pas. En plus cette poupée m'a coûté une bicyclette.

– Bien. Turney me regarde avec gentillesse. Ne vous en faites plus pour tout ça et protégez-vous si vous devez aller au soleil. Venez boire un verre ce soir, on en reparlera.

Il me raccompagne sans cesser de sourire. Mais son sourire est un peu forcé, je trouve.

– Alors, à ce soir.

Voilà. Quels progrès pour mon enquête ! Je me dirige vers le bar d'Harold.

Il y a du monde, et Harold qui m'aperçoit me fait signe de m'asseoir à une table.

Une serveuse s'amène et je commande des œufs avec des saucisses et des pommes de terre.

Je mange en regardant autour de moi, ce qui fait que je croise deux douzaines de regards.

Apparemment ils aiment les rousses, dans cette ville.

Ceux du bar sont à moitié tournés et ceux des tables me regardent franchement. Ça parle la bouche pleine et je replonge dans mon assiette.

Je sens la banquette en face de moi s'enfoncer et je relève la tête.

Un mec style vacher ou routier s'est assis à ma table et me fixe en souriant. Il est vêtu d'un maillot de corps et d'un treillis kaki, et coiffé d'une casquette de ranger de même couleur avec un écusson rouge et noir.

– Salut, me dit-il.

– Salut.

– Vous êtes de passage ?

Je repose ma fourchette avec le bout de saucisse qui

y est empalé. Je regarde en direction d'Harold et je vois qu'il nous observe de son bar et qu'il a la main sous le comptoir.

C'est bien ce que je craignais.

– Pas vous ?

– Moi, non, j'suis du coin.

– Vous avez de la chance, c'est un beau pays.

– Très beau, et on veut qu'il le reste.

Je hoche la tête d'un air compréhensif, car cet échange urbain a été accompagné de sourires.

– Et il risque de ne pas le rester ?

Il se secoue d'un air dubitatif.

– Y risque, si on fait pas attention.

– À quoi ?

– À pas se laisser emmerder par les pédés et les youpins de Frisco.

– Ah ? effectivement. Mais que viendraient-ils faire dans un bled aussi pourri ?

Il me regarde et son sourire s'efface. Moi je garde le mien. On ne sait jamais, je pourrais ne plus en avoir d'autres derrière. Il mâchonne je ne sais quoi, ou alors c'est un tic. De toute manière, ça l'enlaidit.

– Que puis-je faire pour vous ? demandé-je.

Il continue de mâchouiller et penche la tête de côté.

– V'seriez pas mal si vous aviez pas un blair en bec d'aigle.

– Vous ne seriez pas mal non plus si vous n'aviez pas une tête d'abruti, réponds-je.

Il pince les lèvres et soupire.

Comme nous conversons à voix haute, la suavité de notre dialogue n'a pas échappé aux autres.

Des coups d'œil exaspérés s'échangent, et je me dis que je suis assez mal embarquée, vu la tronche des gus.

La serveuse s'est rapprochée du comptoir et observe la scène avec une appréhension certaine.

Je me remets à manger, mais mon ranger me chope le bras.
– On n'aime pas les fouille-merde ici.
– Écoutez, mon bon, dis-je en posant ma fourchette, je ne sais pas ce que vous voulez, moi je suis ici pour une enquête qui ne devrait pas vous concerner.
– Tout ce qui concerne notre État nous concerne.
À ce moment apparaît l'adjoint du shérif. Il apprécie l'ambiance et se dirige vers ma table.
– Alors, on fait des histoires ? V'savez qu'j'peux vous arrêter pour trouble de l'ordre public.
– Tout ce qui est troublé en ce moment, sergent, c'est mon déjeuner, réponds-je.
Harold sort de derrière son comptoir et se rapproche.
– Qu'est-ce qu'il y a, sergent ?
L'autre le toise comme s'il venait de trouver un gros ver dans sa salade.
– Pas grand-chose, mon beau, à part que vous acceptez n'importe qui dans votre établissement et que si ça continue je serai obligé de le fermer.
Je me lève et tends mes poignets à cette grosse vache en uniforme.
– Vous avez des menottes ?
Il me contemple les mains, renifle, remonte son ceinturon qui comme à son habitude s'est réfugié sous sa bedaine... et sort une paire de menottes qu'il me passe aux poignets.
– Allez, en route, et faites pas d'histoires.
– Une seconde, vous m'arrêtez pour quoi ?
– Trouble de l'ordre public.
– Cette dame n'a rien fait, proteste courageusement mon chevalier blanc. Elle déjeunait et cet homme est venu lui parler, c'est tout.
L'homme en question se lève et se plante devant Harold qu'il domine d'une bonne tête.
– Qu'est-ce tu veux dire par là, ma poule ?

– Laissez tomber, Harold, on va éclaircir cette histoire au poste. Gardez mon déjeuner au chaud.

Le sergent attrape la chaîne des menottes et m'attire vers lui d'un coup sec.

– Vous aurez tout ce qu'y faut chez nous, dit-il avec un sourire de rat.

La voiture attend à la porte et il me pousse à l'arrière séparé des sièges avant par une grille.

Il met son gyrophare et démarre en fanfare sous les yeux des passants attroupés.

J'aime autant qu'il y ait des témoins à ce qui s'apparente de plus en plus à une arrestation arbitraire.

Bien que Frisco me semble sur une autre planète.

On arrive au poste et il m'entraîne assez durement devant son gorille de chef.

– Voilà, capitaine, cette femme faisait des histoires chez Spencer. Elle agressait un consommateur. Nous avons des témoins.

– Bien, bien, bien... sourit King Kong, qu'est-ce qui vous prend, ma p'tite dame, d'embêter les citoyens de Boulder ?

Je m'épargne la fatigue de répondre.

– C'est ennuyeux, ça, continue-t-il.

– Écoutez, capitaine, ménagez-vous par cette chaleur. Si vous avez quelque chose à me reprocher, vous devez m'exposer clairement les motifs ; en plus, je n'ai pas été officiellement avertie de mes droits, ce qui constitue un cas délibéré d'arbitraire.

– T'as pas dit la formule à la prévenue, Ross ? fait-il semblant de s'étonner.

– Si, capitaine. Je lui ai dit qu'elle avait le droit de garder le silence et que tout ce qu'elle dirait pourrait être retenu contre elle. C'est pas ça qu'y fallait dire ?

– Mais si, c'est tout à fait ça. Contente, madame... heu... Khan ? Khan... c'est d'où ça, à l'origine ?

– Mongol. Gengis Khan, vous avez entendu parler ? C'était mon aïeul.

Ross se marre, mais un regard de son chef l'arrête.

– Ah, ben on va vous garder un peu avec nous, histoire d'éclaircir cette affaire, s'pas ?

– Je voudrais appeler mon journal. J'ai droit à un coup de téléphone.

– Sûrement, mais c'est pas de chance parce que juste aujourd'hui on a des problèmes avec les lignes. Y a eu une tempête la nuit dernière dans le désert.

– Elle a été discrète, je n'ai rien entendu.

– C'était pas tout près. Bon, sergent, mettez madame Khan dans une cellule. Propre, hein, c'est une prisonnière de marque.

– Vous allez au-devant de gros ennuis, capitaine.

– Oui ? À cause de quoi ? J'ai le devoir de protéger ma ville contre les trublions. Vas-y, Ross, emmène madame la journaliste.

Ross me pousse devant lui et ouvre une cellule ni plus tarte ni mieux que n'importe laquelle. Au moins, j'y suis seule.

De derrière son comptoir, le flic de service qui m'a reçue la veille observe sans un mot.

Ross m'enlève mes menottes et claque la porte en ricanant. Je n'aime ni son regard, ni son ricanement.

Je m'assois sur la couchette et me frotte les poignets. Je suis dans le caca. Aucune illusion à se faire.

Ici, on est en dehors des circuits habituels. Le shérif et sa bande font exactement ce qu'ils veulent. Par je ne sais quelle faille du système policier et fédéral américain, ils ont bouclé une région qui vit en autarcie juridique. À Boulder, les lois édictées à Washington s'arrêtent contre les montagnes Rocheuses ou disparaissent dans le Grand Canyon.

Nous sommes encore à l'ère du Patriarche. Ce n'est

plus le puissant propriétaire terrien qui fait la loi, mais le shérif.

J'espère qu'Harold va réagir et appeler mon canard. Je ne sais plus si je lui ai dit lequel, et je suis secouée d'un coup de spleen.

Je repense à Turney et à sa vipère-tigre. Si on avait voulu le supprimer, on ne s'y serait pas pris autrement. Sans Rusty, il y avait de grandes chances.

J'essaie de comprendre. Quel est le rapport entre ces touristes disparus et la population de ce patelin visiblement complice de quelque chose ?

Ils sont tous plus ou moins cousins, a dit Turney, et alors ? On est quand même en Amérique, à trois heures de route de la cité la plus mythique de tout l'Ouest américain, à une heure de vol de Los Angeles, et six mille personnes ne peuvent pas se taire en même temps !

Les heures défilent, mais d'où je suis je ne vois rien de ce qui se passe dans le commissariat. Les cellules donnent dans un couloir séparé du poste par une solide porte. Je pourrais me faire étrangler ou violer en toute quiétude.

Et puis tout à coup la peur me prend. Pas la banale trouille, non, la frayeur intense, celle qui fait gargouiller les intestins et vous inonde d'une sale sueur.

Je regarde encore une fois ma montre. Ça fait trois heures que je suis là, et je n'ai aucune nouvelle de personne.

Bon Dieu de bois ! on ne peut quand même pas garder quelqu'un en prison sans motif ! Et mon avocat ? J'ai droit à un avocat.

Je me mets à hurler, et au bout d'une bonne dizaine de minutes Ross apparaît.

– Qu'est-ce qu'y a ?

– Je veux voir un avocat.

– Vous en aurez un.

– Quand ?

– Demain. Le chef s'en est occupé, mais justement, le seul qu'on ait ici est absent pour la journée. Mais sa femme a été prévenue, je crois.

– Je me fous de sa femme. Vous violez mes droits civiques ! hurlé-je.

Il me regarde en se marrant.

– Tant qu'c'est les droits civiques...

Et il retourne dans son bureau.

À six heures, il revient avec un plateau-repas.

– De la part de votre petit copain.

– Harold ? Où est-il ?

– J'sais pas. C'est sa serveuse qu'a apporté ça. Lui il est à son bar. Y serait peut-être venu si vous aviez de la barbe, mais là... Il part d'un grand rire en refermant la porte. Vous en faites pas, y a encore de vrais hommes dans le coin.

La nuit est tombée. Je n'ai pas pu toucher à mon repas. J'ai juste bu la citronnade tiédasse qui remplissait la carafe.

Je n'entends plus de bruit à l'extérieur.

Je m'apprête à entamer la première nuit de ma vie en cellule.

J'ai une trouille de tous les diables.

***

Je me suis disputé avec Betsy. J'ai même cru que j'allais la frapper.

Elle s'en est rendu compte et elle s'est arrêtée de crier. Elle a attrapé Joseph et elle est montée le coucher.

Depuis deux jours, ça ne va pas chez moi. Et je sais pourquoi : Betsy est jalouse de cette femme.

Comment s'appelait-elle déjà ? Sonia ?

Dieu m'en garde ! Et d'être accusé à tort me rend fou.

Croit-elle que j'ai pu oublier les commandements de mon père ?

Je monte dans la voiture et me dirige vers Boulder. Je veux demander au shérif Rossard s'il connaît cette femme que j'ai vue ce matin sortir de chez cet horrible Anatole qui aurait dû depuis longtemps crever dans sa crasse.

La nuit est belle, et comme toujours la magnificence du paysage m'apaise. Je respire avec délices l'air encore chaud et chargé de tous les mystères de la nuit.

L'image de la femme Connel revient me hanter et je la chasse avec colère.

On n'a pas retrouvé le chien et je m'inquiète de savoir où il est.

Les coyotes l'ont sûrement mangé, ou bien un de ces serpents capables d'avaler un agneau en une seule fois.

Je revois sous sa chemise légère la couleur ambrée de sa peau.

J'accélère pour sentir sur mon visage le vent léger qui court depuis si longtemps pour venir jusqu'à nous.

Dans le creux, j'aperçois déjà les lumières de Boulder et imagine le tohu-bohu de certaines de ses rues où notre jeunesse se perd.

Dieu merci, nos filles ont été prévenues.

Et ses seins.

Pour une fois, je regrette de n'avoir jamais voulu installer la radio à bord de nos voitures.

J'aimerais que la voix d'un de nos prêcheurs m'entraîne loin, très loin de ces visions que m'envoie le Diable.

Je m'arrête devant la maison de Rossard. On est cousins. Sa mère était la demi-sœur de la mienne.

Je descends et jette un œil par la fenêtre. Il est affalé dans un canapé défoncé que j'ai toujours connu chez eux. À l'éclat, je comprends qu'il regarde la télévision.

On n'a pas d'atomes crochus tous les deux. Mais on est cousins.

Je frappe et je pousse la porte. Il me regarde entrer sans se lever.

La télé est bruyante et il ne fait pas mine de la baisser.

– Bonsoir, Kurt.

– Salut...

Je vais tirer une chaise et m'installe en face de lui.

Il a la chemise et le pantalon ouverts, et son poitrail noir de poils déborde de partout.

Je ressens une vague nausée.

– Tu veux une bière ?

Il la propose pour m'embêter. Il sait que je ne bois jamais d'alcool.

– Non, merci.

Il se tourne vers la télévision et rit parce que c'est censé être une émission comique.

– Je ne te dérange pas ?

Il secoue la tête.

– Tu passes pour quoi ? demande-t-il sans me regarder.

– J'ai croisé ce matin une voiture de location avec une femme à bord. À mon avis, elle sortait de chez Anatole.

– Ouais ?

– Elle se dirigeait par ici, mais elle n'est pas du coin. Tu sais qui c'est ?

– Je devrais ?

– La voiture était immatriculée à Vegas. Une femme rousse avec des cheveux courts, légèrement frisés.

– Plutôt belle, hein ? ricane-t-il en me regardant.

– Je ne sais pas, dis-je en haussant les épaules.

– Alors, tu veux savoir quoi ?

– Je me demandais ce qu'elle faisait ici.

– Elle travaille pour un journal de Frisco, elle est venue faire une enquête.

– Ah, sur quoi ?

Il me lance un regard de côté et avale une grande lampée qui le fait roter.

Je fais une grimace. Sa maison sent mauvais. Jamais aérée, jamais nettoyée à fond.

Et lui, depuis que sa mère est morte, avec ses chemises défraîchies et ses pantalons tachés, qui mange n'importe quoi et boit comme un trou. Un vrai satrape !

– Tu veux rentrer dans la police ?

Je soupire.

– Je m'intéresse seulement à ma ville.

Il se lève, balance sa boîte de bière vide dans l'évier et en reprend une autre dans le réfrigérateur. Il l'ouvre, en ingurgite une gorgée, se frotte le ventre et pète en riant.

Je me lève brusquement, le feu aux joues.

– Bon, si tu ne veux rien me dire, je te laisse, dis-je sèchement.

Il se laisse tomber dans son canapé en faisant un geste obscène.

– Toujours ton foutu caractère, hein ? J'sais pas comment fait ta femme pour te supporter. Elle enquête sur les disparitions de touristes, achève-t-il.

Je suis à moitié tourné et je m'en félicite. Ce qu'il vient de me dire, je m'en doutais.

– Ah ? c'est pas tout neuf comme sujet... et je croyais que le FBI avait classé le dossier...

– Pas classé... en suspens... faut croire qu'ça intéresse les mange-merde des villes.

– Et qu'est-ce que tu vas faire ?

– Moi ? mais rien. À l'heure qu'il est, elle est en taule.

– En taule ? Pourquoi ?

– Trouble de l'ordre public. Mais dis donc, qu'est-ce tu lui veux à cette gonzesse ? Ta Betsy te suffit plus ?

Cet homme est un porc. Il pue la fange dans laquelle

il vit. Pourquoi Dieu a-t-Il insufflé Son souffle divin à une telle créature ?

Je le fixe avec mépris, mais il me retourne mon regard en ricanant.

– Tu veux les clés de sa cellule pour passer une heure avec elle ?

Je ne réponds pas et me dirige vers la porte.

– Hé ! me crie-t-il au moment où je sors, en quoi ça te concerne, ces disparitions ?

Je claque la porte derrière moi et regagne ma voiture.

Je bouillonne de rage. Dieu m'envoie trop d'épreuves !

Je me sens dans la plus effroyable des solitudes. Pire que celle de l'homme perdu en mer ou au sommet de la plus haute montagne.

Pire que celle de l'homme sans Dieu.

Des voisins de Rossard passent près de moi et me lancent un vague bonsoir.

Je les connais. Le père est client de la banque.

Un vicieux, toujours à faire d'horribles plaisanteries sur ma secrétaire. Un cynique et un débauché. Je réponds par un bref hochement de tête.

Ils s'éloignent et je respire l'odeur des sassafras qui bordent l'avenue.

Pourquoi Dieu ne s'est-il pas contenté de créer une nature sans hommes, sans animaux, sans cette vie horriblement organique qui pourrit tout ? Et moi, qui suis-je pour demander des comptes au Créateur ?

Mon père ne m'aurait-il pas assez flagellé, assez courbé sous son courroux !

Il est parti trop tôt. Il me manque.

***

Vendredi, 8 h 45

C'est un bruit affreux de ferraille qui se déchire qui me dresse en sursaut. Un navire de guerre qui s'ouvre en deux ?

Pas du tout. C'est l'ineffable Ross qui m'a réveillée en cognant les barreaux avec son bidule de caoutchouc plus dur que le teck.

– Alors, la nuit a été bonne ?

Je peux d'ici sentir l'odeur de son haleine et de sa peau. Il a dû dormir à côté, et la pensée de sa présence si proche cette nuit me colle un frisson rétrospectif.

Je me lève.

On se regarde en chiens de faïence, mais son foutu sourire se sèche enfin.

– V's'êtes libre, Miss.

Je ne réponds pas et désigne la serrure de la tête.

– Voilà, voilà...

Il déverrouille et se colle contre le chambranle. Comme il n'a ouvert la grille qu'à moitié, entre elle et lui il y a juste la place de passer un fax.

Je ne bouge pas et il s'écarte avec un soupir.

Je sors et me dirige vers le bureau de King Kong.

Dans le cendrier une croupe de mégots, et une montagne de boîtes de bière vides dans la corbeille indiquent la nuit dionysiaque qu'a dû passer le cher homme.

Il me rejoint en traînant le pas autant qu'il peut.

Il fuit mon regard pendant qu'il cherche les affaires qu'ils m'ont confisquées la veille.

– Voilà, si vous voulez vérifier...

Tout, jusqu'au dernier centime. Le rouge à lèvres, le carnet, le stylo. J'étale le contenu de ma besace sur le bureau et je contrôle en pointant soigneusement le bordereau d'entrée.

Je sens qu'il bout, et moi, au fur et à mesure, je me détends.

– Bon, tout a l'air d'y être. Merci pour la chambre ; parfait, si l'on considère les hôteliers… Je vais recommander votre établissement. À vous revoir, sergent. Juste une remarque, si vous permettez. Pour le service du petit déjeuner, mettez un tablier blanc, c'est plus gracieux.

Les premiers mots n'ont pas encore touché ses synapses que je suis dehors.

De l'air et du soleil ! quelques heures enfermée et je me joue le Masque de fer !

Il est tôt et les Boulderois s'éveillent. Je les imagine m'observant derrière leurs rideaux.

De toute façon ma voiture m'attend à vingt mètres. Délicate attention.

J'y monte, fais trois mètres et m'affale contre le trottoir. Je sors, intriguée. Trois pneus sont crevés.

Les Bouldériens qui passent jettent un bref regard sur mes pneus aplatis et détournent la tête.

Ma voiture est à deux mètres sur la chaussée. Elle y restera.

Je surprends derrière sa vitre l'œil bovin et le poil filasse de l'adjoint Ross.

Est-ce que l'intention est de lui ou d'un autre ?

Je marche vers mon hôtel et y arrive dix minutes plus tard.

Je réveille quasiment le veilleur de nuit qui ouvre des yeux comme des soucoupes en me voyant.

Apparemment, il croyait que je passerais à la chaise électrique.

– 425.

– Euh… excusez-moi, vos affaires ont été portées au 112.

– Pour quelle raison ?

Il a la grimace du môme surpris en train de piquer dans le porte-monnaie et qui voudrait détourner l'attention.

– Je ne sais pas, mademoiselle, je ne sais pas... ça ne vient pas de moi !

– Bon, alors la clé du 112.

Il me la tend avec une drôle de mine.

C'est quoi, la 112 ? Une cage suspendue en bambou ?

Presque. La chambre a la taille de la salle de bains de la 425, et la salle de bains celle du placard de l'entrée.

Et pour la vue, c'est un mur de ciment qui s'élève à deux mètres de la fenêtre et qui monte sur dix étages.

Je ne serai pas dérangée par le soleil.

Mes vêtements sont restés dans les valises, elles-mêmes posées debout au milieu de la pièce.

Je balance mon sac sur le lit, et les ouvre. Comme je le pensais, tout y a été fourré comme s'il y avait eu un incendie dans le couloir.

Tout ceci est très inamical.

Je me déshabille et entre dans la salle de bains. Pas propre. Même franchement crade à mon goût.

Elle n'a pas dû être nettoyée depuis l'avant-avant-dernier client.

Je décroche le téléphone.

– Allô, chambre 112. La salle de bains n'est pas opérationnelle...

– Pardon ?

– Je signale que même vous, vous ne vous y laveriez pas le trou de balle !

– Comment ?

– Écoutez, mon coco, je ne sais pas ce qui se passe dans cette turne et à qui je dois cette réception grandiose. Mais ce qui m'importe pour l'instant, c'est de prendre un bain pour nettoyer la crasse que votre bon Dieu de prison m'a laissée sur la couenne. Alors, deux solutions : ou vous me trouvez une salle de bains digne de ce nom, ou je descends à poil dans votre hall jusqu'à ce que vous m'en dégotiez une. *Fachstain ?*

– Comment ?

– C'est du yiddish. Ça demande si vous avez compris.
– Mais je n'ai personne...
– Alors, je descends.
– Non ! Attendez ! Je... je... je vous envoie quelqu'un prendre vos affaires et vous réintégrer dans votre ancienne chambre. Voyez-vous, en fin de compte, le client a prévenu qu'il arriverait plus tard...
– Quelle bonne idée ! J'y monte. Je veux mes affaires dans deux minutes. *Fachstain ?*
C'est bon de retrouver son chez-soi.
Je me fais couler un bain quand j'entends qu'on arrive avec mes valises. Je passe un œil et rencontre celui de la femme de chambre.
– Vous êtes gentille, vous accrochez tout comme vous avez trouvé, d'accord ?
– C'est pas moi, madame, begaye-t-elle, on m'a dit de vous changer de chambre très rapidement... C'est pas moi, excusez-moi.
– Parfait. Je vous laisse.
L'eau coule presque normalement, mais avant de me glisser dans le bonheur, j'ouvre la porte et roucoule à la chambrière :
– Vous seriez un ange de m'apporter très vite le plus gros breakfast que vous trouverez dans cette turne. *Fachstain-zé ?*
– Pardon, madame ?
– C'est du yiddish, vous savez ce que ça veut dire ?
– Non, madame.
– OK. Un immense petit déjeuner et *pronto ! capice ?*
– J'y vais, madame.
Où l'on voit que la langue de Dante est plus connue que celle de Shlomo Aleikhem dans le Nevada.

J'en suis à ma douzième tasse de café et à mon huitième petit pain, quand on frappe.
Je soupire, resserre la ceinture de mon peignoir-

éponge, et vais ouvrir, décidée à projeter dans l'escalier le premier Bouldérois qui viendrait m'emmerder.

C'est Mauren.

– Quelle surprise !

– Bonjour, je vous dérange ?

– Vous plaisantez, entrez donc ! Café ? Jus d'orange ? Muffins ? on m'a servie comme si j'étais trente-six.

Elle entre, refuse mes propositions, jette un œil autour d'elle et se laisse tomber dans le fauteuil.

– Vous êtes bien installée.

– Magnifiquement. Votre ville fait tout pour satisfaire les touristes, c'est réconfortant.

Je ne sais pas quoi penser de cette fille.

Elle est d'abord la fille de son père et sûrement la cousine ou la petite-nièce d'un de mes ennemis.

Elle me regarde sans piper, et je suis certaine de ne pas m'être trompée. Cette ravissante a du sang indien dans les veines.

Ça me la rendrait plutôt sympathique. Le western que je préfère est celui où Custer se prend une branlée. J'adore voir les Peaux-Rouges flanquer la pâtée aux culottes de peau. Hélas, c'est rare.

– Si je ne peux pas vous nourrir, que puis-je faire pour vous ?

Elle a un vague sourire.

– Je voudrais partir d'ici, lâche-t-elle enfin.

– Je ne peux pas vous le reprocher. Mais je ne suis que journaliste, pas agent de voyages.

Je sais que ce n'est pas aimable, mais depuis que je suis arrivée j'ai l'impression qu'à part les « Boulder-men » qui veulent me faire ma fête, les autres aimeraient me confier des missions impossibles.

– J'étouffe ici, et je ne parle pas du climat.

Elle me l'a murmuré, et moi je hoche la tête d'un air très bête.

Je soupire. Elle a une très jolie pose dans ce fauteuil.

– Qu'en pense votre père ?
– Mon père n'en sait rien.
– De quoi ?
– De tout.

OK. Cinq sur cinq. Amours particulières interdites de séjour à Boulder.

À voir la frime des gens du coin ce n'est pas étonnant. Doivent n'avoir qu'un lobe dans l'encéphale.

Elle relève la tête et nos regards se croisent. Ça fait un petit tilt et je re-soupire.

L'idée que cette séduisante jeune femme pourrait se servir de son charme pour me circonvenir m'effleure un instant.

– Écoutez, je compatis tout à fait à cette situation, mais comme vous avez pu le remarquer, je ne suis pas spécialement *persona grata* ici, et...

– Mon père et d'autres en savent long sur les disparitions.

Re-croisement de regards. Avec cette fois-ci autre chose dans le fond des mirettes. Style donnant-donnant.

– Ah ? réponds-je avec l'esprit d'à-propos que je me suis toujours connu. Des preuves ?

– Vous plaisantez. Le désert est plus efficace que le plus profond des abysses.

J'apprécie la tournure, mais, décidément, ils se montent un peu la tête avec leur grande plage.

– Qu'est-ce qui vous fait dire que votre père sait quelque chose ?

– Il contrôle tout ici.

– Ça, je m'en doutais un peu. Il protégerait quelqu'un du coin ?

– C'est une grande famille, Boulder. Quand un jeune part d'ici pour chercher fortune ailleurs, s'il est de bonne souche, la ville fait une petite fête d'adieu, vous voyez le genre. Le jeune en question a intérêt à revenir les poches cousues d'or, ou alors, honte à lui. En général ils reviennent, le plus souvent avec une femme de l'extérieur qui a cru trouver ici le paradis et qui habituellement tombe très vite en dépression.

Je hausse un sourcil en souriant.

– À vous entendre il n'y a pas de gens heureux ici...

– Si, ceux qui y sont nés.

– Et vous ?

– Moi, j'adore la vie, et ce n'est pas ici qu'elle est. Ici, c'est du toc. Fanfare et majorettes. On fête davantage les événements locaux que les fêtes nationales.

Je me lève et vais siroter une tasse de café froid. Comment Mauren peut-elle m'aider ? Même si elle sait des choses, je la vois mal témoigner contre son père. Et que lui donner en échange ?

– Pourquoi ne partez-vous pas ? Vegas est à trois heures de route et la côte à une heure et demie en avion.

– Ils m'empêcheraient, murmure-t-elle en baissant les yeux.

– Ils vous empêcheraient ? Mais qui ? Votre père ? Il me semble que vous avez l'âge de vous passer de son autorisation.

Elle ne répond pas, relève lentement la tête et me lance un de ces regards qui...

À ce moment le téléphone sonne et je vais décrocher.

– Allô ?

– Excusez-moi, répond une voix masculine, est-ce que ma fille est chez vous ?

– Votre fille ?

Mauren m'a entendue et se lève vivement. Elle paraît effrayée.

– ... Je ne sais pas, qui êtes vous ?

– James Rotkin, le maire de Boulder. Est-ce que ma fille est chez vous ?

– Oui.

– Dites-lui que je descends, dit Mauren déjà à la porte.

– Qu'est-ce que vous lui voulez ? dis-je alors que la porte se referme.

– Pourrait-on se voir ?

– Attendez-moi dix minutes et je descends.

– Non, non, à mon bureau à la mairie.

– Ah, je ne sais pas si je vais avoir le temps.

– J'aimerais autant, madame... Khan. Dans nos intérêts réciproques.

– Ah bon. Dans ce cas, je passerai dans l'après-midi.

– Je serai à mon bureau à partir de quatorze heures. À tout à l'heure.

On raccroche, lui avant moi.

Génial ! il n'y a pas un quart d'heure que Mauren est chez moi que déjà son père rapplique.

Je vais finir par les croire, Harold et elle, avec leur parano.

Je forme le numéro du canard, mais le préposé m'apprend que toutes les lignes sont occupées. Je réitère avec mon domicile, idem, ainsi que la fac où doit se trouver Nina à cette heure.

Encore une tempête de sable.

Je finis de me préparer mais au lieu de me maquiller, j'étale une crème protectrice sur mon visage. Si je reviens avec des coups de soleil, tous vont croire que j'ai pris des vacances.

Je me sens en pleine forme après ma nuit de convict. Rien de tel que la taule pour donner un joli teint.

Mauren aussi a un joli teint.

J'enfile une tunique et un bermuda avec des sandales de corde et descends dans le hall.

Le réceptionniste a changé. C'est l'attentif. Je pose ma clé sur le comptoir.

– Bonjour, beau jeune homme, qui a prévenu le maire que sa fille était chez moi ?

– Pardon ? me demande-t-il avec le sourire le plus faux de toute la commedia del' arte.

– Ah, bon, c'est vous.
– Comment ? Je ne vois pas...
– Pas grave, contentez-vous de balancer.

Je le laisse là-dessus, et je sais qu'au moment où je vais passer la porte tambour, il va se redresser, quitter son air patelin et téléphoner quelque part.

Je me dirige dans une ambiance de sauna jusqu'à un garage que j'ai aperçu pas très loin de l'hôtel.

L'asphalte colle aux semelles et les gens rasent les murs pour échapper au soleil.

J'imagine la température en plein désert et j'ai une pensée pour le vieil Anatole.

Le garage est plus frais, mais pue l'essence et l'huile, ce qui me colle immédiatement un début de migraine.

Un type est allongé sous une voiture dans la position classique du ventre offert.

– Bonjour, dis-je en m'approchant.
– Bonjour, gargouille-t-il de sous le châssis.

J'attends une minute et le type ressort sur son chariot.

– Qu'esse-ce sera ? me demande-t-il en m'examinant et en s'essuyant les mains.
– J'ai les pneus de ma voiture à changer.
– Les pneus ?
– Trois.
– Trois ?

Bon, un cousin du vendeur de vélo.

– Oui. Des 155 x 180, vous avez ?
– Qu'est-ce qui vous est arrivé ?
– Mauvaise route. Vous pouvez me faire ça maintenant ?
– Où est vot' voiture ?
– Un peu plus loin sur le strand. Devant le Métropole. Une Nissan décapotable.

Sa bouche se pince sous le maquillage cambouis, et il cesse de s'essuyer les mains, mais pas de me lorgner.

– J'vais pas avoir, lâche-t-il doucement.

– Deux, peut-être ? j'ai une roue de secours.
– J'vais pas avoir.
– Alors, combien de temps pour les commander ? Je me moque de la marque.
Il hausse les épaules et jette enfin son chiffon en secouant la tête.
– Ch'ais pas.
– Mais... quand vous avez besoin de pneus... à qui vous adressez-vous ?
Il me regarde par en dessous et revient vers son chariot glissé sous le châssis.
– Moi, j'en ai pas, cherchez ailleurs.
– Comment ? et ces pneus, là, c'est des jardinières de jardin ?
– C'est pas la taille, marmonne-t-il en se fourrant sous la bagnole.
Je vais vers la pyramide de pneus et regarde les dimensions.
155 x 180 dans trois marques différentes.
Je reviens vers le gus, me penche, et le tire par les jambes avec son chariot.
– Non, mais ça va pas ! éructe-t-il en se mettant debout.
Il est coléreux, cet homme.
– Écoutez, mon petit bonhomme, il y a chez vous au moins cinquante boudins qui me conviennent parfaitement. Alors, qu'en pensez-vous ?
– Y sont retenus.
– Par qui ?
– Mes clients.
On se toise. Il a une demi-tête de moins que moi et certainement pas les années de karaté que je me suis appuyées depuis ma prime jeunesse. Mais l'esthétique de la prison de Boulder me fait réfléchir.
– Bien, je vais voir un de vos concurrents.
– C'est ça.

Je ne peux pas croire qu'une ville entière se ligue contre moi.

J'entre dans une cabine téléphonique et appelle le loueur à Vegas.

– Salut, j'ai un problème avec la voiture. Trois pneus crevés et pas de possibilité pour les faire changer. Qu'est-ce que je fais ? Avez-vous un correspondant à Boulder City ?

– Ne quittez pas.

Je poireaute en plein soleil et je sens la sueur dégouliner de partout. J'ai de nouveau une pensée émue pour Woody.

– Allô, reprend une voix d'homme, vous avez un sacré problème avec la Nissan, c'est ça ?

– C'est ça.

– Notre correspondant à Boulder est le garage Mercer, à l'angle de Donovan et South. Demandez-lui de changer les pneus.

– Et s'il refuse ?

– Refuser ? mais pourquoi le ferait-il ?

– Je ne sais pas, les gens sont curieux ici.

– Allons, madame, vous plaisantez. Dites que c'est Avis de Las Vegas, et ça ira tout seul.

– Vous êtes qui, monsieur ?

– Phil Monrose, le directeur de l'agence.

– Bien, monsieur Monrose, je vous remercie. Et je raccroche.

Je demande à une passante l'adresse du garage.

– Par là, vous le voyez d'ici.

Effectivement. Je l'ai même vu de près. C'est l'aimable abruti qui m'a dit avoir tous ses pneus retenus.

Et c'est curieux, mais c'est juste à cause de cette histoire de pneus que tout à coup je me sens comme la guêpe dans la bouteille.

Vous savez, ce jeu qui amuse tellement nos charmants

bambins occupés à regarder crever l'insecte qui y croit encore.

Je décide de repasser à l'hôtel parce que je viens juste de me demander si la poupée d'Anatole y est toujours.

Elle y est. Cachée dans le fond de mon sac de voyage. Et de la retrouver recharge un peu mes batteries.

Je redescends pour voir le réceptionniste plonger derrière son comptoir.

Un timide, sans doute.

Ma voiture est au même endroit et je passe sans lui lancer un regard. Je me dirige vers le bar d'Harold, mais ce n'est pas mon jour car c'est un autre gars qui est à sa place.

– Bonjour, Harold n'est pas là ?

– L'est malade, me répond son remplaçant, un brun au regard insolent qui mâchonne un bout de cigarillo. Très classe.

– Depuis quand ?

Il hausse les épaules et donne un coup de torchon à son comptoir.

C'est la meilleure des combines quand on ne veut pas répondre.

– Vous savez s'il est chez lui ?

Dodelinement de tête avec re-haussement d'épaules. Ce qui dans toutes les langues du monde signifie : j'en sais rien et j'en ai rien à foutre !

– Merci, dis-je, et je repasse la porte.

J'aurais bien besoin de cette sacrée voiture pour me déplacer. Boulder s'étire en longueur et comme ils n'ont pas dû payer cher le mètre carré de terrain, ils en ont profité.

Assise sur un banc, je consulte mon plan. La rue d'Harold n'est pas tout près. À vue de nez une bonne demi-heure de marche. Température extérieure : celle de l'eau bouillante.

– On y va, dis-je en rajustant ma besace sur mon épaule qui est justement en train de se liquéfier.

Harold n'était pas chez lui, et j'ai maintenant envie d'entendre ce que le maire a à me dire.

Je reviens vers l'hôtel de ville dans un bus miraculeux qui est apparu au moment où j'allais m'allonger dans une flaque d'eau où se baignaient déjà trois moineaux. Mais j'étais décidée à m'imposer.

Au moins, il fait frais dans le hall. Tant mieux, parce que ça fait un quart d'heure que j'attends entre deux plantes vertes sous la surveillance d'une blonde qui suce son crayon.

Enfin elle décroche son téléphone et me fait signe.

– Monsieur le maire vous attend. Premier étage, bureau du fond. C'est marqué dessus.

Je remercie et m'engage dans le traditionnel escalier vaste et majestueux.

Je frappe à la porte et une voix m'invite à entrer.

C'est pas le maire. C'est la garde rapprochée. Maigre, moche, aigrie sans doute.

– Monsieur le maire m'at...

– Je sais, entrez, et elle me désigne de son long menton une porte derrière elle.

Il se lève à mon entrée.

Bel homme, si l'on aime les corpulents à cheveux de neige et au teint fleuri.

– Bonjour, asseyez-vous, je suis content que vous ayez pu venir, me dit-il aimablement en me désignant une chaise.

– Ravie, et je lui rends son sourire.

– Vous fumez ? me demande-t-il en poussant vers moi un étui en laque posé sur son bureau.

– Seulement quand la température grimpe au-dessus de 100° F.

Il me jette un coup d'œil par en dessous, pas très sûr d'avoir compris.

Il prend l'étui, allume soigneusement sa cigarette et en avale voluptueusement une bouffée.

– Excusez-moi, mais c'est la troisième de la journée. Je m'en accorde six. Et toujours accompagnées d'un moment de plaisir.

– Je suis flattée.

Il me regarde, puis se met à rire.

– Excellent.

Bon, son bureau est bien climatisé, sa cigarette sent bon, son sens de l'humour, merdique, et alors ?

– Vous vouliez me voir ?

Il me regarde comme si je venais de surgir devant lui.

– Oui, oui, oh, ce n'était pas urgent... C'est le shérif qui m'a parlé de vous... Le shérif Rossard, vous savez ? Il a fait une bourde et je voulais personnellement m'excuser... Mais vous savez comme sont les policiers... J'espère que vous ne garderez pas un trop mauvais souvenir de notre ville...

– Je n'en suis pas encore aux souvenirs, dis-je suavement. Pour le moment, je mène une enquête et je dois avouer qu'elle n'avance pas beaucoup.

– Oui, oui – il tire sur sa blonde comme si c'était un narguilé – le shérif m'en a parlé... Évidemment, ces faits sont consternants, mais qu'y pouvons-nous ? La police locale a fait son enquête, le FBI s'en est mêlé, sans résultat...

– C'est bien pour ça que je suis là.

– Évidemment, évidemment, mais que pouvez-vous trouver ? Sans mettre en doute votre talent, se rengorge-t-il, si les meilleurs policiers de cet État ont fait chou blanc, comme on dit vulgairement... Les faits sont maintenant anciens, et rien ne nous dit que ces gens n'ont pas changé d'avis au cours de leur voyage.

– Tous les huit ?

– Huit ? Oh, je parlais des familles. Les jeunes, vous savez aussi bien que moi qu'ils sont très fantaisistes, surtout quand ils se droguent. Moi, voyez-vous, je ne suis pas inquiet... j'ai vu tellement de choses... des projets abandonnés à cause d'une mauvaise dispute, le mari qui se sépare de sa femme, elle qui embarque ses enfants et s'en va... c'est tous les jours que l'on voit ça.

– Tous les jours, mais pas entre Boulder et Vegas, si ?

– Non, non, pas nécessairement, mais partout... d'autant que les familles de ces personnes n'ont pas semblé... Le désert est aussi dangereux qu'il est magnifique. Voyez-vous, chère amie, rien n'est plus trompeur que ces immensités qui se ressemblent tant si l'on n'est pas habitué. Une route qui mène vers une ville ou une autre identique qui se perd dans les sables... Il se peut qu'on retrouve un jour leur voiture dans un ravin et les malheureux desséchés par le soleil.

– Effectivement...

– C'est arrivé tellement de fois...

– Ah bon ?

– Oui. Les gens sont imprudents, on a beau les mettre en garde ils n'en font qu'à leur tête... c'est pareil en ski. Tous les ans il y a des accidents causés par l'imprudence. L'homme s'est toujours cru plus fort que la nature... et pourtant, c'est toujours elle qui gagne.

Ce personnage de sitcom commence sérieusement à me porter sur les nerfs.

– Mais rien ne s'oppose, n'est-ce pas, à ce que je mène ma propre enquête ?

Il appuie ses coudes sur la table et joint ses doigts en pyramide.

Aussi pratique que le coup du torchon sur le comptoir pour prendre de la distance.

Il pousse ses lèvres en avant, écarquille ses beaux sourcils très noirs, me considère, puis :

– Et qu'y gagneriez-vous ?

Voilà autre chose. Ce type est le maire d'un patelin d'où ont disparu plus d'une demi-douzaine de touristes, et il me demande ce que je gagnerais à découvrir pourquoi.

– D'abord, la considération de mon rédacteur en chef ; deusio, la satisfaction du devoir accompli, et tertio le châtiment du ou des coupables. Parce que, monsieur le maire, qui vous dit que ça ne va pas continuer ? Vous voulez qu'on compare Boulder au Triangle des Bermudes ?

Un infime sourire détend sa joue gauche. Oh, pas de quoi faire une ride.

– Voyez-vous, madame... (tiens, j'ai changé de statut) nous avons un défaut à Boulder, je le concède, nous aimons résoudre nos problèmes nous-mêmes.

– Et le FBI ?

– Ils l'ont compris, ils sont repartis.

On échange un long regard tous les deux, du genre : le premier qui dégaine a gagné.

Je regarde sur le mur derrière lui le portrait du président Clinton et je me demande pourquoi il est là, parce qu'il semblerait que dans l'esprit de ses habitants, Boulder ne fasse pas partie des États-Unis.

– Autre chose, chère madame, ma fille, Mauren, est une jeune femme... comment dire... fragile... qui vit dans un environnement très protégé par rapport à... disons... des femmes comme vous qui viennent de la grande ville et qui ne sont pas toujours à même de comprendre les problèmes particuliers des provinciaux... Je n'aimerais pas qu'elle se monte la tête sur telle ou telle chose... Sa mère et moi souhaitons pour elle une vie tranquille...

– Excusez-moi, mais en quoi la vie que vous espérez pour votre fille me concerne, monsieur le maire ?

– Mauren... comme toutes les jeunes filles de son âge, rêve peut-être, je ne sais pas, d'une vie... disons moins terne, quoiqu'elle en reviendra, j'en suis certain... Elle a déjà des relations, ici, avec certains que je déplore...

– Écoutez, monsieur le maire, j'ai été envoyée par le *San Francisco News* pour faire une enquête sur des disparitions qui se sont produites dans votre comté et qui n'ont pas à ce jour été élucidées. Je suis journaliste d'investigations et je ne m'occupe pas de la jeunesse romantique. Si votre fille est venue me voir, c'est à sa seule initiative, et j'ignore pourquoi. D'autre part, si vous avez tellement envie que je reparte, il serait plus sage de m'aider dans mon enquête comme le ferait tout responsable de n'importe quelle ville des États-Unis soucieux de la bonne réputation de sa ville.

– Je crois que je ne me suis pas bien fait comprendre, madame. Les journalistes, nous en avons eu plus que notre compte au moment où ces faits fâcheux se sont produits, et pas plus eux que la police n'ont fait avancer l'enquête. Je ne vous cacherai pas que votre présence parmi nous perturbe mes administrés, et ça, je ne le supporterai pas.

C'est lui qui a dégainé le premier. Je me lève.

– Ma voiture est immobilisée parce qu'un de vos administrés a cru amusant de me crever trois pneus. Un autre de vos administrés refuse de me les changer, pensez-vous que c'est le moyen idéal pour que je m'en aille ?

– Je ne sais rien de cette affaire, mais dites de ma part au garage Mercer de procéder à la réparation. La ville prend les frais à sa charge.

– C'est très aimable à vous.

Il se lève, fait le tour de son bureau, me prend par le bras et se dirige vers la porte.

– Je suis ravi que nous nous soyons compris ; croyez bien que ce n'est pas de la mauvaise volonté de notre part, mais les Bouldériens privilégient par-dessus tout leur tranquillité et leur indépendance. Notre police jouit d'une excellente réputation et si les coupables de ces disparitions peuvent être trouvés, ils le seront.

– Parfait... parfait. Autre chose, monsieur le maire, qu'en est-il de ces fameuses milices patriotiques ?

Il me toise comme si je venais de lui annoncer qu'on a retrouvé l'Atlantide.

– Excusez-moi, mais de quoi parlez-vous ?

– Entre autres de ceux qui se nomment les « fils de la Gestapo » et qui sévissent tout près d'ici, en Arizona.

– Je ne suis pas au courant, murmure-t-il avec un sourire vaseliné. Encore un fantasme des media ?

– Fantasme ? Et l'attentat contre le building du FBI perpétré le jour même de l'exécution de Richard Snell reconnu coupable de l'assassinat d'un policier noir et d'un commerçant juif ? Il était, je crois, natif du coin, ce Snell... ainsi que l'auteur présumé de l'attentat d'Oklahoma City, Tim McVeigh, son copain.

Il se force à rire.

– Je lis très peu les faits divers. Mais je ne vois pas le rapport.

– Le rapport ? Eh bien on pourrait penser que ces cinglés sont derrière ces assassinats.

– Mais pour quelle raison ?

– Je l'ignore, mais certains, ici, semblent penser qu'il pourrait y en avoir. Si ces touristes en se baladant avaient découvert quelque chose qu'ils n'auraient pas dû voir...

Il se force à rire.

– Chère madame, je commence à comprendre comment fonctionnent les journalistes. Quand il n'y a rien, ils inventent ! Bravo ! J'aimerais des collaborateurs comme vous auprès de moi. Quant à ceux qui vous ont parlé de ça, laissez-moi vous dire qu'ils se sont moqués de vous.

– Parce que vous niez l'existence de ces milices ? Pourtant il y a eu beaucoup de reportages et de rapports du FBI sur eux.

– Je ne les nie pas, simplement, je ne les connais pas.
On se toise encore un moment et j'ouvre la porte.
– J'espère que vous dites vrai, monsieur. Au revoir.
Il referme la porte sur moi, sans me répondre.

***

Entre Betsy et moi il semble que ça s'arrange.

C'est elle qui a persuadé les enfants d'accepter une purgation suivie d'un grand jeûne pour la semaine prochaine.

J'aimerais que nous soyons parfaits pour le jour de la Fête-Dieu.

Je crois que notre aînée, Anne-Marie, est pubère ou sur le point de le devenir. J'ai surpris des conciliabules secrets entre sa mère et elle, et des silences embarrassés lorsque j'apparaissais inopportunément.

C'est une jeune fille parfaite, et nous avons tout lieu d'en être fiers.

Elle ressemble beaucoup à ma mère, en plus fraîche, bien sûr. J'aime tenir ses doigts fins dans mes mains ou caresser sa chevelure dorée si parfumée... ou même la tenir serrée contre moi.

Anne-Marie a la grâce infuse et l'âme comme l'eau du torrent.

Mon épouse et moi savons les précautions que nous devrons prendre pour qu'elle ne soit jamais souillée.

Parfois, la pensée qu'un homme voudrait un jour...

J'aime penser à ma famille, même en ce moment où je dois subir la promiscuité de ce bar d'où je surveille le poste de police.

J'ai appris que la journaliste loge au Métropole et qu'elle a été convoquée par le maire.

James Rotkin est apparenté à la famille de Betsy par

ses beaux-parents et nous nous voyons parfois, pour telle ou telle fête familiale.

Le moins possible, car leur façon de se nourrir est vraiment écœurante.

Rossard est un imbécile et sous ses airs fanfarons, un poltron. C'est pourquoi je m'en méfie. Il ne fera rien qui nuise à ses intérêts, sauf peut-être pour protéger quelqu'un de sa famille. Enfin, souhaitons-le.

J'ai appris que le chien des... enfin le chien qui s'était échappé de chez nous a trouvé refuge chez Turney.

Ça ne m'étonne pas. Je n'ai jamais aimé cet homme. D'ailleurs, je n'aime pas les vétérinaires. Ils sont inutiles.

Je me lève pour saluer notre prêtre qui passe devant moi, et il me répond par un sourire faux.

Je n'aime pas non plus cet homme qui se nourrit d'idées subversives.

Nous avons discuté ensemble et je me suis aperçu que nous n'avions pas, et de loin, la même appréciation de la pureté. D'ailleurs j'ai conseillé à Betsy de changer les enfants de paroisse pour leur enseignement religieux, mais une absurde obligation de résidence nous en a empêchés.

Enfin j'aperçois Rossard qui quitte le poste et je sais qu'il ne reste que son adjoint Ross, éminemment détestable de vulgarité, mais que sa sottise et sa vanité rendent vulnérable.

J'attends que mon cousin s'éloigne dans sa voiture et je me dirige vers le poste.

Rien que la traversée de l'avenue me cuit la peau, et je cligne les yeux dans la blancheur du soleil.

Le policier de service me salue aimablement. Deux de ses collègues sont là qui discutent et ils me saluent aussi.

– Est-ce que je peux parler à l'adjoint Ross ?

Il jette un œil dans le bureau de Ross.

– Vous pouvez y aller, votre cousin vient juste de partir.

– Oh, c'est dommage, mais ce n'est pas grave, merci brigadier.

– À votre service.

J'entre dans le bureau de mon cousin où Ross est en train de téléphoner. Il m'aperçoit et me fait signe de m'asseoir. Il raccroche et se tourne vers moi.

– Bonjour, m'sieur, vous vouliez voir Kurt ?

– Oui et non, je passais prendre des nouvelles. Comment allez-vous, sergent ?

– Fait chaud, mais j'vous apprends rien. Et comment va vot' dame ?

– Bien, merci, elle est très occupée avec les enfants.

– Ça, j'm'en doute. Qu'est-ce qu'y a pour vot' service ?

– Oh, rien de particulier. On dirait qu'il y a du remue-ménage dans la ville, non ?

– Oh, la routine. On a que'ques problèmes avec une journaliste qui fourre son nez partout, mais ça va se résoudre. Vot' cousin vous en a p't'êt parlé ?

– Oui, plus ou moins. Qu'est-ce qu'elle veut ?

– Nous emmerder, ça c'est sûr. Elle s'est mis dans la tête de savoir ce qui s'est passé avec ces touristes qui ont joué la fille de l'air, mais le maire et le capitaine vont arranger ça.

– C'est une jeune femme rousse, n'est-ce pas, grande, à l'air solide ?

– Ouais... c'est bien ça. Elle a le culot des gens de sa race !

– C'est-à-dire ?

– Oh, elle a pas été baptisée à l'église, si vous voyez c'que j'veux dire...

– Juive ?

– M'en a tout l'air. Arrogante, voyez... j'te renverrai tout ça d'où ça vient, moi ! Vous n'êtes pas d'mon avis ?

– Tout à fait. Quand je pense que Notre Seigneur est mort à cause d'eux.

– Ouais... à New York paraît qu'c'en est pourri, mais Frisco, c'est pareil... partout où y a des bonnes places à prendre...

– Vous... vous croyez qu'elle a trouvé quelque chose ?

– J'sais pas, elle est futée et tenace comme la glu. Mais j'crois qu'elle s'en va.

– Ah bon ?

– Elle a manigancé quelque chose avec le vieil Anatole, ça c'est sûr. Le capitaine est allé le trouver pour savoir. On n'a pas envie qu'elle s'incruste, pas vrai ? Tiens, ben le r'v'là, l'a pas été long.

– Tiens, qu'est-ce que tu fais là ? me demande Rossard.

– J'étais passé vous dire un petit bonjour.

– Ben tu tombes bien, je viens de voir ton voisin, le crado alcoolo, savoir ce qu'il manigance avec la gonzesse de Frisco. L'était au bar de Nike. Vous savez quoi ? s'exclame Rossard en s'adressant à nous deux, il lui a refilé une poupée qu'il aurait prétendument trouvée près de chez lui, en échange d'un vélo ! Et cette pomme elle a marché !

– Quelle poupée ?

– Une poupée, une poupée de gosse ! ce con pense qu'elle appartenait à la gamine de la deuxième famille qui s'est volatilisée.

– Et c'est vrai ? s'effare Ross.

– Tu rigoles ! ces gens ont disparu depuis presque six mois et cet abruti aurait trouvé le jouet maintenant ? Il l'a drôlement enflée, la souris, c'est pas dommage ! Et les gars du FBI qui ont fouillé partout, tu crois qu'il leur aurait pas donnée à l'époque ?

– Quel mariole, Anatole, rigole Ross. C'est vrai qu'elle lui a acheté un vélo ?

– Qu'est-ce qu'il a dit d'autre, Anatole ?

– J'sais pas, l'est faux comme un jeton, ce crado ! il a la langue bien pendue ! Tu veux une bière ?

– Non, merci.

– Ah, c'est vrai, pas d'alcool... et toi, Ross ?

– Moi, j'ai rien contre, patron !

Ils décapsulent, boivent, rotent, et moi je les regarde, ces deux porcs vaniteux, et je me réjouis de leur bêtise.

– Bon, bien je vais vous laisser, messieurs. Il faudra venir dîner un de ces soirs, Kurt...

– D'ac ! mais tu diras à Betsy de ne pas me faire une salade d'avoine, rigole Kurt. J'suis pas un cheval !

Ross manque s'étrangler de rire et je les quitte sur un signe de la main.

Je rejoins ma voiture bien à l'abri sous son auvent de palme, m'installe au volant et réfléchis.

Anatole est un danger. C'est un vieux fou, mais qui sait ce qu'il peut dire à la Juive ?

J'embraye et sors du parking. Il me tarde de rentrer chez moi me nettoyer de toute cette crasse.

Je rêve d'un lieu où n'entreraient que les Élus, ceux qui ont l'âme si sublimée que leur place naturelle est à la droite du Seigneur.

Je sors de Boulder et m'engage sur la 95.

Presque aussitôt le désert est là. Je m'arrête sur le bord de la route et attends que le soleil disparaisse derrière un amas de roches aux formes animales.

Il embrase le ciel et le barbouille de traînées orange et pourpres comme ces glaces qu'aiment tellement les enfants et qui sont si nocives à leur santé.

Un serpent brun et long glisse autour d'un pied d'eucalyptus, trace son sillon dans le sable. Soudain, il s'immobilise. Une musaraigne grignote une baie et, tout absorbée, ne l'a pas vu arriver.

Le serpent, enfoncé dans le sable, ressemble à un bout de corde noire.

La musaraigne a senti quelque chose, elle relève la tête et ses moustaches frémissent.

Elle cherche d'où vient le danger, mais c'est trop tard, et le serpent le sait.

Ça y est, ils se sont vus.

Je connais bien la terreur dans les yeux, qu'ils soient humains ou animaux.

Ce n'est pas un éclat, au contraire, c'est une taie, soudain, qui les ternit. La pupille s'affole et seul subsiste ce point noir qui s'amenuise.

Le rongeur voudrait fuir. Ses pattes antérieures battent dans le vide. Le serpent se détend, sa mâchoire disloquée happe la musaraigne et l'engloutit lentement, tandis que les pattes arrière s'agitent désespérément.

Je regarde le spectacle de ce corps toujours vivant qui distend la gorge du serpent jusqu'à en doubler le volume.

Le reptile prend son temps, c'est un sage. Sa victime se débat encore qu'elle a déjà atteint l'estomac.

Le soleil s'est effacé. Derrière les rocs aux formes diaboliques mais familières, il a laissé son empreinte.

Le serpent a disparu. Il va, pendant des jours, digérer son repas. Sur le sable, rien ne subsiste.

La nuit tombe sèchement. Des étoiles s'allument et vont bientôt former la voûte céleste qui nous rapproche de Dieu.

***

Rossard regarda démarrer son cousin et se cala dans son fauteuil.

À côté, Ross se chamaillait avec Parker pour une vague histoire de Code de la route.

Ross était fidèle, mais très con. Parker pas loyal, mais moins con.

Rossard soupira. Malgré Rotkin, si une bourde avait lieu, ça retomberait sur lui.

Avant d'être shérif, il avait travaillé à la mairie avec Rotkin. Pas de job défini, plutôt homme à tout faire. Pour la réélection de Rotkin il était chargé de l'organisation et de la sécurité.

Rotkin avait contre lui l'avocat Dumbler, un coriace avec pas mal de relations, et même des mauvaises. À un meeting de Rotkin il avait envoyé une équipe de perturbateurs que lui, Rossard, aidé de Ross, avait flanquée dehors. Ça avait été dur, mais le maire, pour le remercier, l'avait fait élire shérif.

Rossard fit craquer ses jointures en s'étirant.

Il savait ses limites mais faisait confiance à son flair, et son flair lui disait depuis un moment déjà que cette histoire de disparus allait lui retomber sur le nez.

Au début de l'enquête, il avait travaillé avec la police de l'État, puis devant leur peu de résultat le FBI avait rappliqué. À présent, c'était cette journaliste qui remuait la merde. Mais de toute façon un jour ou l'autre ça ressortirait.

Au commencement, ces disparitions avaient enfiévré la population, surtout quand les journalistes avaient débarqué de partout et interrogé tout le monde.

Les gens prenaient des poses devant les caméras, pourchassaient les reporters pour leur raconter n'importe quoi, histoire de voir leur nom imprimé dans le canard.

Les disparitions avaient attiré une foule de curieux qui déambulaient dans le désert à la recherche de traces hypothétiques. Même des sourciers avaient rappliqué.

Puis quand la seconde famille avait disparu, un vent de panique avait remplacé la curiosité et les gens préféraient se taper cent bornes de plus plutôt que de traverser Boulder et ses environs.

Rossard était depuis longtemps persuadé que le responsable des disparitions était un cinglé du coin. Il n'en manquait pas.

Tiens, ne serait-ce que son cousin, le fils d'Arthur et Noamie, la demi-sœur de sa mère.

Un sacré barjot, cet Arthur ! Toujours à maudire, à menacer, à promettre le châtiment divin à celui qui ne respecterait pas la Loi de Dieu. Ou plutôt sa loi à lui.

Sa fille, une chouette gosse, s'était jetée dans un ravin le lendemain de ses vingt ans.

L'autopsie avait révélé qu'elle était enceinte. Eh bien le vieil Arthur n'était pas venu à son enterrement.

Et son fils, le cousin survivant, le dingue des microbes avec sa bonne femme toujours à nettoyer, à faire tremper les mômes comme si c'était des draps sales, pas nets non plus, ceux-là !

Rossard allongea ses jambes sur son bureau. Il avait la planque ici, un salaire plus qu'honorable et une certaine importance dans la ville, mais tout ça reposait sur du sable.

Un mot de Rotkin et il pourrait dire adieu à son étoile. C'était Rotkin le grand chef. Pourri de fric. Des participations dans les casinos de Vegas et majoritaire dans le seul vrai hôtel de la ville, le Métropole. Les gens lui mangeaient dans la main.

Rossard se leva et passa la tête par sa porte entrebâillée.

– Eh, Ross, tu sais où est la journaliste ?

– Nan, chef, elle est sortie c'matin d'taule.

– Ça, je sais, mais maintenant ?

Ross haussa les épaules dans un geste d'ignorance.

– Bon, ben trouve-la, et dis-lui que je veux lui parler. Mais attention, gentiment, hein. Poliment.

Ross rigola.

– J'vous l'amène sur un plateau.

***

Samedi, 11 h

J'ai pu enfin joindre Woody au téléphone et lui apprendre ce qui se passe ici. Il était excité comme une puce.

Ma nuit en cabane ne l'a pas impressionné, tout ce qu'il voit, c'est l'article sensationnel que je vais écrire sur ce coin du paradis américain.

– Ma vieille, s'est-il exclamé, tu tiens le Pulitzer si tu sais t'y prendre ! Tu veux que je te dise, c'est la chance de ta vie !

– Ou la fin d'une belle carrière, ai-je marmonné. Ces types sont mabouls avec leur saloperie de désert !

– Plus ils en feront, plus tu pourras les baiser ! s'est-il joyeusement écrié.

– Sauf s'ils m'enfoncent la tête dans le sable avant, ai-je riposté.

– Allons, allons, t'es en Amérique, pas chez les Papous de Nouvelle-Guinée ! Je veux bien croire que ce ne sont pas des rigolos, mais ils ne feront rien contre une journaliste envoyée par un journal connu comme le nôtre. Tu vois le ramdam que ça ferait s'il t'arrivait quoi que ce soit ?

– Non, je ne le verrai pas. De toute façon j'ai l'impression que tout part d'ici.

– De quoi tu parles ?

– De ces disparitions. J'ai relu minutieusement les rapports et il s'avère que la seconde famille, les Simpson, a été vue pour la dernière fois à un poste à essence sur la 65, à la sortie de Nelson qui est un bourg à une trentaine de milles de Boulder. Pour je ne sais quelle raison le FBI n'y a pas prêté attention.

C'est le shérif de Nelson qui l'a signalé, mais c'est tombé dans les oubliettes. Ce qui veut dire que les Simpson sont probablement arrivés à Boulder, bien que personne ne les ait vus. Ici il n'y a pas trente-six hôtels, il y en a deux. Le Métropole et l'Arizona Inn, un motel. J'ai vu le patron de l'Arizona hier soir, les Simpson ne se sont pas arrêtés chez lui. Son registre le prouve. Et ils ne sont pas descendus au Métropole, j'ai passé ma soirée à consulter leurs livres. Ça ne leur a pas plu, mais j'ai des moyens de pression contre le gars de la réception. Il me prend pour Calamity Jane. Je vais retourner voir aujourd'hui le vieil Anatole, essayer d'en savoir plus.

– Le gars au vélo ?

– Oui.

– Tu y crois ?

– Je ne sais pas, c'est ma seule piste.

– Et ton barman ?

– Je ne sais pas où il est.

– Comment ça ?

– Il n'est pas venu travailler parce qu'il était malade, soi-disant, et il n'est pas chez lui. Il a dû aller se faire une virée dans le désert, c'est un fan du grain de sable.

– T'as besoin de rien ?

– Une combinaison d'amiante. On peut faire frire ses œufs sur le perron de l'hôtel.

Après ça j'ai appelé chez moi et j'ai parlé un long moment avec Nina.

« Je m'ennuie ! même les phoques font la tête, m'a-t-elle juré. Reviens vite ! »

Je ne lui ai rien dit sur mes problèmes à Boulder de crainte qu'elle fasse donner la cavalerie.

On a terminé sur les choses bébêtes qu'on se dit quand

on est au téléphone loin de chez soi, et je me suis sentie mieux.

Je quitte l'hôtel et retourne au garage Mercer.
– Salut, dis-je, m'attendant à refaire Iwo-Jima.
– Salut, c'est pourquoi ?
C'est pas le même que la veille. Celui-là est un jeunot à lunettes qui ressemble à un lycéen.
– J'ai trois pneus à changer sur ma voiture.
Il hoche la tête comme s'il était au courant.
– Vous n'avez pas eu de chance. Où elle est ?
– Devant le poste de police, une Nissan.
– D'accord, vous avez les clés ? je vais y aller maintenant. Vous connaissez la taille des pneus ?
Je le regarde en me demandant s'il se fiche de moi ou s'il est réellement innocent. J'opte pour la seconde solution.
– Des 155 x 180.
– Quelle marque vous voulez ?
– Je m'en moque. Faites-le-moi rapidement, vous serez gentil.
– Venez reprendre les clés dans une heure.
Je le remercie et décide de passer au bar d'Harold voir s'il est revenu.
J'ai l'impression en marchant que les commerçants me suivent des yeux quand je passe devant leurs boutiques et que les passants se retournent pour me regarder.
Rien n'étaye une telle hystérie. Les gens que je croise me dévisagent comme n'importe quelle tête nouvelle, du moins j'essaie de m'en persuader.
Eux, en revanche, semblent tous se connaître car ils n'arrêtent pas de se saluer.
Je leur trouve des points de ressemblance et je me dis qu'il n'est pas difficile de tomber dans la paranoïa du style d'Harold si on reste un certain temps ici.

Mais c'est vrai tout de même qu'ils me dévisagent.

Le bar d'Harold est vide et c'est le même macho qui est derrière le comptoir.

– Harold n'est pas revenu ? je demande gracieusement.

– L'est malade, j'vous ai dit.

– Oui, mais je croyais qu'il allait mieux. Vous savez ce qu'il a ?

Il secoue la tête sans cesser d'essuyer ses verres.

– Et vous ne savez pas où je peux le trouver ?

– Écoutez, ma p'tite dame, j'suis pas chargé de veiller sur ses fesses, le patron m'a dit qu'il était malade et que je devais le remplacer pendant quelques jours.

– C'est vous qui venez l'aider le vendredi et le samedi ?

Il acquiesce.

– Et vous l'avez vu quand la dernière fois ?

– C'est vous qui l'avez vu, qu'il me répond, vous êtes allée manger chez lui.

La meilleure. Comment le sait-il ? Je ne vois pas Harold se confier à ce gracieux.

– Bien, vous avez son numéro de téléphone ?

Il fouille dans un tiroir, en sort un carnet écorné et cherche à l'intérieur.

– Voilà.

– Merci.

Je m'enferme dans la cabine et forme le numéro d'Harold. Je laisse sonner une bonne douzaine de fois avant de raccrocher.

– Il n'est pas chez lui, dis-je en sortant de la cabine.

L'autre hausse les épaules et se met à nettoyer sa machine à café pourtant nickel.

– Vous ne savez vraiment pas où il est ? insisté-je avec mon sourire Hollywood.

– Vraiment pas ! qu'il me répond sans sourire du tout.

– OK. Si vous le voyez, vous lui dites que je le cherche ?

Il hausse les épaules sans répondre.

J'ai encore une demi-heure à tuer avant de récupérer ma voiture et je décide de faire un peu de shopping.

La ville est opulente et le commerce paraît bien marcher. La grande rue est sans cesse traversée par des cars de touristes qui soulèvent des nuages de poussière, et pour une fois ces hordes me feraient presque plaisir. Je me sens moins seule.

Plusieurs se sont arrêtés dans la partie où se trouvent la plupart des restaurants et fast-foods de Boulder et les touristes se dispersent dans les boutiques de souvenirs.

Ils sont pour la plupart d'un certain âge et se ressemblent dans leurs vêtements endimanchés. Les femmes frisottées et les hommes bedonnants.

Il y a aussi de nombreuses voitures particulières venues essentiellement de la frontière mexicaine et des États voisins.

Les familles disparues venaient d'Arizona et, au moins pour celle de Phoenix, n'avaient pas de raison de s'arrêter à Boulder. Sauf si, bien sûr, elles avaient quitté tard leur lieu de résidence.

– Salut, j'vous cherche depuis des heures, j'croyais qu'vous aussi vous aviez disparu !

Je n'ai pas besoin de me retourner pour reconnaître la voix de l'ineffable Ross.

– Vous me cherchiez pour quoi ? me faire des excuses ?

Il se dandine d'un pied sur l'autre.

– Nan, c'est le shérif qui veut vous voir.

– Pourquoi ?

– Y m'a pas dit.

– Je vais récupérer ma voiture, j'irai après.

– Comme vous voulez, dit-il en tournant les talons.

Ma parole, ils me l'ont changé !

La Nissan est prête et le petit gars lui frotte la carrosserie avec ardeur.

– Voilà, toute neuve !

– C'est le maire qui règle la réparation, dis-je en lui glissant dix dollars.
– Je sais, fait-il en empochant prestement l'argent. Merci, tout à votre service.
Je démarre en m'interrogeant sur ce changement d'humeur.
Je me gare devant le poste de police et entre.
Rossard me fait signe de son bureau et vient à ma rencontre.
– Bonjour, vous v'nez par ici ?
On entre chez lui et il me prie de m'asseoir.
– Comment ça va ? me fait-il, aimable.
– Très bien.
– Heu... je crois que vous avez vu le maire aujourd'hui ?
– J'ai eu ce plaisir.
– Il s'inquiète.
– De quoi ?
– Ben... de ces foutues disparitions.
– Ah bon ! c'est nouveau.
Il hoche sa tête de néandertalien.
– Croyez pas ça, moi aussi ça me turlupine, mais vous savez ce que c'est... les journalistes, on s'en méfie. Il ricane. Enfin, je veux dire... quelquefois ça fiche la pagaille dans une enquête...
Il me regarde en essayant d'adoucir ses petits yeux ensanglantés. Moi, j'attends.
– Vous avez vu Anatole ? me demande-t-il.
Ah, c'est ça ! Il s'inquiète, le gorille, de ce qu'aurait pu me dire le vieux.
– Qui vous l'a appris ?
– Oh, à Boulder tout finit par se savoir.
– Effectivement. Il m'a donné une poupée qui aurait pu appartenir à un des enfants des familles disparues.
Il se gratte le menton d'un air perplexe et ça fait un drôle de crissement.

– Et pourquoi il l'aurait pas donnée avant ?
– Parce qu'on lui a rien demandé, je suppose.
Il prend un air songeur.
– Et où il l'a trouvée ? Il a rien voulu me dire.
– Ah ! vous l'avez interrogé.
Ma parole, il rougit !
– Ben, j'fais mon travail.
Il manque pas de culot, ce type !
– Un peu à retardement, non ?
Il soupire imperceptiblement.
– Rien n'est simple ici, vous savez.
– Il semblerait.
Je ne sais pas où va nous mener ce jeu. Je me méfie de cette soudaine amabilité. L'histoire de la poupée a l'air de l'embarrasser.
– Il y a aussi ce pompiste de Nelson qui a dit avoir servi une des familles avant qu'elle n'arrive à Boulder. On n'en a pas parlé à l'enquête, c'est pas dans le rapport.
Il a un geste de la main.
– Il l'a dit une fois que le FBI était reparti.
– Et alors ? Il déclare les avoir vus vers sept heures du soir. Ils se sont sûrement arrêtés ici pour passer la nuit, vous ne croyez pas ? Ça vaudrait le coup de faire des recherches.
– On n'a aucun indice. S'ils ont été enterrés dans le désert, on ne les retrouvera jamais !
– Enterrés par qui ?
Il me fixe en tordant la bouche et en avançant le nez. Il est plus laid qu'une couvée de singes.
– Si je le savais...
– Écoutez, je me penche vers lui, vous êtes quelques milliers ici, vous vous connaissez tous...
– Justement !
– Justement quoi ?
– Justement. Y a personne ici qui ferait ça !
– Vous en êtes sûr ?

Il bat des paupières et hausse les épaules.

– Évidemment ! qui aurait intérêt à faire disparaître des touristes ? Et pourquoi ?

– Pour les dévaliser, par exemple.

Il hausse encore les épaules.

– J'les connais tous, j'vous dis ! c'est pas quelqu'un d'ici. Ç'ui qu'a fait le coup, il est loin !

– Certainement pas. Il a récidivé à plusieurs mois de distance.

Il soupire encore et se met à jouer avec un crayon. C'est tout bizarre ce bout de bois entre ses gros doigts.

– Qu'est-ce que vous allez faire de cette poupée ? demande-t-il au bout d'un moment.

– L'envoyer à San Francisco pour qu'on la fasse parler.

– Qu'est-ce qu'y vous a dit d'autre, Anatole ?

– Rien.

Je ne sais pas si je dois parler de Rusty. Je ne vois plus le lien entre les disparitions de l'hiver dernier et lui.

– À moi y parlera pas, p't'êt' à vous ?

Je hoche la tête.

– J'irai le revoir, dis-je en me levant. C'est tout ce que vous vouliez ?

Il hésite et balaie des miettes imaginaires sur son bureau.

– Désolé pour la nuit en cellule, dit-il sans me regarder.

– Pas grave. Mais à partir de maintenant laissez-moi faire mon travail.

– J'ai rien contre, à part qu'vous savez pas où aller.

– C'est tout l'intérêt de l'enquête.

Il hausse les sourcils et lâche soudain :

– Y a parfois des bandes de gars qui se réunissent dans le désert...

– Ah bon, pour quoi faire ?

Il a une moue.
– Pour s'entraîner...
– À quoi ?
Il accentue sa grimace et regarde vers la fenêtre.
– J'sais pas... de la moto... du tir... sur les serpents peut-être.
– Seulement sur les serpents ?
Il lâche la fenêtre pour contempler son plafond.
– En général... mais y en a aussi des teigneux...
– Capables de tuer pour s'amuser ou détrousser ? Ou... parce qu'ils n'aiment pas les indiscrets ?
– J'ai pas dit ça. La plupart sont des gens bien. Seulement, c'est comme partout, y peut y avoir des éléments incontrôlés.
– Ce sont ces gens-là qui constituent les milices ?
Il hausse les épaules sans répondre tout de suite.
– Oh, j'crois pas !
– Mais ça se pourrait ?
Il dodeline de la tête.
– J'en sais rien. Y z'ont plutôt la tête près du bonnet, voyez ce que je veux dire ? Et puis ça boit pas mal. Remarquez qu'y z'ont leur propre service d'ordre, et ça marche au poil !
– Ils sont aussi très bien armés et préfèrent le Blanc au Noir, et le chrétien au juif. C'est de ceux-là que vous voulez parler ?
– Moi, j'veux parler de rien, proteste-t-il. Ici, on cherche pas d'histoires !
– Ça, j'avais compris. Si vous apprenez autre chose, chef, faites-moi signe.
Je retraverse le poste où le second adjoint me suit du regard.
– Au r'voir, et si vous avez besoin de queq' chose...
Mais qu'est-ce qu'ils ont tous à rambiner ?

*
* *

J'ai du mal à dormir. La lune, sans doute. Elle est pleine et blanche et si proche.

Sur le lit voisin, Betsy dort la bouche à moitié ouverte. Elle gémit dans son sommeil comme s'il était traversé de mauvais rêves.

Betsy est une femme simple, comme la terre dont elle est issue.

Le drap repoussé découvre sa poitrine relâchée, serrée dans sa chemise de nuit.

Quand je l'ai épousée, mon père m'a pris à part : « Fils, m'a-t-il dit, tu te dois de perpétuer notre nom, un fils suffira, et garde-toi du corps moite et dévorant de l'autre sexe ; l'âme d'un homme s'y perd aussi sûrement que si elle était aspirée par un gouffre. »

Je n'ai jamais vu Betsy complètement nue.

Je pense parfois à cette femme, Sonia Connel, et je sais que mon père avait raison.

Je pense aussi au vieil Anatole endormi dans sa cabane.

Ce vieux n'a plus d'âge et aurait dû depuis longtemps rejoindre son Créateur.

Les vieux sont sales et malodorants ; leur peau dégage une odeur de moisi qu'aucun savon n'atténue.

Mon père disait : « Voyez les cadavres, quand les artifices de la vie ne sont plus là pour les maquiller ; reniflez les traces immondes qu'abandonnent nos corps ! Dieu a caché la pureté de l'âme tout au fond d'un cloaque pour que seuls les Bénis y aillent l'en arracher ! »

Betsy s'est apaisée. Je me lève et enfile en silence pantalon, chaussures et chemise.

J'ouvre la porte qui tourne sans bruit sur ses gonds. Betsy n'a pas bougé.

Je descends l'escalier sur la pointe des pieds. La porte ouverte de la chambre des filles laisse échapper le bruit de leur respiration, et je suis tenté un instant d'aller les rejoindre.

Mais j'ouvre la porte du rez-de-chaussée et sors dans la cour.

Je respire l'odeur douceâtre de l'herbe chaude ; je ferme les yeux pour mieux sentir sur mon visage le souffle du vent du désert.

Mon Dieu, Seigneur, pardonne à Ton serviteur ses insignes faiblesses.

Je me dirige vers notre appentis où se trouvent les outils. La porte s'ouvre sans grincer et j'allume une bougie.

Sur l'établi, un couteau de chasse que Betsy m'a offert pour un anniversaire. Il est solide et sa lame affûtée est comme neuve.

Je ressors et enjambe latéralement la barrière de la cour pour couper à travers les taillis.

La cabane d'Anatole est à moins d'un demi-mille, et une sente y conduit.

Des racines s'accrochent à mes jambes et entravent ma marche, des trous masqués me font trébucher.

Je resserre ma prise sur le manche de corne.

La cabane apparaît, éclairée comme en plein jour. Autour, le désert brille sous la lune.

Je me dirige vers la porte de la cabane et entends des ronflements avinés. Mon cœur se soulève de dégoût.

Je tourne le loquet qui cède sans résistance. Aussitôt l'odeur me prend à la gorge. J'aperçois contre un des murs une forme allongée à même une paillasse.

Le vieux se retourne et marmonne dans son sommeil. Ses ronflements, un instant interrompus, repartent de plus belle.

Le sol est jonché d'ustensiles rouillés et de vieux chiffons.

Il me faut une belle détermination pour poser la main sur son épaule et le secouer.

Il grogne, mais continue de dormir. Je secoue plus fort. Il se met sur le dos et ouvre les yeux. Ses yeux cherchent à me reconnaître, mais tout est si sombre ici.

– C'est moi, murmuré-je, lève-toi.

Je le presse de la main, mais il ne bouge pas. Je lui montre alors mon poignard que je fais glisser devant ses yeux.

Il comprend et se redresse.

– Qu'est-ce que vous voulez ?

Sa voix ne tremble pas.

– Suis-moi.

– Où ?

– Tu vas voir.

Il hausse les épaules et se lève. Il remonte son pantalon et saisit un bout de cigare qu'il se colle entre les dents.

– Où on va ?

Je ne lui réponds pas et le pousse vers la porte.

– Prends cette pelle.

Il me regarde de côté et se saisit de l'outil.

– Avance, ordonné-je en le poussant devant moi.

On traverse la haie d'épineux qui borde la cabane et je le dirige sur la route vers le désert.

– Mais qu'est-ce tu veux, espèce de cinglé ?

Je le frappe sur la tête du plat de la main et ça produit un bruit incroyable. Il trébuche et plante sa pelle dans le sable.

– Je n'irai pas plus loin ! crie-t-il. T'es bien aussi malfaisant que ton père !

J'avance le visage vers lui, le saisit aux revers de la loque qui lui sert de chemise, et entame son front de ma lame.

La peau s'ouvre comme un fruit que l'on pèle. Il y porte la main et regarde, atterré, le sang qui souille ses doigts.

Son regard s'affole comme s'il venait seulement de comprendre la situation.

– Mais pourquoi tu fais ça, balbutie-t-il, j't'ai rien fait !

– Avance, dis-je en le bousculant.

À présent il marche devant moi, sa pelle au bout du bras traîne par terre.

Le sol est dur et on avance rapidement. Le vieux ne dit rien, seule sa respiration oppressée indique son inquiétude.

Nous passons des éboulis de roches qui semblent s'animer à notre approche.

Nous marchons toujours et le vieux donne des signes de fatigue. Il n'a pas dit un mot depuis que je l'ai blessé. Le sang qui s'est coagulé forme une couronne sur son front.

Une odeur putride me frappe les narines. Nous ne sommes plus loin.

– Arrête !

Il se laisse tomber à terre sans un mot et me regarde, tête levée.

Ses yeux cherchent les miens, mais je les détourne.

Je fais quelques pas et tâte la terre meuble. Mon talon s'enfonce. Nous sommes au bord du marais.

Ce n'est pas un vrai marais, simplement, à courte distance de la surface coule une source qui amollit la terre et lui donne, surtout en hiver, la consistance de la boue.

Cette terre vit et se transforme, les corps ou les objets n'y séjournent jamais bien longtemps. Ils s'enfoncent et se perdent comme aspirés par un tourbillon.

Les Indiens connaissent bien cet endroit. Ils le nomment le lit de Lucifer. Au siècle dernier, c'était encore un lieu sacré, et même à présent ils n'aiment pas que les Blancs s'y promènent.

C'est un coin très tranquille.

Je reviens vers le vieux toujours écroulé à terre.
– Creuse.
– Creuser quoi ?
– Creuse un trou ! crié-je en brandissant mon poignard.
Il me regarde sans bouger.
– Pour quoi faire ?
– Tu n'as pas compris, vieil ivrogne ?
– Alors, c'est mon tour, hein ?
Il ricane presque. Ses yeux délavés se sont rapetissés.
– Qu'est-ce que tu crois ? Qu'on va jamais te trouver ?
– Creuse !
Il paraît réfléchir et se relève enfin. Je m'éloigne de sa pelle. Anatole est un rusé.
Il hausse les épaules et commence à creuser. Je m'assois à distance.
Il ne tente pas de lutter. C'est un petit rabougri sans force. Dieu sait son âge !
Il pellette sans enthousiasme et je commence à m'énerver.
– Dépêche-toi !
Il s'arrête tout à fait et me toise, appuyé sur son manche de pelle.
– Tu crois que tu vas t'en tirer ? Si moi je sais que c'est toi l'assassin de tous ces pauvres gens, tu crois que je suis le seul ? Tu vas tous nous tuer ?
– Creuse – ma voix est sourde –, sinon les coyotes et les vautours te dévoreront !
Il hausse les épaules.
– Et alors, j'aurai au moins servi à quelque chose...
Je me rapproche. Le trou n'est pas assez profond.
Dans ma main, le couteau pèse le poids d'un mandrin. Je passe mon doigt sur le fil.
Anatole pose sa pelle, me tourne le dos et s'assoit sur le sable.

À l'est, le ciel a pâli. Une légère nuance rosée caresse la cime des arbres. Le silence règne autour de nous.

Nous sommes les derniers hommes sur terre.

Anatole fouille dans sa poche et gratte une allumette avec laquelle il allume le bout de cigare qu'il n'a pas lâché.

– Laisse-moi le finir, dit-il avec calme. C'est la poupée qui t'a mis la puce à l'oreille ? Et comme je ne réponds pas : elle t'aura, la journaliste, elle vous aura tous. Toi, ta bonne femme, tes gosses à moitié débiles... J'ai compris tout de suite qu'elle était forte. J'aurais voulu être là pour te voir griller avec toute ta smala ! Bah, t'es p't'êt' pas responsable !

Je saisis ses cheveux poisseux, lui relève la tête et lui ouvre la gorge.

Il fait un curieux bruit. Sa main qui tenait le cigare reste un instant en l'air, puis retombe en même temps que tout le corps.

Je le contemple pendant que le soleil gagne un peu de ciel.

Il est temps de rentrer.

Je le saisis sous les bras et le fourre dans le trou. Je le recouvre et tasse le sable avec la pelle que j'enterre en même temps.

Le sol fait un renflement, mais je sais que ça va disparaître.

J'essuie mon poignard et tombe à genoux pour prier.

***

Lundi, 9 h

Bien sûr, je suis savonnée jusqu'aux cheveux quand j'entends le téléphone.

Je jure et arrête la douche.
– Allô !
– Sandra Khan ? Mauren Rotkin.
– Enchantée, réponds-je hypocritement.
– Je voudrais que l'on se voie.
– Je le voudrais aussi, mais j'ai quelques affaires à...
– C'est très sérieux. Il s'agit d'Harold.
– Harold ? Qu'est-ce qu'il a ?
– Vous pouvez passer chez lui ce matin ?
– Il est revenu ?
– Je vous attends d'ici une heure, me répond-elle avant de raccrocher.

Je raccroche à mon tour et retourne me rincer.

J'adore quand on me donne le choix de mes projets.

Je m'habille en m'interrogeant sur ce coup de fil.

Je suis là depuis une semaine, et à part un jouet déglingué et un chien abandonné, je n'ai rien découvert.

Si en plus je dois m'occuper des états d'âme des indigènes...

J'enfile un jean et un T-shirt, rafle mon sac, et les cheveux encore mouillés je vais prendre ma voiture.

Il est tôt et j'arrive rapidement chez Harold.

Je frappe et Mauren vient m'ouvrir.

– Merci d'être venue. Par ici.

Je la suis jusqu'à la chambre d'Harold.

Et alors là, bon sang, quel spectacle !

Une harde de sangliers a dû traverser la pièce et le malheureux barman se trouvait justement sur son chemin.

Il repose sur son lit, des bandages plein la tête, et ce qu'on aperçoit du visage, il aurait mieux valu le cacher.

– Merde, qu'est-ce que c'est que ça !

Harold cligne de son œil unique et ses lèvres de négresse à plateau remuent sans qu'aucun son n'en sorte.

– Ce sont les milices du Nevada, dit Mauren d'une voix calme. Joli travail, non ?

Je les regarde alternativement, tentant de reprendre mes esprits. De quoi parle-t-elle ? Quelles milices ? Et pourquoi Harold ?

Je lui pose les questions dans cet ordre.

– Milice fasciste. Dieu est blanc, catholique et hétérosexuel.

– Et alors ?

– J'ai répondu à vos trois questions, lâche-t-elle du même ton inerte.

Je me laisse tomber sur une chaise devant le lit d'Harold. Son œil maquillé orchidée sauvage me fixe.

– Harold réunit deux des conditions, remarqué-je.

– Il a fait une seconde faute à part d'être pédé, c'est votre ami.

Je la regarde.

– Vous aussi.

– Je suis la fille de mon père.

– Qui a fait ça, Harold ?

Son œil cligne et sa main boursouflée s'agite sur le drap. Sa voix est cassée et Mauren lui fait signe de se taire.

– Quand il est revenu cette nuit, des hommes l'attendaient. Trois, d'après ce qu'il a pu me dire avant de s'évanouir. Ils lui sont tombés dessus et l'ont laissé à moitié mort. Ils portaient des cagoules.

– Alors comment pouvez-vous être sûrs que ce sont des membres des milices ? Et d'abord quelle milice ? Tout le monde nie qu'elles existent.

– Parce que vous n'êtes pas d'ici, lâche Mauren d'un ton dédaigneux.

– D'accord. Je ne vis pas non plus en Irak mais je sais qui est Saddam Hussein. Je peux prendre des photos ?

Mauren se tourne vers Harold et l'interroge du regard.

Le malheureux ferme l'œil et soupire. Il doit drôlement dérouiller si j'en juge par ce que je vois. Ces types ont cogné pour casser.

– Ça passera dans votre journal ? demande-t-elle enfin.

Je hausse les épaules.

– Sûrement, je ne sais pas, si mon rédacteur le juge utile. Il faudrait que je fasse un article d'accompagnement style : « Règlement de comptes à Boulder City ». Ou : « La haine frappe encore ».

Elle allume une cigarette, se rapproche du lit et prend la main d'Harold.

– Ce qui m'intéresse, c'est pas que vous pondiez un article, c'est que ces fumiers soient retrouvés et jugés. Si c'est juste pour démontrer que les gens d'ici sont des ordures, c'est pas très utile et ça peut se retourner contre nous.

– Alors prévenez la police, ça me semble la première chose à faire.

Mauren relève la tête et me regarde presque méchamment. Sur son lit, Harold a réouvert son œil.

– La police est aux ordres des milices, vous n'avez pas encore compris ?

Alors, que veut-elle de moi, cette emmerdeuse ? Que j'enfourche mon destrier et que j'aille déclarer la guerre aux Gibelins ?

– Vous avez pensé que c'est peut-être les mêmes qui ont tué les touristes ? reprend-elle.

Je hoche la tête.

– Je n'ai pas encore d'opinion. J'ai l'impression que le vieil Anatole ne m'a pas tout dit.

– Et pour Harold, qu'est-ce que vous allez faire ? me demande-t-elle en serrant la main du blessé.

– Qu'est-ce que je peux faire ? Ça fait quarante-huit heures que je le cherche. Au bar, ils m'ont dit qu'il était malade. Je suis venue chez lui, je me suis cassé le nez ; j'ai téléphoné... Il ne m'a pas chargé de le protéger. Où était-il ?

Les deux amis se regardent.

– À Phoenix. Il avait l'idée de vous aider dans votre

enquête. On l'a sûrement vu quand il est allé dans l'ancienne maison des Peterson. Il a toujours eu l'impression d'être suivi, achève-t-elle.

Je jure intérieurement. J'avais bien besoin que ce couillon joue au petit soldat.

Au ton de Mauren, je comprends qu'elle me tient pour directement responsable de ce qui est arrivé à son copain.

– Bon, alors police ou pas police ?

Elle hausse les épaules.

– J'en parlerai à mon père, il jugera.

– Vous avez confiance en votre père ?

Ses yeux étincellent.

– Autant que dans un serpent à sonnette. Mais de toute façon il le saura.

– Dites-moi, Mauren, qu'est-ce que vous savez faire dans la vie ? Elle me regarde sans comprendre. Parce que si vous savez faire quelque chose, prenez votre petit copain Harold et allez le faire ailleurs.

– C'est quand Harold a préparé ses affaires pour partir d'ici que les types l'ont attaqué.

– Ah ? Et vous ?

– Mon père me fait surveiller. Vous n'avez pas compris quand je vous ai rendu visite à votre hôtel ?

– Admettons. Mais vous êtes majeurs l'un et l'autre, et votre père ne peut pas vous retenir de force. La loi est contre lui.

– La loi, c'est mon père !

– Écoutez – je suis soudainement fatiguée –, je sais que votre désert vous tape un peu sur la tête, mais vous êtes en Amérique, à l'extrême fin du XXe siècle, et jusqu'à preuve du contraire quand on veut partir de quelque part, on y arrive. Il suffit de vouloir.

Elle me fixe sans répondre et détourne brusquement la tête.

Est-ce qu'ils ne seraient pas tous un peu barjots, eux deux compris ?

J'ai l'impression d'être au fin fond de l'Amazonie à plusieurs heures d'avion du premier continent habité.

Harold s'est pris une sévère raclée, mais ça aurait tout aussi bien pu lui arriver en plein San Francisco, ou dans le métro de New York sans que personne ne lève le petit doigt pour intervenir.

À part que s'il voulait se tirer de New York ou de Frisco, rien ne l'en empêcherait.

– Bon, qu'est-ce qu'Harold a appris au sujet des Peterson ?

– D'après ce qu'il a pu me dire, les Peterson avaient vendu leur boutique peu de temps avant de prendre des vacances. Ils n'avaient pas de famille et peu d'amis parce qu'ils n'étaient pas là depuis longtemps.

– Donc ils auraient pu déménager n'importe où, à part qu'ils avaient retenu un séjour à Vegas et qu'on ne les y a pas vus.

– Mon père a dit qu'ils avaient sûrement changé d'avis en cours de route.

– Et perdu leurs réservations ? Ben voyons ! J'imagine que la police s'est préoccupée d'un éventuel accident ?

Elle hausse les épaules d'ignorance.

– Et leur maison ? je me tourne vers Harold : elle était vide ou meublée ?

– Elle était habitée par d'autres. D'après ce qu'il a compris, quand l'agence a vu que les Peterson ne revenaient pas, ils l'ont relouée et placé les meubles dans un entrepôt. C'est le FBI qui leur a donné le feu vert.

– Pourquoi Harold s'est soudain occupé de cette affaire ?

– Parce que je lui ai demandé, répond Mauren. J'avais envie de vous aider.

– Envie de m'aider ?

Elle détourne la tête.

– Je voudrais que vous réussissiez là où les autres ont échoué, dit-elle d'une voix sourde. Je voudrais qu'une fois seulement ils connaissent l'échec. Je voudrais... je voudrais... que cette ville brûle...

– Écoutez, Mauren, ne confondez pas tout. Vous vous servez de prétextes pour... Je vais prévenir la police pour ce qui vient d'arriver à Harold.

– Laissez, je m'en chargerai, dit Mauren d'un ton brusque en se dirigeant vers la porte.

– Vous avez du mal à encaisser la vérité, hein ?

– Vous ne comprenez rien, vous arrivez avec vos certitudes et voulez nous donner des leçons. Je sais prendre des risques.

– Ah ? c'est pour ça que vous tremblez à chaque fois que vous voyez l'ombre de votre père ?

Ses yeux me lancent un regard meurtrier. Elle ouvre la porte toute grande.

– Merci d'être venue.

Elle est aussi jolie qu'exaspérante. Non, elle est plus exaspérante.

Je reprends ma voiture.

La ville s'est animée, enfin, pas tant que ça. Le flot touristique du week-end semble s'être interrompu.

Je m'arrête au bord du trottoir pour réfléchir. Est-ce que Mauren m'a dit la vérité concernant le tabassage d'Harold ? Pourquoi ces abrutis de miliciens prendraient le risque de tuer à moitié un type sachant qu'il y a une journaliste passablement emmerdeuse qui rôde dans le coin ? Et si c'était un avertissement ? Pour qui ? Moi ? Donc les meurtres auraient été commis par la milice. CQFD.

Et si ces milices c'était un serpent de mer ? Ils ne sont plus à un serpent près ici.

Je décide de rendre visite à Turney et Rusty rien que pour le plaisir de voir des bouilles sympathiques.

C'est la pause chez le véto et on s'installe dans sa cour devant un verre de pieppermint glacé. Rusty joue avec une balle et semble avoir oublié ses soucis.

– Je viens de chez Harold.

– Pas beau à voir, à ce qu'il paraît, hein ?

– Déjà au courant ?

– Mon assistante est la copine de la fille du Dr Bertram qui l'a soigné.

– Ça marche bien, le tam-tam. Lui et Mauren Rotkin semblent penser que ce serait un coup des milices du Nevada. Ça existe ?

– Peut-être.

– Ça veut dire ?

– Qu'ici, même la marque de café que boivent les gens est un secret. Alors, si ces milices existent, moi je ne les ai jamais vues.

– Hum. Et lui – je désigne Rusty –, on sait à qui il appartient ?

– Non, et c'est curieux. C'est un beau chien et je connais à peu près tous les clébards de la ville. Si c'était à quelqu'un d'ici j'aurais déjà vu son propriétaire. J'ai un contrat avec la police. Ils me ramènent les chiens perdus ou errants et les gens savent qu'ils doivent passer par moi pour retrouver leur animal. J'ai même eu en pension une marmotte.

– Alors, vous en déduisez ?

– Que Rusty vient d'ailleurs. J'ai téléphoné à mon collègue de Nelson, lui non plus ne connaît pas Rusty, et aucune disparition n'a été signalée par aucune mairie des environs.

– Rusty n'a pas pu venir tout seul ici. Autour il y a des milles de désert et ce chien n'était pas affamé, juste blessé.

– Par une arme tranchante, continue Turney.

– Un poignard ?

– Ou une faux. Plutôt un poignard, admet-il.

– Qui pourrait faire ça ?

Il hausse les épaules.

– Aucune idée. Un rôdeur ?

– Ça existe dans le coin ?

Il soupire.

– J'en ai jamais vu. Faudrait être marteau pour traverser le désert à pied.

– Bon. Anatole l'a entendu aboyer près de chez lui il y a à peu près... une semaine, et personne n'est venu le réclamer.

– Quel rapport avec le passage à tabac d'Harold Benz ?

– J'ai pas dit qu'il y en avait. J'additionne ce que je sais, c'est tout.

– Qu'est-ce que vous allez faire ?

– Retourner voir le vieil Anatole. J'ai l'impression qu'il sait des choses.

– C'est possible, il se balade partout depuis des siècles. Si quelqu'un peut vous parler des milices, c'est lui.

– Et Rossard ?

Il hausse les épaules.

– Peut-être. Quoique... Rossard, tout ce qui l'intéresse, c'est sa paye et sa tranquillité. Je ne le vois pas s'engager dans un truc qui risque de lui attirer des ennuis.

– Et le maire ?

– Un homme d'affaires qui gère sa ville comme sa famille et son business. En dictateur tranquille.

– Que des saints, à vous entendre.

– Sûrement pas. Mais pas des aventuriers, ça, c'est certain.

– Et la fille du maire ?

Il me regarde de côté.

– Une jolie fille un peu exaltée. Ses parents ont du fil à retordre avec elle.

– Pourquoi ?

– Elle est partie l'année dernière avec... avec... une femme de San Diego qui avait dix ans de plus qu'elle. Elles voulaient vivre ensemble. Son père a passé deux coups de fil et Mauren a été ramenée par le shérif de là-bas.

– Comment ça se fait ? elle est majeure.

Turney se penche pour tapoter la tête de Rusty.

– Il n'y a que les autorités de majeures, ici.

– Qu'est-ce que vous racontez ?

– La vérité, ma chère. Pour obtenir n'importe quoi vous devez en passer par Rotkin. Il a la mainmise sur tout. C'est un véritable potentat. Personne ne se risquerait à le contrarier.

Beaucoup de gens lui doivent de l'argent. Ce sont ses ancêtres qui ont créé la ville et son grand-père qui a construit les routes du comté. Il n'y a pas grand-chose qui ne lui appartienne pas ici. Par exemple, il est propriétaire des murs de mon cabinet. Et je ne suis pas le seul.

– Et le shérif de San Diego aussi ?

– J'en sais rien. Il doit aussi être son débiteur, si ça se trouve.

– Votre conversation est toujours aussi roborative, soupiré-je. Je peux sortir avec Rusty ?

– Mais bien sûr, il doit s'ennuyer sous son eucalyptus. Allez, viens, mon vieux, je vais te mettre une laisse.

On part, Rusty et moi, lui remuant la queue et moi toute contente d'avoir de la compagnie.

On monte en voiture et je me dirige vers la cabane d'Anatole.

Assis à mes côtés, Rusty renifle l'air comme s'il cherchait à se repérer.

Je roule doucement devant les maisons de Dam, mais Rusty ne manifeste rien de particulier.

Le désert nous avale aussitôt et j'appuie sur l'accélérateur. La vitesse paraît plaire à Rusty qui se met à aboyer joyeusement.

On arrive devant chez Anatole et je stoppe sur le bas-côté.

– Allez, viens, mon chien, et je le fais descendre.

Aussitôt il se met à renifler le sol, traînant sa truffe autour de lui.

– Tu reconnais ? T'es déjà venu ici ?

J'espère qu'il va me tirer dans une direction, mais au lieu de ça il s'assoit sur son arrière-train et lance un long hurlement, la tête dressée.

Impressionnant.

– Bon, alors qu'est-ce qu'on fait après ton concert ?

Mais Rusty a l'air embêté de celui qui possède la réponse mais pas la question.

Il me refait encore le coup du hurlement vingt mètres plus loin.

Je ne comprends pas qu'Anatole ne l'ait pas entendu, ou alors il a des tampons dans les oreilles.

On franchit la haie et je frappe à la porte de la cabane. Rusty renifle comme un fou et m'entraîne dans une sorte de gymkhana que j'ai le plus grand mal à contrôler.

– Mais arrête, qu'est-ce qui te prend ? On va le voir, Anatole !

Je frappe et je pousse la porte.

Rusty et moi on reste sur le seuil à fouiller des yeux le capharnaüm sombre et malodorant qui constitue le *sweet home* d'Anatole.

– Anatole, c'est moi, la journaliste... Celle du vélo...

Pas de réponse. On ressort et j'aperçois, appuyé contre un des murs, le vélo rouge. Donc le vieux est dans le coin. J'appelle de nouveau. En vain.

– Bon, ben je ne sais pas où il est... C'est pas de chance, hein, mon gros ?

Je trouve Rusty beaucoup moins joyeux qu'au début de la promenade. Il porte la queue basse et renifle partout le sol.

– Tu veux qu'on continue ? On le cherche ?

Comme il ne répond pas, je tire sur sa laisse et m'engage sur la route. Il trotte nerveusement à mes côtés, tournant la tête dans tous les sens.

– T'es un chasseur ou quoi, toi ? Mais tu ne ferais pas long feu dans le coin, tu sais.

Le soleil fait du zèle et j'ai les yeux qui se brouillent. Sur le point de rebrousser chemin, j'aperçois une petite route qui part sur la droite rayée de traces de pneus. On va peut-être pouvoir me renseigner.

On s'engage entre deux épais taillis d'épineux et j'évite d'imaginer la faune qui doit se trimballer là-dedans.

Je regarde où je mets les pieds et on arrive devant une barrière en bois qui ferme une cour dans laquelle se dresse une vaste maison en L, avec un perron qui part sur le côté.

Les volets sont fermés et la maison semble vide. Je pousse néanmoins la porte en bois et Rusty se met à sauter comme un fou en tournant sur lui-même.

Il me tire vers le perron et je dois le retenir fermement.

– Arrête, on n'est pas chez nous ici... ou alors... T'habites ici ?

Je défais sa laisse et voilà mon Rusty qui file comme une flèche et grimpe l'escalier du perron. Il s'arrête devant la porte et se met à la gratter furieusement.

– On est chez toi, alors ça, c'est formidable !

Je m'élance à sa suite. Rusty est dressé contre la porte et gémit en grattant.

Je regarde à travers la vitre : c'est une pièce avec un grand lit central, sans literie. Contre un mur, un autre lit, plus petit, avec son matelas roulé. Une grande tache s'étale sur le plancher de bois clair comme si un liquide y avait coulé. Visiblement, on a essayé en vain de le nettoyer. Enfin j'aperçois une commode, tiroirs ouverts. Une porte fermée donne sur le quatrième mur.

– C'est là que t'habites ?

J'essaie d'ouvrir, mais la porte est solidement fermée.

– Viens, dis-je en le prenant au collier, on va essayer de trouver quelqu'un.

J'ai du mal à le tirer, il paraît vouloir s'incruster dans le perron.

On redescend dans la cour et Rusty furète autour de la maison.

Il renifle le bord des portes et se dresse sur l'appui des fenêtres. Mais personne n'apparaît.

Je me recule et hèle vers le premier étage.

– Il y a quelqu'un ?

Autant s'adresser au désert. Pourtant, il m'a semblé qu'un des volets avait bougé.

– Il y a quelqu'un, s'il vous plaît ? Bon, il n'y a personne. C'est pas grave, on va revenir maintenant que je sais que c'est ta maison. Curieux qu'ils ne t'aient pas cherché.

Je lui remets sa laisse et on reprend la route. Il fait une chaleur à crever et Rusty a une langue qui sort de vingt bons centimètres.

– Ce qu'il faudrait ici, c'est un bar, avec de la bière mousseuse et fraîche pour moi et un robinet d'eau pour toi. T'habites un drôle de coin, dis donc.

On revient sur la route et on rejoint ma voiture.

Pendant tout ce temps, aucun véhicule n'est passé dans un sens ou un autre. On serait sur la Lune que ce ne serait pas pire.

Enfin on arrive à la Nissan, mais avant de remonter, je fais une dernière tentative pour trouver Anatole.

Le vieux est toujours absent. Bizarre qu'il soit parti si loin sans son vélo.

Avec trente degrés de moins je l'aurais peut-être attendu, mais là, je rêve d'un café glacé et d'un bain dans la piscine de l'hôtel. D'ailleurs Rusty a l'air crevé.

– Allez, je te ramène chez tonton Turney, c'est lui qui va être content qu'on ait retrouvé tes maîtres.

On embarque et je mets moins de temps pour revenir qu'à l'aller.

Ne me demandez pas pourquoi les retours sont toujours plus rapides.
C'est comme le téléphone qui sonne quand on est sous la douche.

***

J'ai l'impression que la vague de chaleur a un peu baissé. Ce n'est pas l'avis des autres.
Ils sont toujours en train de se plaindre.
Aujourd'hui, j'ai vendu un contrat intéressant à M. Payot, le pharmacien.
Une assurance-vie. Avec la mine qu'il a, ce n'est pas un luxe. À force de vendre ses saletés ça l'a empoisonné.
Sa femme est bien plus jeune, et je suis certain qu'elle saura quoi faire de l'argent.
C'est un toutou avec elle. Quand on discutait dans l'arrière-boutique, elle est arrivée et lui a demandé les clés de la voiture sur un tel ton que j'en ai été révolté.
Que croyez-vous qu'il a fait ? Il les lui a données avec un misérable sourire.
Moi, jamais Betsy ne m'aurait parlé de cette manière. C'est une femme qui a du respect.
Je l'ai tout de suite compris quand nous nous sommes rencontrés à l'Église des Adventistes du 7e Jour.
Mon aînée de dix ans, elle était mariée avec un garagiste, un nommé Homer, une brute doublée d'un pervers.
Elle s'est retrouvée libre peu de temps après, quand Homer a été écrasé par son tracteur.
Tout en roulant dans la rue principale de Dam, je pense à Anatole.
Je n'ai pas aimé ce que j'ai lu dans son regard quand il a compris que j'allais...

Comment peut-on être attaché à pareille existence ?

Ses yeux fouillaient les miens comme s'il voulait comprendre.

Il tirait calmement sur son mégot, et c'est moi qui étais mal à l'aise.

Je m'arrête devant ma barrière et je descends de voiture.

Comme chaque soir je reste quelques instants à débarrasser mes poumons de la pollution citadine et à me laver des images repoussantes de mes concitoyens.

Quand je pense à la femme du pharmacien serrée à craquer dans sa robe qui dessinait chaque rondeur, chaque sillon de son corps obscène, juchée sur des talons qui l'obligeaient à marcher en balançant les hanches, ses seins en avant, et son mari qui la regardait...

Je pousse notre barrière, traverse notre cour et pénètre dans notre maison.

Betsy garde fermés les volets pour qu'elle soit toujours fraîche comme je l'aime.

– Bonsoir, Betsy.

Joseph dégringole l'escalier et se jette dans mes bras.

– Attention, petit chenapan, dis-je en le soulevant de terre, j'aurais tout aussi bien pu te lâcher ! Hum... tu t'es lavé ?

– Oui papa, gazouille-t-il.

Ce garçon est notre fierté. Plus tard, il sera pasteur, avons-nous décidé avec sa mère. Ce que je n'ai pas pu devenir, hélas.

Ma fille Anne-Marie me fait un signe de la main du haut de l'escalier, et je détourne vivement les yeux quand le soleil couchant traverse sa robe, exhibant ses cuisses par transparence.

Sa petite sœur la rejoint et toutes deux descendent vers moi pour m'embrasser.

Merci, Seigneur, de m'avoir donné de tels enfants.

– Bonsoir, père, entonnent en chœur mes filles en m'embrassant la main.

Depuis que la grande est pubère, je refuse qu'elle m'embrasse sur les joues, et sa sœur, par esprit d'imitation, fait de même.

Je repose Joseph qui file dans la cour, pendant que mes filles remontent dans leur chambre terminer leurs devoirs.

– Betsy, mon bain est prêt ? demandé-je en entrant dans la cuisine.

Betsy est devant l'évier. Ses cheveux tombent sur son visage sans qu'elle tente de les chasser. Ses mains pataugent dans le bac et elle détourne à peine la tête à mon entrée.

– Betsy ! mon ton est plus sévère : je t'ai demandé si mon bain était prêt, je n'entends pas l'eau couler.

Elle relève brusquement la tête et me fixe, lèvres pincées.

– Il n'est pas prêt.

Je la considère avec surprise. Depuis quinze ans que nous sommes mariés, mon bain m'a toujours attendu à mon retour du travail !

– Et pourquoi, s'il te plaît ?

Elle renifle, ce qui porte mon agacement à son comble.

– Ah, je t'en prie, mouche-toi et réponds-moi !

– Elle est venue ici.

– Qui est venue ici ?

– La journaliste.

– La journaliste ? Quelle journaliste ?

Et tout à coup je sais. J'ai un grand froid dans ma tête et mes yeux se brouillent. Mon cœur se met à cogner comme un fou et je m'essuie les paumes des mains sur mon pantalon.

La journaliste est venue ici. Quoi faire ? Qui l'a envoyée ?

Je suis à la fois excité et inquiet. Que sait-elle ? Anatole lui a-t-il révélé ce qu'il savait ? Impossible. Il lui a donné une poupée contre un vélo. Rien d'autre, j'en suis sûr.

Anatole avait beau être fou, c'était néanmoins un gars d'ici. Jamais il n'aurait trahi l'un des siens pour une étrangère. Jamais. Mais je sens que Betsy veut me dire autre chose.

– Quoi d'autre ?

Ses yeux me fuient et elle se tord les mains dans son tablier.

– Ce n'est pas ma faute ! ce n'est pas ma faute !

Mais que veut-elle dire ?

– Quelle faute, qu'est-ce que tu racontes ?

Elle se met à pleurer à petits sanglots secs et nerveux, et je serre les poings.

– Explique-toi !

La petite Marie, attirée par le bruit, passe la tête par la porte. Je la chasse d'un geste brusque.

– J'attends !

Mais ses sanglots redoublent et je m'approche, la saisis par les bras et la secoue d'importance.

– Parle à la fin !

– Elle était avec le chien, lâche-t-elle entre deux sanglots.

– Quel chien ?

Elle me regarde sans répondre et de la main esquisse le geste de se protéger.

– Le chien... le chien qui s'est sauvé... d'ici.

Je suis tellement pétrifié que je ne pense même pas à la frapper. Dieu sait pourtant qu'elle le mériterait !

– Le chien des...

Elle secoue la tête et redouble de sanglots.

J'enfonce mes doigts dans ses bras et elle gémit de douleur. Je voudrais lui arracher les yeux, la piétiner ! Un voile rouge m'aveugle, je suffoque, je tousse. Je lui tords le bras derrière le dos et elle se plie en criant.

– Tu me fais mal, je t'en supplie, lâche-moi !

Je sens dans mon dos la présence des enfants. Je saisis une bouteille sur la table et la lance dans leur direction. Elle se brise contre la porte, et je les entends remonter l'escalier en courant.

Du coin de l'œil je vois Anne-Marie attraper son frère sous son bras. La porte de leur chambre claque et je reste seul avec ma femme.

J'halète de colère et continue de lui tordre le bras jusqu'à ce qu'elle pousse un hurlement.

– Mon bras, gémit-elle, mon bras ! il est cassé !

Je la lâche et elle soutient son bras en sanglotant, toujours pliée sur son évier.

Je déteste perdre mon sang-froid. Je suis un homme raisonnable et calme.

Mon père me disait qu'un acte commis dans la fureur perd toute signification. Un homme doit toujours savoir pourquoi il agit.

Je m'oblige à respirer profondément et je m'adosse un instant au mur.

– Qu'est-ce que tu lui as dit ? demandé-je d'une voix blanche.

Betsy continue de pleurer en soutenant son bras. J'ai l'impression que sous sa blouse la crosse de l'épaule est un peu soulevée.

– Qu'est-ce que tu lui as dit !

– Mais rien, rien, on ne s'est pas parlé !

Son visage est marbré, inondé de larmes, et elle bave.

Elle tire sur son bras comme s'il était trop court. Peut-être, en effet, est-il déboîté...

Elle est répugnante.

– Alors, qu'a-t-elle fait ? J'essaie de me contrôler.

– Elle... elle est venue dans la cour... le chien a grimpé sur le perron... elle l'a suivi...

– Et alors ?

– Rien, ils... sont redescendus et elle a appelé pour

voir s'il y avait quelqu'un... et je n'ai pas répondu... ils... ils sont repartis... Tu m'as cassé le bras !

Je hausse les épaules.

– Je vais te le remettre.

– Non, non, glapit-elle, ne me touche pas !

Je vais vers elle et elle recule.

– Ne me touche pas !

Je lui lance une gifle qui la fait trébucher, et lui saisis le bras que je tire violemment comme j'ai vu mon père le faire à ma sœur qui avait eu le même problème.

Betsy pousse un hurlement et s'écroule sur une chaise en sanglotant de plus belle.

Je passe la main sur son épaule et constate que la crosse est de nouveau en place.

Je bois un verre d'eau et sors dans l'entrée. Je lève les yeux et je vois mes trois poussins blottis sur le palier du premier.

J'éclate de rire et leur fais un signe joyeux de la main.

– Qu'est-ce que vous fabriquez ? pourquoi n'êtes-vous pas dehors à vous détendre ?

Ils me regardent sans piper et je rejoins la cour en haussant les épaules.

Je m'adosse à la barrière et réfléchis. Est-ce que je serais en danger ? Quelle faute ai-je pu commettre ? Moi, aucune. Tout vient de ce chien.

Et de Betsy.

C'est lui qui a amené ici cette journaliste. L'avantage, c'est qu'un chien ne parle pas.

Pourquoi donc me suis-je inquiété à ce point ? Peut-être que cette femme était venue voir Anatole et ne l'ayant pas trouvé, a poussé jusqu'à chez ses voisins les plus proches.

Je ne crains rien. Tout ce que j'ai fait, c'est le Seigneur qui m'en a chargé.

C'est Lui qui guide mon bras et mes pensées, je suis entre ses mains.

Il m'a donné l'idée d'enterrer ces corps dans la terre des Indiens, et même Il m'a conseillé de n'en rien dire à Betsy.

Quand je Lui parle, je sais que mon père intercède auprès de Lui. Je ne fais que suivre les traces de mon père.

J'avais quinze ans quand j'ai vu mon père avec ma sœur dans la grange.

Elle pleurait très fort, et mon père tentait de la faire taire.

Trois mois plus tard, on a retrouvé le corps de ma sœur dans le ravin du mont Floyd.

Un camarade, à l'école, m'a dit en ricanant que ma sœur était enceinte.

Ça m'a rendu fou de rage et je l'ai tellement frappé que j'ai été renvoyé de l'école.

Mon père n'a rien dit quand je lui ai raconté.

À la suite de ça, ma mère s'est enfermée dans sa chambre et n'en est plus sortie.

Ils l'ont emmenée à l'hôpital dans un état d'extrême faiblesse, et mon père m'a interdit d'aller la voir.

Un matin, le prédécesseur de Rossard est venu chez nous avec un autre policier, et il nous a dit que ma mère s'était jetée par la fenêtre la nuit d'avant.

Je revois encore mon père les toiser de toute sa hauteur.

Il portait la barbiche comme le Président Lincoln et il était très impressionnant.

C'est mon oncle qui s'est chargé de l'enterrement et des formalités, parce que mon père n'avait pas pardonné à ma mère de s'être supprimée ; surtout que c'était arrivé peu de temps après le suicide de ma sœur.

À partir de ce moment-là, mon père s'est encore plus renfermé sur lui-même.

Il allait prier tous les jours à l'église baptiste et les gens compatissaient. Mais lui ne se plaignait pas.

Le dimanche, nous passions notre temps à prier et à étudier la Bible.

Mon père tonnait de plus en plus contre le monde et ses dépravations et me mettait sans cesse en garde.

Il m'infligeait toutes sortes de châtiments pour m'apprendre, disait-il, à discipliner mon corps et ne pas craindre la douleur. « La douleur est femelle, elle affaiblit l'homme. Tu dois apprendre à la maîtriser ! » Parfois, il m'arrivait de me révolter, quand il m'obligeait, par exemple, à marcher pieds nus sur des pierres coupantes jusqu'à ce que mes pieds soient en sang. « Comprends-tu à présent ce qu'a enduré Notre Seigneur ? Et ce que les hommes Lui font ? Chaque jour ils Le recrucifient ! Veux-tu recrucifier Notre Seigneur ? »

Il mangeait très peu. Il disait que la nourriture empoisonnait nos corps et me citait souvent tel saint qui pouvait rester des semaines sans se nourrir.

Un jour, c'était l'hiver, on a frappé à notre porte et je suis allé ouvrir.

Nous ne recevions jamais personne et mon père est resté en arrière.

Sur notre seuil, j'aperçus un homme qui riait et une femme qu'il tenait par le bras.

– Salut ! m'a-t-il dit, je parie que tu es le fils d'oncle Arthur !

Il s'est penché et a aperçu mon père derrière moi.

– Arthur ? Qu'est-ce que tu fais dans le noir ? C'est moi, Johnny. Tu ne me reconnais pas ?

Mon père s'est approché.

– Johnny ? le fils de Sigismond ?

– Absolument ! ton petit-neveu ! On peut entrer ?

J'ai lancé un coup d'œil à mon père qui m'a fait signe de les laisser passer.

Il nous a présenté la femme qui l'accompagnait, et qui, paraît-il, était son associée.

Johnny vendait des maisons à Durango et avait eu l'idée de s'arrêter chez nous avant de passer un week-end à Vegas.

Il parlait beaucoup, contrairement à nous qui ne desserrions pratiquement pas les dents.

La femme qui l'accompagnait puait le parfum et était très maquillée, et je voyais mon père la fixer avec réprobation.

– Comment va ta famille ? a demandé mon père à un moment.

– Très bien, très bien, a répondu Johnny, et j'ai eu l'impression qu'il était un peu gêné.

– Ta femme, tes fils ? a continué mon père.

– Très bien, très bien, a répondu Johnny, pendant que la femme allumait une cigarette sans remarquer le coup d'œil furieux de mon père.

– Dis-moi, mon oncle, tu pourrais nous coucher pour cette nuit ? Les deux hôtels de ce patelin sont bondés et ma voiture est en carafe chez le garagiste.

Mon père n'a pas répondu immédiatement, et j'étais sûr qu'il allait refuser.

Mais il a finalement accepté en leur précisant qu'il ne pouvait pas les nourrir parce qu'il n'avait pas prévu.

Mon père leur a montré leur chambre, celle de ma sœur, et ils sont repartis dîner et prendre des affaires pour la nuit.

Nous, on a mangé en silence d'un fond de ragoût et de betteraves en salade. Puis j'ai débarrassé et fait la vaisselle.

Mon père n'a pas prononcé une parole et est monté se coucher de bonne heure.

Moi, j'ai tout éteint, et je suis monté à mon tour.

Johnny avait pris la clé.

C'est sur le coup de deux heures du matin que des

bruits de voix m'ont réveillé. J'ai attendu un peu et me suis levé en silence pour ouvrir ma porte.

J'ai regardé, et j'ai vu mon père, armé de sa cravache, menacer son neveu qui reculait dans la chambre.

J'ai entendu mon père leur ordonner de partir immédiatement et qu'il ne tolérerait pas qu'ils fassent leurs saletés dans la chambre de sa fille.

Je me suis approché sur la pointe des pieds et j'ai tendu le cou pour mieux voir.

Johnny était nu devant mon père, les bras levés pour se protéger des coups de lanière.

Dans le lit, nue elle aussi, la femme hurlait à chaque fois que la cravache cinglait Johnny. J'étais fasciné par sa peau qui éclatait sous les coups.

Il a plongé vers le lit et s'est protégé sous les couvertures, alors mon père a frappé indistinctement la femme et Johnny.

Il y avait longtemps que je n'avais vu mon père si coloré, presque joyeux. Ses lèvres se retroussaient sur ses dents et il secouait la tête avec fureur.

Le lit était plein de sang et mon père continuait de frapper. Enfin, à bout de forces, il s'est arrêté et s'est aperçu que personne ne bougeait plus sous les couvertures.

Il s'est retourné et m'a vu. Il m'a fixé un moment sans rien dire.

Il a soulevé les couvertures et je l'ai rejoint. On a constaté que Johnny, évanoui, respirait, mais la femme, elle, était morte.

Mon père a traîné Johnny dans la cuisine, l'a lavé et ranimé.

– Ta putain est morte, elle s'est cogné la tête contre la table de nuit. Toi, tu files et je ne te vois jamais plus, sinon je préviens ta femme que c'est toi qui l'as tuée. Et la police aussi !

Il lui a jeté ses vêtements et l'a mis dehors.

– Et elle ? a pleuré Johnny.

– File, suppôt de Satan, venir forniquer chez moi, dans la chambre de ma fille, a tonné mon père. File !

On a passé la nuit, mon père et moi, à tout nettoyer. Puis on a mis le corps dans la camionnette et mon père est allé l'ensevelir précisément là où j'ai mis Anatole et les autres.

On est revenu avant que le jour ne se lève et mon père a posé les mains sur mes épaules.

– Tu as compris, mon fils, ce qui s'est passé chez nous cette nuit ? Dans notre maison ? Cet homme, ce qu'il a fait avec cette femme dans la chambre de ta malheureuse sœur ? Détourne ton regard, mon fils, de pareille infamie ! ce que j'ai fait, c'est Dieu qui me l'a ordonné, me comprends-tu ?

– Oui, père.

– Cette créature parfumée et maquillée est sortie des entrailles du Diable ! Elle a souillé la couche sacrée de ma chère fille ! Elle devait mourir ! Dieu le veut ainsi !

Il avait raison.

***

Je reviens à mon hôtel, exténuée de n'avoir rien fait.

Je suis repassée voir Harold dont le moral avoisine le zéro absolu.

Il a une trouille de tous les diables, m'a-t-il confié dans une bouillie de mots juste audibles.

– Vous devez partir avec Mauren, lui ai-je répété.

– On ne pourra pas, a-t-il chuchoté. « Ils » nous surveillent.

J'ai compris que ça ne servait à rien de discuter, et après lui avoir fait avaler à l'aide d'une paille un peu de jus d'orange, je me suis éclipsée.

Avant, j'avais ramené Rusty à Turney, certaine que le véto serait aussi enchanté que moi d'avoir retrouvé les maîtres de notre protégé.

Il s'est montré surpris.

– Qui sont ces gens ?

– Je ne sais pas, je ne les ai pas vus. Les voisins d'Anatole.

– À Dam ?

– Après. Quasiment en plein désert.

– Ah, oui, ils louent des chambres, non ?

– Je ne sais pas.

– Oui, je vois vaguement. De drôles de pistolets. M'étonnerait que Rusty leur appartienne.

– Pourquoi ?

– Parce que ce sont des hyperphobiques.

– De quoi ?

– De tout. Je ne les connais pas personnellement, ils vivent en reclus, ne participent jamais à rien.

– À cause ?

– Justement de leur phobie. Les microbes, la pureté morale, la dépravation du monde... tout leur est bon pour jeter l'anathème. Le mari a une lourde hérédité et la femme est à peine mieux.

– Effectivement, je ne vois pas Rusty chez des gens comme ça.

– Moi non plus, enfin, on peut se tromper. Ils ont peut-être un côté humain.

– Ouais.

– Et Anatole ?

– Pas vu non plus. C'est d'ailleurs pour cette raison que j'ai poussé jusqu'à cette maison qui est à peu près à un demi-mille et où Rusty s'est manifesté.

– Qu'a-t-il fait au juste ?

– Eh bien, il s'est mis à courir, à gémir, à tourner dans tous les sens, à renifler partout, à gratter les portes, enfin, voyez le cirque ! J'ai eu l'impression qu'il reconnaissait cette maison.

– Bon, ben faudra y retourner. Tout ça ne fait pas avancer votre enquête, hein ? Vous êtes juste venue pour sauver Rusty.

– Cher Turney, vous voyez devant vous une femme découragée et qui n'a qu'une envie : retrouver les rues en pente de San Francisco, l'odeur de l'essence et les gueules abruties des camés. Au moins ça, c'est humain. Ici, j'ai l'impression d'être Armstrong débarquant sur la Lune.

Le véto s'est mis à rire.

– Et qu'est-ce que vous allez raconter à votre patron ?

– Rien, c'est ça le pire, j'ai rien à raconter et encore moins à écrire. Le passage à tabac d'Harold ? Quel intérêt ? On voit ça à chaque coin de rue chez moi. Les flics fachos ? Autant que des grains de sable dans ce foutu désert... Votre maire arriviste ? J'ignorais qu'il en existait d'autres. Les milices ? Il y a eu trois millions d'enquêtes sur elles ! Alors je vais passer un coup de fil à mon boss et lui annoncer que je me rapatrie.

– Il peut vous fiche dehors ?

– Il peut, mais il ne le fera pas. Bon, je viendrai demain chercher Rusty, vers dix heures, c'est bon ?

– Ça ira. Vous retournez chez Anatole ?

– Je ne sais pas encore. Vous le connaissez un peu ?

– Un peu. Il n'y a pas longtemps que je vis ici. Mais c'était une figure, dans le temps... Bonne famille, séducteur... d'ailleurs, c'est après avoir engrossé la fille de je ne sais plus qui qu'il a été obligé de filer.

Il a réapparu il y a quelque temps, d'après ce que j'en sais, assez florissant. Il s'est installé à Boulder dans une maison bourgeoise qu'il a louée à une veuve. Au début, les gens l'ont mis en quarantaine, mais lui, visiblement, il s'en moquait. Et puis un jour, toujours d'après ce que l'on m'a raconté, le facteur lui a apporté une lettre. Du jour au lendemain Anatole a quitté sa maison, acheté cette baraque en ruine, et on ne l'a plus revu. Il s'est mis à picoler et à se clochardiser. Voilà toute l'histoire telle que je la connais.

– Curieux. Bon, j'irai au moins lui dire au revoir. Les gens normaux se comptent sur les doigts de la main à Boulder. Ce patelin est une mine pour un ethnologue.

– Ne soyez pas trop dure, l'Amérique est remplie de Bouldériens. Un sac enfoncé sur la tête garantit leur tranquillité. C'est partout pareil. « Je ne vois rien, je n'entends rien, je ne dis rien. »

– Oui. Au revoir, Turney, à demain, et merci pour tout.

– Pas de quoi. De rencontrer des gens comme vous recule le moment où je vais moi aussi me couvrir la tête d'un sac opaque.

Je repense à tout ça en me prélassant dans un transat sur ma terrasse.

En rentrant, j'ai piqué une tête dans la piscine. Mais même l'eau était molle. J'ai fait quelques allers et retours et suis montée dans ma chambre.

Depuis une demi-heure j'hésite à téléphoner à Woody.

Dieu sait pourtant que j'aurais envie de rentrer dans mon *home*, prendre Nina dans mes bras et passer avec elle une de nos nuits blanches dont nous raffolons l'une et l'autre. Rien que d'y penser me fait soupirer.

Mais la répercussion de cet échec sur ma carrière me fiche les boules. Je connais bien une demi-douzaine de « chers confrères » qui seraient ravis de déposer une rose sur mon cercueil.

D'autant que je le sens, ce papier que je pourrais faire sur ce coin pourri.

Des disparitions inexpliquées, la magie du désert, les Indiens et leurs rites sauvages, cette population à moitié dégénérée, leur sous-Ku Klux Klan, Rotkin, le dictateur au petit pied ; Rossard, maître après Dieu ; Anatole, témoin hilare de leurs turpitudes, le gentil vétérinaire, et jusqu'à ce couple de barjots brandissant les foudres divines.

C'est tout de même autre chose que les règlements de comptes entre dealers ou bandes de quartier dont je suis obligée de faire mon pain quotidien.

C'est pas tous les jours qu'on dégote un Jack l'Éventreur !

J'en suis là de mes réflexions, quand la réception m'appelle pour m'annoncer que miss Rotkin demande à être reçue.

– Faites monter, dis-je en enfilant un peignoir.

Que me veut-elle encore, cette gracieuse ? De quels malheurs va-t-elle me tenir responsable ? Je repense à l'image du sac sur la tête et je me dis que si elle veut que je fasse quelque chose pour elle, il va falloir qu'elle l'ôte, son sac.

On frappe et je vais ouvrir.

– Je peux ?

– Je vous en prie.

Elle reste debout au milieu des canapés, à me fixer.

– Mais asseyez-vous.

Elle se laisse choir dans un fauteuil sans me quitter des yeux.

– Que puis-je faire pour vous ?

– M'offrir un verre.

Je vais vers le petit frigo.

– Whisky, champagne...

– Plus fort !

– Ah ? Cognac ?

– C'est ça.

Je la sers, me prends un bourbon et je m'assois.

Bon, et maintenant, c'est quoi, la révélation ?

Pour l'instant, elle boit. Et se ressert à la petite bouteille.

J'espère que son papa ne va pas débarquer si elle compte s'arrondir dans ma chambre.

– Je veux partir d'ici, dit-elle tout d'un coup, comme si ça venait juste de lui revenir.

– Ça me semble en effet raisonnable, mais nous en avons déjà parlé.

– Je l'ai déjà fait, mais mon père m'a fait ramener.

– Oui ? vous aviez quel âge ?

– Vingt-deux ans.

– Et vous vous êtes laissé faire ?

– Je suis revenue à cause de ma mère.

– Ah ? Et maintenant vous reviendrez pour qui ?

– Pour personne ! Vous avez vu ce qu'ils ont fait à Harold ?

– Ils ne vous feront rien. Et qui sont ces fameux « ils » ? Toujours les milices ? Ou bien est-ce qu'Harold aurait été simplement tabassé par ces petits cons qui aiment casser du pédé ?

– Je ne sais pas ! dit-elle en haussant violemment les épaules. Moi je veux vivre, je veux aimer qui je veux !

– Et il n'y a personne ici ?

– Ici ? vous me voyez vivre avec une fille à Boulder ?

Je hoche la tête. Effectivement.

– Mon père veut me marier, dit-elle d'une voix âpre.

Aïe, sale truc. Coup classique, mais sale truc.

– Avec qui ?

– Une espèce de type qui construit des hôtels ! Et que m'importe ! s'il me touche, je vomis !

Pas excessifs, les jeunes.

– Bon. Et vous me racontez ça pourquoi ?

– Je veux partir avec vous.

– Pardon ?

– Avec vous, ce serait possible. Vous avez une sorte de statut... comment dire... d'exterritorialité. Ils ne vous empêcheront pas de partir. Je me cacherai dans le coffre.

On pourrait filer de nuit. Dans trois jours la lune est noire, c'est le meilleur moment.

Ah bon.

– Et Harold ? je croyais que c'était votre ami, vous le laissez tomber ?

– Harold ne veut rien faire. Et pour l'instant il est trop mal en point. Il partira plus tard. Je lui écrirai pour lui donner mon adresse quand je serai arrivée.

– Et où comptez-vous aller ?

– San Francisco. Après, New York, peut-être...

– Vous avez... un peu d'argent pour démarrer ?

– J'en volerai.

– À qui ?

– Mon père. Je connais la combinaison de son coffre.

Ça vous semble logique, vous, cette conversation dans ma chambre ? Pas moi. Cette séduisante jeune femme se propose tout simplement de voler l'argent de ses parents et de fuir avec moi. Et si nous sommes rattrapées ? Je serai simplement complice d'un cambriolage.

Du coup, moi aussi je vide le flacon de bourbon.

– Ce n'est pas une aussi bonne idée que ça, dis-je avec un faible sourire.

– Vous ne risquez rien, quand mon père découvrira ma disparition, nous serons loin. Je vous en prie, faites ça pour moi !

Elle se lève et me fixe avec intensité. Son visage est animé, ses yeux brillants, ses mains tendues vers moi.

– Nous devons être solidaires, murmure-t-elle.

Je me lève en soupirant.

– Écoutez, Mauren, je suis venue ici pour enquêter sur une affaire criminelle, je ne suis pas militante du Gay Pride.

Elle ne répond pas, mais ses lèvres tremblent un peu.

– Je suis en danger, chuchote-t-elle.

Elle le croit, c'est sûr. Sa frayeur est visible, simplement, c'est moi qui n'y crois pas.

– Mauren, dis-je en lui prenant les mains, personne ne peut vous obliger à faire ce que vous ne voulez pas. Vous n'êtes pas dans une tribu du Soudan ou du Mali. On ne peut pas vous exciser ou vous marier de force. Partez dans une grande ville où vous serez anonyme, mais faites-le au grand jour.

– Vous ne comprenez donc rien...

– Je comprends qu'avec votre petit copain Harold vous vous êtes monté la tête. C'est vrai que vous habitez un pays de ploucs ; possible qu'il existe des cinglés qui font la chasse aux Blacks, aux Juifs, aux homos, aux rouquins, aux vieux, aux jeunes... Mais des connards il en existe partout. C'est pas en fuyant que vous les éviterez.

On se regarde, et des larmes brillent dans ses yeux. Elle les ferme, ses beaux yeux noirs, et pose la tête sur mon épaule. Et moi, qu'est-ce que je fais devant cette détresse ? je la prends dans mes bras, lui tourne le visage vers moi et je l'embrasse.

Et c'est à ce moment qu'on frappe à ma porte.

Je sursaute comme si j'avais reçu une décharge de mille volts. Pas Mauren. Et je comprends que j'ai les nerfs plus secoués que les siens.

Je m'écarte vivement.

– Oui ?

– Shérif Rossard.

Mauren s'est redressée et me fixe sans un mot. Je sais ce qu'elle pense. Elle triomphe.

Elle se rassoit sur le canapé et allume une cigarette sans me quitter des yeux. À la porte, Rossard a frappé de nouveau.

– Je peux vous voir, miss Khan ?

Troublée, je vais lui ouvrir.

– Oui, qu'est-ce que vous voulez ?

Il ne me répond pas et se penche pour regarder à l'intérieur.

– Oh, bonjour, miss Rotkin, c'est justement vous que je cherchais.

Je me retourne vers Mauren qui me sourit d'un air à la fois triste et ironique.

– Ça veut dire quoi, shérif ?

– Rien. Votre voiture a été accrochée dans la rue. Malheureusement le gars a filé et je voulais vous prévenir.

– Mais vous disiez que vous cherchiez miss Rotkin.

– Oui, ça c'est autre chose. J'ai su par son logeur qu'Harold Benz a été agressé. Par conséquent, je voulais demander à miss Rotkin si elle pouvait me fournir des éléments, sachant qu'ils se fréquentent.

– Harold a porté plainte ?

– Heu... non, mais si miss Rotkin pouvait justement le convaincre de le faire... Ça nous permettrait d'agir.

Il pousse de la poitrine sur la porte, mais je la tiens solidement.

– Eh bien merci, shérif, miss Rotkin va réfléchir à tout ça.

Il se dandine d'un pied sur l'autre et se penche de nouveau vers Mauren.

– Qu'en pensez-vous, miss Rotkin ? Voulez-vous que nous en parlions au bureau ? Je suis sûr que votre père est inquiet au sujet de cette histoire... Peut-être pourriez-vous m'accompagner ?

Mauren se lève et écrase sa cigarette.

– Vous n'êtes pas obligée d'y aller... Pensez à ce que je vous ai dit.

Elle ne me répond rien, prend son sac et vient vers nous.

– Harold Benz ne veut pas porter plainte, shérif, et je respecte sa volonté. Quant à l'inquiétude de mon père, ça me regarde. Je ne vous accompagne pas, mais je prenais justement congé de miss Khan quand vous avez frappé.

Elle se tourne vers moi.

– Merci pour vos conseils... et le reste... et quand vous serez chez vous, pensez à nous... et aux amis que vous aurez laissés ici. Bonne chance dans votre enquête.

Rossard me salue et la suit dans le couloir. L'ascenseur les attend et je m'aperçois que le shérif l'avait bloqué. Il se retourne avant de descendre.

Je ne réponds pas à son sourire de faux-jeton.

Je tire la porte et pique une cigarette dans le paquet qu'a oublié Mauren.

Je la fume jusqu'au filtre sans m'en rendre compte.

Je n'arrive pas à mettre deux idées en place. L'arrivée de Rossard n'est pas fortuite. Ou Mauren était suivie, ou on l'a prévenu.

Cette fois, c'est la sonnerie du téléphone qui me fait sauter. Encore quinze jours ici et je repars dans une camisole de force.

– Allô ?

– Salut. Salvatore H. Finley-Perrepi. Ça te dit quelque chose ?

– Salut, patron, soupiré-je.

– Je croule sous tes articles, la rédaction ne sait plus où donner de la tête, et le tirage s'envole vers les sommets.

– Ça va, patron, ça va...

– Non, ça va pas !... T'es tombée en catalepsie ou quoi ! Rien, pas une ligne depuis une semaine que t'es là-bas, pas un coup de fil ! Qu'est-ce qui t'arrive, t'as été piquée par la tsé-tsé !

– Écoutez, crié-je à mon tour, vous m'avez envoyé sur un coup de merde ! je n'avance à rien ! les gens sont paranos ! c'est Stephen King qu'il aurait fallu ici ! personne n'ose rien dire ! je vais rentrer et si vous voulez me foutre à la porte, vous gênez pas !

– Et ce que j'ai dépensé pour ton voyage, ça compte pas ? Bordel ! tu m'as habitué à autre chose !

On est essoufflé tous les deux et je reprends ma respiration. Lui aussi.

– Écoute, dit-il en feignant de se maîtriser (mon Dieu, quel comédien !), je comprends ce que tu ressens, mais tu dois arriver à quelque chose. Tu sais ce que disait Morgan à ses reporters : « S'il n'y a pas d'événement, inventez ! »

– À part que les canards de ce type étaient des torchons et imprimaient n'importe quoi ! On est arrivé si bas ?

– Merde, Sandra ! bouge-toi le cul ! T'es dans la vallée de la Mort, dans un patelin paumé habité par des cinglés, des familles entières ont disparu et t'es pas foutue de me torcher un reportage !

– Un mec a voulu m'aider, il a été à moitié tué.

– Très bon, ça ! voilà du concret ! ça bouge, ça bouge ! Sandra, me laisse pas seul face au conseil d'administration ! fous le bordel là-bas ! j'te couvre !

– Avec quoi, du papier journal ? J'ai l'impression que tout le monde est au courant dès que je pète un peu fort !

– Arrête, c'est toi qui deviens parano ! t'es pas chez les ayatollahs !

– C'est exactement ce que je viens de dire à la fille du maire qui est lesbienne et terrorisée. À part qu'il n'y avait pas cinq minutes qu'elle me parlait que le shérif est passé par hasard et l'a emmenée avec lui.

Vous savez ce qu'elle me demandait ? de la cacher dans mon coffre de voiture quand je partirai. Elle a vingt-cinq ans, jolie, intelligente, et morte de frayeur. Ça vous semble normal, tout ça ?

– T'es à la campagne, ma fille, ils ont des idées arriérées. C'est pas pour ça que c'est des mutants ! Bon, je te donne encore une semaine pour me faire du bon boulot. Accroche-toi, ma grande, on compte sur toi.

Il raccroche et je considère le récepteur d'un air féroce.

Non seulement cet abruti ne veut pas que je revienne, mais il m'estime déjantée !

Entre-temps la nuit est tombée, pourtant il n'est que six heures.

Je suis mal à l'aise. Si je me trompais avec Mauren ? Si réellement elle était en danger ?

Harold a-t-il été battu parce qu'il voulait m'aider ou parce qu'il faisait du gringue à un mec qui n'appréciait pas ? Est-ce que dans notre pays on peut séquestrer une fille de vingt-cinq ans et l'obliger à se marier ? Un village entier peut-il être complice de meurtres ?

Je déambule en retournant toutes ces questions dans ma tête.

Si je disais que je suis rassurée, je mentirais.

Je n'ai qu'une envie, c'est de sauter dans ma voiture et de rentrer dare-dare à Frisco ou n'importe où loin de ce pays de dingues.

En attendant il faut que je dîne, et l'idée de le faire seule dans un de ces drugstores où se réunit la seule population mâle de l'endroit m'accable.

Je m'accoude à la rambarde de la terrasse et, petit à petit, face au désert, je me calme.

L'horizon est barré d'un moutonnement de roches d'où s'échappent de gigantesques séquoias. Le sable est travaillé comme de la moire par le vent et la faune.

Je respire profondément et j'ai l'impression de me régénérer.

Le silence recouvre tout. Parfois, fugace, un souffle de vent.

Je n'ai pas envie de quitter ma chambre et téléphone à la réception pour me faire monter à dîner.

– Du poulet grillé et des pommes de terre ? parfait. Avec une glace au chocolat et un café très fort. Non, pas de vin... Oh, si ! une demi-rouge de Californie.

Je dîne sur ma terrasse et je fume une cigarette de

Mauren en sirotant mon café. Il y a longtemps que je ne me suis sentie aussi bien.

Est-ce d'avoir entendu Salvatore ? Je ne saurais dire. J'ai presque oublié Mauren et ses peurs.

Je ne suis pas descendue regarder si ma voiture a été effectivement accidentée, parce que je suis certaine que c'est vrai. Et si Rossard était vraiment venu pour me prévenir ?

Dans un endroit où l'air est si transparent qu'on pourrait toucher les étoiles, pourquoi la population serait-elle pire qu'ailleurs ? Peut-être se protège-t-elle justement de notre civilisation létale.

Je me suis laissé monter la tête par Harold et Mauren.

Je finis ma bouteille de vin, passe dans la salle de bains pour me rafraîchir et me glisse au lit.

Je n'ai même pas envie de lire, seulement de regarder la lune inonder le sable. Est-ce que moi aussi je ferais de la désertophilie ?

Je ne m'aperçois pas quand le sommeil me prend.

***

Mardi, 9 h 30

À neuf heures et demie, le lendemain matin, je suis chez Turney. Il me donne Rusty avec un peu de regret, me semble-t-il.

– Si vous voyez qu'ils n'en veulent pas, ramenez-le.

– Vous ne semblez pas très confiant.

Il hoche la tête.

– Comme ça... Si Rusty était à eux et qu'ils voulaient le reprendre, je l'aurais su.

– Vous me dites qu'ils ne fréquentent personne, peut-être n'étaient-ils pas au courant.

– Le mari travaille en ville, je l'ai déjà vu.

– Ne vous en faites pas, je n'abandonnerai pas Rusty. À tout à l'heure.

Rusty est tout joyeux et saute dans ma voiture comme un vieil habitué.

Effectivement, elle est rayée sur un côté. Comme avec une clé. Ce n'est pas accidentel.

On se met en route. Ce matin je me sens mieux et j'aime bien cette balade avec Rusty.

Il s'amuse à laisser voler ses oreilles dans le vent, ce qui lui donne un côté dessin animé, et pour la première fois depuis des lustres j'éclate de rire.

Il fait un peu moins chaud, le ciel s'est obscurci. Un orage se prépare sans doute.

On passe Dam qui est toujours figé comme un décor de théâtre.

Le seul signe de vie, ce sont les aspersoirs qui inlassablement tournent sur ces mêmes pelouses.

Je m'arrête peu après devant la cabane d'Anatole, ordonne à Rusty de rester tranquille et vais frapper chez le vieil homme.

Comme la veille, la porte est ouverte mais il n'y a personne.

Je fais le tour et vois la bicyclette à la même place. Rien n'a bougé depuis hier.

Je pense à ce qui est arrivé à Harold et tout à coup ma belle humeur s'évanouit.

J'entre dans la cabane et soulève quelques hardes en butant contre des ustensiles qui traînent partout.

Sur la cuisinière délabrée et noire de crasse une casserole aussi noire renferme des restes de nourriture qu'une troupe de mouches se partagent.

Incongru, un réveil moderne éclaire une planche près de la paillasse qui doit servir de lit.

Des livres sont posés à côté : Mark Twain, Joyce. Balzac et Loti dans le texte.

L'odeur m'oblige à ressortir. Haut dans le ciel, des vautours, me semble-t-il, volent en faisant des cercles, et ce ballet macabre me fait frissonner.

Je repars vers ma voiture où Rusty m'accueille joyeusement.

On redémarre vers notre destination, mais je suis si préoccupée que je loupe l'embranchement une première fois et suis obligée de revenir sur mes pas.

Dès que je m'engage sur le chemin rocailleux, Rusty se fige et recommence à humer l'air comme la veille. Il gémit et se penche presque à tomber. Je le retiens par le collier.

On arrive devant la barrière et je m'arrête.

La maison est silencieuse et déserte. Au premier, un seul volet est entrouvert.

Je sors avec Rusty qui se met aussitôt à flairer le sol avec frénésie.

– D'accord, d'accord, mon gros, on y va.

Je pousse la barrière et appelle dans la cour.

Je n'aime pas ce que dégage ce lieu.

Chez Anatole le silence était pesant, ici, il est hostile. Je recommence à appeler.

La porte du bas s'ouvre et une femme apparaît. Elle reste sur le pas de sa porte et nous fixe sans mot dire.

– Bonjour, excusez-moi d'être entrée chez vous, mais il m'a semblé que ce chien vous appartenait... Nous sommes passés hier et Rusty, c'est son nom, a paru reconnaître votre maison. Est-il à vous ?

La femme ne répond pas. Elle est maigre et son teint est d'une pâleur maladive. Ses cheveux filasse retombent de chaque côté d'un visage hâve et crispé. De profonds cernes soulignent des yeux sans couleur. Elle est vêtue d'une blouse de coton beigeasse et de nu-pieds en cuir.

– Est-ce que ce chien vous appartient ? répété-je avec un grand sourire.

Elle hausse les épaules et je m'aperçois avec stupeur qu'elle est terrorisée.

Elle fixe Rusty, qui, à ma surprise, se hérisse et grogne en retroussant ses babines.

– Rusty, qu'est-ce qui te prend ? Ça va pas !

Mais il se met à trembler et je n'ai plus qu'une idée, filer d'ici en quatrième vitesse.

– Ça ne fait rien, crié-je en repassant la barrière, on a dû se tromper. Allez, grimpe !

J'embraye et m'apprête à faire demi-tour, quand un break surgit et me bloque la route.

Au volant, un homme me toise avec fureur.

Je lui fais signe de se pousser mais il ne bouge pas.

Dans la cour, la femme s'est décollée de sa porte et vient vers nous.

Le chauffeur du break s'est remis doucement en route et roule dans notre direction.

Au travers de son pare-brise, son regard semble à peine nous voir.

Dans une seconde il va me heurter de plein fouet et j'écrase l'accélérateur.

La Nissan bondit en avant vers les hautes herbes, le break accélère aussi, j'entends la femme crier, mais je ne comprends pas ce qu'elle dit.

Je passe rapidement la marche arrière et j'évite l'avant du break de dix centimètres.

Il s'enfonce dans les herbes et je passe la première.

Par chance, ma voiture est nerveuse et arrache les roues arrière de l'ornière où je l'ai collée.

Je rétablis difficilement l'équilibre et fonce sur le chemin.

Par le rétroviseur, je vois le chauffeur descendre de son véhicule et me menacer du poing.

C'est à mon tour de trembler alors que Rusty aboie comme un fou, tourné vers l'arrière.

Je ne comprends pas ce qui vient de se passer. On a

essayé de nous tuer, Rusty et moi, ou du moins de nous blesser sérieusement.

J'enfile la route de Boulder sans descendre ma vitesse, puis m'arrête sur le bas-côté pour reprendre mon sang-froid. J'essaie de faire taire Rusty qui paraît enragé.

– Arrête, arrête, reste tranquille !

J'attends que mon cœur se calme pour repartir. Je repasse devant chez Anatole mais sans m'arrêter. Je suis sûre qu'il n'est plus là.

Je suis étonnée de ma réaction. Quand ce véhicule m'a bloquée et que j'ai croisé le regard du chauffeur, j'ai connu un véritable moment de panique que je m'explique mal maintenant.

Il est temps que je quitte ce coin.

Je remets en marche et ne m'arrête plus que chez le véto.

– Vous revoilà, dit-il en tapotant la tête de Rusty, je m'en doutais, voyez-vous.

Je me laisse tomber sur une chaise.

– Un alcool, s'il vous plaît, et pas de citron.

Il rit et revient avec une bouteille de tequila glacée et des tranches de citron vert.

– Tenez, buvez... Croquez tout de même dans le citron, avant.

L'acidité du fruit me fait plisser les yeux et j'avale une grande lampée de tequila.

– Formidable remède !

– Qu'est-ce qui s'est passé ?

Il ne m'interrompt pas une seule fois pendant mon récit, et se contente de secouer la tête.

– Ils sont dingues, murmure-t-il, ça ne m'étonne pas. Ce qui m'inquiète, comme vous, c'est la disparition d'Anatole.

– Est-ce déjà arrivé ?

Il hausse les épaules.

– J'en sais rien.

Rusty s'est installé à nos pieds après avoir vidé une bassine d'eau fraîche.

– Curieux, la réaction de Rusty, non ?

– Oui, curieux. Ce chien est éminemment pacifique, et la colère qu'il a manifestée n'est pas gratuite. Ou ce sont eux qui l'ont blessé... ou il s'est passé quelque chose, mais quoi ?

– L'attitude de la femme était bizarre. Elle regardait Rusty et elle tremblait comme si elle voyait un fantôme.

– Ces salopards ont peut-être cru l'avoir tué, et quand vous êtes arrivée avec lui ils ont pris peur...

– Qui sont ces gens ?

– Des gens d'ici, plus ou moins de la famille de Rossard. Je crois que c'est la première fois qu'une union n'est pas familiale. La femme vient d'un peu plus loin.

– Vous les connaissez, alors.

– Comme tout le monde. Les gens parlent quand ils pensent ne rien risquer. Le père était un fou, une sorte de prédicateur vociférant, il terrorisait tout le monde et son fils en premier. Sa femme a été internée à l'asile de Kingman où elle s'est suicidée. Voyez l'ambiance. La fille aussi s'est suicidée.

Je soupire.

– Bon, alors vous gardez Rusty et moi je cherche à savoir ce qu'est devenu le vieil Anatole. Je vais aller voir Rossard.

– C'est une bonne idée. Racontez-lui l'accueil que vous avez reçu. Il peut peut-être faire quelque chose. Vous voulez rester déjeuner ?

– Non, merci. Je vais faire un saut chez Harold Benz. Il ne me semble pas bien aller.

J'hésite à lui raconter la démarche de Mauren, et je renonce.

Turney fait tout de même partie des notables de l'endroit et j'ignore quels sont ses véritables rapports avec Rotkin, même s'il le critique.

Et puis Rotkin est son propriétaire.
– À plus tard, merci pour le citron vert. Tchao, Rusty, amuse-toi bien.

***

Aujourd'hui il l'a frappée, frappée... frappée. C'est la première fois, avec tant de violence, ou peut-être a-t-elle oublié.

Quand elle l'a vu arriver et que la femme était toujours là avec le chien, elle a su que le malheur dégringolait sur elle.

Il a raison, elle est fautive. Elle voudrait déchirer sa gorge de ses ongles pour qu'il lui pardonne.

Après qu'ils ont disparu, il est resté un long moment à fixer la route, raide et pâle comme la mort.

Elle est rentrée dans la cuisine et a attendu sans pouvoir s'empêcher de pleurer.

Il l'a rejointe et ses yeux, si bons d'habitude, étaient comme tournés vers l'intérieur et elle n'en voyait que le globe blanc strié de rouge.

Il s'est avancé vers elle et a ôté sa ceinture, puis, méthodiquement, il a laissé tomber son bras encore et encore. Ses cris ont alerté sa fille aînée qui l'a supplié d'épargner sa mère en s'accrochant à lui.

Il s'est tourné vers Anne-Marie et a levé son bras contre elle qu'il aime tant, preuve qu'il n'avait plus sa tête, et l'a poursuivie en hurlant des horreurs : qu'elle faisait exprès de porter des robes transparentes pour provoquer les hommes, et que même lui, son père, devait détourner les yeux.

Elle lui a crié de s'enfuir et de s'enfermer dans la chambre avec les deux petits, de la laisser avec son père qui n'était pas méchant, seulement furieux, et qu'elle méritait cette correction.

Depuis longtemps elle était à terre, se protégeant du mieux qu'elle pouvait des morsures de cette ceinture qui lui venait de son père.

Enfin, il l'a abandonnée sur le carreau.

Il a jeté sa ceinture au milieu de la pièce et est ressorti.

Elle l'a entendu essayer de sortir le break de la fondrière où il l'avait précipité.

Elle souffrait terriblement, mais elle était soulagée qu'il n'ait rien pu faire à cette femme et à son chien.

Il ne se rend pas compte, mais un jour tout ça va se retourner contre eux.

Elle ne peut pas lui en vouloir car elle sait que ses raisons sont nobles.

Il ne veut à aucun prix que sa femme et ses enfants soient pervertis.

***

Harold paraît un peu mieux. Son œil est plus clair. Mais ses lèvres enflées l'empêchent de bien parler.

– Alors, mon vieux, vous vous sentez en meilleur état ?

Il se gratte la gorge en hochant la tête.

– Un peu.

– Qu'est-ce qu'a dit le toubib ?

– Deux côtes cassées, je crois ; multiples traumatismes, plaies ouvertes aux jambes. Ils voulaient me tuer.

Je dois tendre l'oreille pour le comprendre.

– Je ne crois pas, s'ils l'avaient voulu, ils l'auraient fait.

Il ne répond pas et je vois qu'il n'est pas convaincu.

– Et vous ne les avez pas reconnus du tout ?

Il secoue la tête et fait le geste d'enfiler un masque.

– Rossard voudrait que vous portiez plainte pour qu'il puisse commencer l'enquête.

Son unique œil s'arrondit et il secoue violemment la tête.

– Mais pourquoi ?

– Ils reviendront m'achever, gargouille-t-il.

– Alors ils ne vont pas être punis, ça ne vous gêne pas ?

Il tente de hausser les épaules, mais grimace.

– La police peut vous protéger. Vous pouvez attendre ailleurs l'issue du procès.

Il me regarde avec lassitude.

– C'était les milices ?

Mauren a dû lui dire que je n'y croyais pas trop, aux milices, et il ne répond pas.

– Pas plutôt des abrutis éméchés qui n'aiment pas les gays ?

Il secoue la tête sans répondre.

– Écoutez, Harold, je peux essayer de vous aider, mais il faut me dire la vérité. Même si ce sont des types du coin, ils seront condamnés. Vous dites que les milices existent... mais pourquoi auraient-elles fait ça ? Vous croyez qu'elles n'ont rien de mieux à faire que de tabasser un barman ? Même si, ajouté-je pour arrêter son geste de protestation, vous enquêtiez sur les Peterson. Parce que ça voudrait dire que ce sont eux qui ont tué les touristes, vous comprenez ? et ça je ne le pense pas. Enfin... je ne crois pas. C'est pas leur intérêt de se faire remarquer.

Il soupire et tourne la tête vers le mur pour me signifier que l'entretien le fatigue. Puis il me regarde.

– Vous avez refusé d'emmener Mauren à San Francisco ?

Je pince les lèvres.

– Elle veut avant de partir cambrioler son père et se cacher dans mon coffre. Ça me semble très imprudent.

– Alors, elle aussi vous la laissez tomber, rocaille-t-il.

– Qui d'autre ai-je laissé tomber ? Je suis la seule à tenter quelque chose dans ce pays... tout le monde se tait. Vous connaissez l'image des trois singes ?

Il tourne de nouveau la tête contre le mur.

– Anatole a disparu.

Il sursaute en fronçant son œil.

– Depuis deux jours, je le cherche. Son vélo est dans sa cabane. Ses voisins ont l'air cinglé, vous les connaissez ?

Il gonfle ses lèvres et hausse une épaule.

– Jamais venus au bar, souffle-t-il. Ils font partie d'une demi-douzaine de paroisses. Des culs-bénits. Des dingues de l'hygiène. Paraît qu'il oblige ses gosses à se purger toutes les semaines, à chier toute leur merde. Anatole ne les aimait pas. Personne d'ailleurs. Je crois que tout le monde a la trouille.

C'est la première longue phrase qu'il sort et ça l'a épuisé.

– Mauren va venir ?

Il acquiesce, l'œil fermé.

– Je vous laisse, je reviendrai demain. Pourquoi ne fermez-vous pas votre porte à clé ?

– Qu'est-ce que vous voulez qu'ils me fassent de plus ? grimace-t-il.

– Soyez prudent, dis-je en lui tapotant la main.

– Vous aussi.

Je remonte en voiture et file au poste de police.

Ce n'est pas Ross qui est de garde, mais l'autre, Palmer, lis-je sur son revers. Sergent Palmer.

– Vous désirez ?

Il a l'œil plus vif que Ross et paraît mieux embouché.

– Je voudrais voir le capitaine Rossard.

– Il est en patrouille, il ne va pas tarder. Vous voulez l'attendre ?

Je m'assois sur un banc et attrape un journal qui traîne.

En pages intérieures, je vois des photos et un reportage sur le club « campagne et nature » du coin.

Drôle de club dont les membres mâles et même, pour certains, femelles sont habillés de treillis et de rangers, et brandissent des drapeaux d'anciennes unités désaffectées du Vietnam.

Tonneaux de bière et barbecue complètent la fête, qui se déroule selon le journal le premier et le troisième dimanche du mois, dans des endroits particulièrement propices à ce genre de festivités.

Si ce ne sont pas les fameuses milices civiles, ça y ressemble bien.

Dans le fond de la photo on devine une estrade surchargée de drapeaux américains sur laquelle un homme pérore devant un micro.

La légende du journal dit que les amis de Frank Kennedy sont venus l'encourager dans sa campagne pour le poste de gouverneur du Nevada.

En deux lignes, le journaliste expose le programme du candidat.

« Priorité aux nationaux ; arrêt de l'immigration sauvage ; réintroduction de la prière dans les écoles ; et sévérité accrue des tribunaux contre tous les désordres moraux, ainsi que l'abrogation de la loi sur l'avortement. »

Donc, elles existent bien ces fameuses ligues de vertu qui regroupent ceux qui se nomment eux-mêmes « poubelle », ou « déchet blanc » !

On ne parle dans ce journal que de faits positifs comme les tombolas organisées au profit des enfants nécessiteux, du déjeuner de la maison de retraite de Nelson où a été couronnée la centenaire, et autres bienfaisances.

Mais pas la peine d'être diplômé de Harvard pour comprendre que gronde, là, la voix de l'Amérique profonde et raciste.

À ce moment Ross et Rossard font irruption.

– Tiens, salut, me dit le shérif, c'est moi que vous attendiez ?

– Oui, dis-je en prenant la main qu'il me tend.

– Alors, allons-y.

Il se tourne vers Ross qui s'apprête à nous emboîter le pas.

– Va te poster à l'angle de Arch et Denon, il y a eu des problèmes avec les cars, hier.

Ross paraît surpris et contrarié mais n'ose pas protester.

Est-ce que le ménage marcherait moins bien ?

Rossard et moi, on s'installe et Rossard allume une cigarette française.

J'ai du mal à détacher mon regard de son visage, je n'ai jamais vu un homme aussi laid.

– J'ai de la famille en France, ils m'envoient de temps en temps des gauloises pour me faire plaisir, m'explique-t-il, en se trompant sur l'insistance de mon regard. Alors, comment ça va ?

– Moyennement, mon enquête n'avance pas.

– Je vous l'avais dit, dit-il en hochant la tête.

– Par contre, je commence à avoir quelques petites idées.

– Comme quoi ?

– Harold Benz prétend qu'il a été tabassé parce qu'il était parti enquêter sur la famille Peterson, une des familles disparues.

Rossard hausse les épaules.

– Benz se trompe.

– Alors pourquoi l'aurait-on à moitié tué, d'après vous ?

Il soupire en haussant encore les épaules.

– Y a des dingues partout.

– Je croyais que Boulder était une ville exemplaire de tranquillité.

– Ça veut dire que c'est pas des gars d'ici.

– Ah ? Vous avez des indices ?

– Non, aucune piste. Les types qui ont fait ça portaient des gants et Benz ne les a pas reconnus parce qu'ils étaient masqués, d'après lui. D'ailleurs, il a pas porté plainte...

– Parce qu'il a peur des représailles.

– Il est dingue !

– Autre chose, je cherche le vieil Anatole depuis deux jours, il a disparu de chez lui.

Rossard relève vivement la tête.

– Comment ça, pas chez lui ? ce vieux débris quitte rarement son taudis sinon pour venir se poivrer le nez en ville, et dans ce cas on le remarque.

– Précisément.

– Eh ben, il est peut-être parti se balader, après tout.

– À part que son vélo neuf est à sa cabane et qu'il ne serait pas parti à pied.

Rossard lève les bras dans un geste d'ignorance.

– Alors, j'sais pas, faudra voir...

– Quand je suis arrivée ici, j'ai trouvé un chien blessé dans la rue.

– Oui, je suis au courant, me coupe Rossard, c'est le docteur Turney qui l'a soigné...

– C'est ça. Ce chien, Anatole s'est plaint de l'avoir entendu aboyer toute une nuit près de chez lui...

– Oui...

– En allant chez Anatole, j'ai poussé jusqu'à la maison qui est plus loin, vous voyez où, au fond d'une petite route...

– Oui...

– J'ai demandé si le chien n'était pas à eux parce qu'il avait semblé reconnaître l'endroit quand nous y étions venus la veille... On y a été très mal reçus.

Rossard me regarde pensivement.

– On m'a dit que ces gens seraient de votre famille, capitaine, souris-je, perfide.

– Qu'est-ce qu'ils ont fait ?

– Oh, le type a tout simplement tenté de nous écraser, Rusty et moi, en fonçant avec son break sur ma voiture.

Nouveau silence embarrassé de mon interlocuteur, qui, pour s'embellir sans doute, se tord la lèvre inférieure entre deux doigts, ce qui remonte la peau comme ces chiens qui ont la gueule en plissé soleil.

– Vous avez des témoins ?

J'accentue mon sourire.

– J'étais sûre que vous alliez me demander ça.

Il serre les lèvres.

– Je vais leur en parler. C'est tout ?

– Le club « campagne et nature », c'est quoi ?

– Comme le nom l'indique : des citoyens qui aiment pique-niquer ou qui partent en randonnée.

– Ou qui se mêlent de politique ?

– Pas à ma connaissance.

– Ils ne roulent pas pour Frank Kennedy ? ou peut-être pour Rotkin ?

Il hausse encore une fois ses massives épaules.

– J'm'occupe pas d'politique.

– Ce chien, personne l'a réclamé, dis-je, changeant de sujet, ça ne vous étonne pas ?

– Il est p't'êt' pas d'ici.

Il ne voit pas où je veux en venir avec mon histoire de chien, mais je fais exprès d'attaquer sur tous les fronts pour le désarçonner.

– Ce chien est un labrador domestiqué. Il appartenait à quelqu'un, à qui ?

– Mais c'que j'chais !

– Les gens de votre famille, les aimables qui m'ont bien reçue, ils louent des chambres, n'est-ce pas ?

Il ne répond pas, me regarde sans aménité.

– Au fait, comment s'appellent-ils ?

– Pourquoi ?

– Pourquoi pas ?

– Bechner, dit-il avec un effort visible. Ma mère et sa mère étaient demi-sœurs.

– Alors pourquoi les Bechner n'ont-ils pas reconnu Rusty ? et surtout pourquoi nous ont-ils accueillis de cette manière ?

– Y sont un peu à la masse... On se fréquente pas beaucoup, continue-t-il comme s'il s'excusait. Et le chien n'est pas à eux.

– Ils sont seuls à louer des chambres ?

– Non, y en a aussi en ville. Y a beaucoup de passage ici, dit-il en se rengorgeant.

– Les loueurs de chambres ont un livre de police, n'est-ce pas ?

– Bien sûr.

– Contrôlé ?

Ses yeux papillonnent. À mon avis le dernier contrôle doit remonter à l'an mil.

– Ben, dès qu'on peut.

Ils sont une demi-douzaine à louer des chambres.

Malgré ses ambitions, Boulder n'est pas très équipé. De toute manière, personne n'a reçu de voyageurs circulant avec un chien comme Rusty, ou alors ils ne s'en souviennent pas.

Chez l'un des loueurs, le seul qui m'ait laissé entrer dans son salon, il y avait un grand drapeau des Confédérés et des fusils accrochés un peu partout.

À eux deux le couple devait peser une demi-tonne et

leurs charmants bambins suivaient la tradition familiale.

Partout des trophées militaires, des casques, des poignards, des posters d'armes en tous genres.

J'aurais adoré séjourner chez eux.

Je suis repartie vers la poste avec l'intention d'envoyer un télégramme à Woody l'avertissant de mon retour.

Je ne suis pas froussarde, j'ai couvert des affaires casse-pipes du temps où, stagiaire dans un journal new-yorkais, on m'envoyait là où on ne voulait pas sacrifier un bon journaliste, mais dans cette ville je me sens aussi exposée qu'une souris perdue parmi une réunion de chats.

Je me demande si je ne vais pas, en fin de compte, emmener Mauren avec moi ; sans qu'elle ait cassé la tirelire familiale et sans la cacher dans mon coffre, cela va sans dire.

J'aurais bien emmené Harold, mais je ne veux pas me transformer en voyage charter, et le pauvre garçon n'est pas encore en état de se taper trois heures de voiture.

Pourtant il me semble davantage en danger que sa petite camarade.

L'atmosphère est toujours de plomb fondu, et au bout de cinq minutes de marche j'entre dans le premier bar venu pour me rafraîchir.

À l'intérieur, il y a beaucoup de jeunes qui me semblent aussi allumés que ceux qu'on peut voir n'importe où.

Je m'assieds au bar et commande un coca.

Les mômes parlent fort et rient beaucoup.

Les garçons sont presque tous habillés en surplus de l'armée et les filles ont l'air de sortir d'un film des années soixante.

Ils me lancent des coups d'œil à la dérobée.

J'avale rapidement mon verre et m'apprête à partir, quand un garçon âgé d'une vingtaine d'années s'approche de moi.

– Salut, vous êtes la journaliste ?

Il est entièrement rasé, sauf une mèche à la Tintin roulée sur le sommet du crâne. Ses bras sont tatoués de haut en bas et par l'échancrure de son gilet de coton on peut voir que son torse est bleu d'encre.

– Effectivement, je suis journaliste.

– Je m'appelle Dany Mercer, mon père est garagiste.

– Ah oui ?

Il se tourne vers les autres qui se sont arrêtés pour nous écouter et part d'un grand éclat de rire.

– Pas serviable, le vieux, s'pas ?

– Pas très.

Où veut-il en venir ?

Le bar est sombre ; le patron croit sans doute que la pénombre est propice aux affaires.

– On vous les a quand même changés, vos boudins ? reprend le beau tatoué.

– Oui.

– Mon père fait partie du conseil municipal, me dit-il, comme si ceci expliquait cela.

– Félicitations.

Il ne sait plus trop quoi me dire et regarde par en dessous ses copains qui ricanent. Une fille s'approche de nous avec une démarche empruntée à une série B d'Ed Wood.

Elle se pend au bras du jeune Mercer et me toise comme pour me mettre au défi de le lui arracher.

– Bon, eh bien au revoir.

– Vous allez rester encore longtemps ? me lance le fils du garagiste d'un air mi-goguenard mi-menaçant en me barrant le passage.

Et c'est à cet instant que je décide de ne pas télégraphier à Woody.

– Aussi longtemps qu'il le faudra, et je crois que les habitants de cette délicieuse bourgade feront bien de s'habituer à cette idée.

Je ne sais pas pourquoi je balance cette phrase pour le moins provocante. Mais ça fait son effet car je sors dans un silence total.

Je passe devant la poste et continue vers le Métropole.

J'ai la démarche élastique et ferme tout à coup, comme si on venait de m'enlever un grand poids des épaules.

Je ne détourne plus les yeux quand les gens m'observent et je m'amuse même à les saluer.

J'arrive à l'hôtel et monte dans ma chambre enfiler un maillot, puis je redescends à la piscine et fais quelques longueurs. L'eau ne m'a jamais paru plus agréable.

Je sors du bassin, m'installe sur un transat et commande un cocktail de fruits frais, puis un second en regardant le soleil disparaître derrière la cime des arbres.

Quelques touristes sont installés et papotent en examinant des cartes routières.

On pourrait presque se croire dans un village de vacances.

Je monte prendre une douche et m'habiller pour dîner.

Je choisis un pantalon large en crêpe jaune, un T-shirt sans manches bleu marine, des sandales dorées, me maquille soigneusement et abandonne ma besace au profit d'un sac du soir en veau marine.

Équipée en estivante, je redescends, dépose ma clé au comptoir en souriant au préposé, et gagne ma voiture.

Il y a du monde sur les trottoirs, des touristes pour la plupart à la recherche d'un restaurant.

Je m'en choisis un à la limite de la ville, luxueux, et jouissant d'une vue magnifique sur le désert.

– Vous avez réservé ?

Phrase clé. Sans elle, point de salut.

– Bien sûr, Sandra Khan.

Il cherche sur son registre, en vain, bien sûr.

– Je ne vois rien, mais ce n'est pas grave, il me reste une table près de la baie.

– Je préférerais en terrasse.

Il prend l'air ennuyé de celui qui ne sait pas qui il va balancer par-dessus bord.

– Ah ! je vois un décommandé, vous avez de la chance, mademoiselle.

– Toujours.

– Par ici, s'il vous plaît.

Il me guide vers une table collée à la rambarde. La meilleure de l'endroit, peut-être.

Il me tire la chaise.

– Apéritif ?

– Double bourbon sur glace.

Il note et s'éloigne.

Tout occupée à m'installer, je n'ai pas encore regardé autour de moi. C'est dommage, car sur la terrasse, en revanche, on s'est arrêté de parler et même de manger, et les têtes sont sans équivoque tournées vers moi.

Je les toise aimablement pendant qu'on me sert mon bourbon.

Et avant que mes voisins aient le temps de se détourner, je lève mon verre à leur santé et avale une grande gorgée de whisky.

Le brouhaha des conversations et les bruits d'assiettes reprennent.

À deux tables de moi, le maire avec sa petite famille, Mauren comprise.

Il me salue de la tête, et je lui souris. Mauren ne lève pas le nez de son plat.

Pas sortie de l'auberge, la petite.

Je commande des clams et des coquilles Saint-Jacques que j'arrose d'un vin blanc sec français.

Je dîne de bon appétit et me sens d'excellente humeur.

Au dessert – une soupe de fruits rouges avec de la glace –, le maire se lève et vient vers moi.

– Comment allez-vous ? me demande-t-il en me tendant la main.

– Comme vous voyez ; je crois avoir trouvé ma vitesse de croisière. Il faut toujours un certain temps pour s'habituer, n'est-ce pas ?

– Sans doute. Puis-je m'asseoir ?

– Je vous en prie.

– Je voudrais vous présenter mon épouse et mon beau-père, pas ma fille, puisque vous vous connaissez déjà. Ma femme voulait être journaliste quand elle était jeune. J'ai réussi à l'en dissuader en lui présentant les risques d'unc telle profession pour une femme.

– Ah oui, quels sont-ils ?

Il a un rire poli.

– Eh bien, en premier lieu les difficultés que rencontrent toutes les femmes dans un monde d'hommes quand elles veulent les concurrencer. Ensuite, les mauvaises rencontres, dangereuses sûrement, que l'on peut faire durant une enquête.

– Et les hommes sont mieux protégés ?

Je souris en léchant ma cuillère.

– Peut-être. Enfin, elle a renoncé, c'est le principal.

– Vous avez certainement l'art de convaincre les gens de ce qui est bon pour eux, monsieur le maire.

– Je crois en effet posséder une certaine psychologie.

Je souris par-dessus mon assiette sans répondre.

– Voulez-vous accepter une coupe de champagne à notre table ?

– Avec plaisir.

Il me prend par le coude comme si j'étais une aveugle, ou qu'il ait peur soudain que je le plante là.

– Virginia Rotkin, ma femme, Herbert J, sans point, Davidson, mon beau-père, ma fille, Mauren, que vous connaissez déjà ; Sandra Khan, journaliste au *San Francisco News*, qui nous fait l'honneur de s'intéresser à nos petits problèmes.

On se sourit, on se serre les doigts, Mauren, seule, fait un signe de tête.

– Prenez place, je vous en prie. J'ai vu que vous aimiez le vin français, alors ce sera, si vous le permettez, du champagne français.

Il hèle le maître d'hôtel qui acquiesce en silence.

Autour de nous des regards ou étonnés ou entendus s'échangent furtivement.

Je fais un tabac !

– Alors, miss, attaque Herbert J, sans point, comment vous plaisez-vous chez nous ?

– Admirablement, réponds-je avec le sourire le plus faux de tout le répertoire, les gens sont tellement accueillants, mais c'est normal, vivre dans un tel décor vous rend l'âme aimable.

Petit silence, grattement de gorge de madame, femme du maire, qui reprend :

– J'ai cru comprendre que vous n'étiez pas chez nous en villégiature.

– Effectivement. On m'a chargée d'une enquête sur certains faits qui se seraient produits dans la région, dis-je avec le même sourire qui commence à me donner des crampes.

– Qui se seraient ! s'exclame Rotkin. J'aime ce conditionnel qui me semble très adapté à la situation. Voyez-vous – il se penche vers son beau-père – notre amie est venue enquêter sur des disparitions de touristes, disparitions qui ont si peu inquiété le FBI, pourtant curieux, vous me l'accorderez, qu'il est reparti au bout de quelques jours, concluant que ces disparitions mystérieuses ne devaient être en fait que des problèmes personnels au sein des familles.

Je ne serais d'ailleurs pas étonné qu'on les ait retrouvés ailleurs, vivants. Les Américains, et c'est notre richesse, sont excessivement mobiles.

Le beau-père joue admirablement son rôle de candide et ouvre de grands yeux clairs.

J'ignore par quel mystère génétique, mais il ressemble

à son gendre. Et si la femme de Rotkin était... quoi ? Sa nièce ? Sa quart de grand-tante ? Alors Mauren serait... Je vide ma coupe de champagne.

– Vous restez longtemps avec nous ? minaude Virginia, qui porte, installée sur sa tête, une tresse de cheveux blonds entrelacés de fils dorés.

– Je ne sais pas encore. Je croyais effectivement que cette enquête ne me prendrait pas plus de quinze jours, mais il semblerait que j'aie été optimiste.

– Et pourquoi y aurait-il enquête, puisqu'il n'y aurait pas disparitions ? susurre Herbert J.

Vous avez vu Sacha Guitry dans le *Roman d'un tricheur*, un vieux film français d'avant-guerre que mon père m'a traînée voir parce qu'il est fan de cet acteur ? Si oui, vous avez l'expression d'Herbert J.

– Je dois en être parfaitement sûre. Je décrispe mon rictus. Mon patron ne me pardonnerait pas d'avoir dépensé de l'argent pour une enquête qui ne serait pas menée à son terme.

– Mais c'est lui qu'il devrait incriminer ! s'exclame Rotkin.

– Vous avez déjà vu un « boss » reconnaître ses torts ?

– Vous permettez, dit soudain Mauren en se dressant, mais je suis fatiguée et j'ai envie de me coucher. Vous m'excuserez, Sandra ?

– Non seulement je vous excuse, mais je vais faire comme vous. Cette chaleur me tue, pas vous ? demandé-je aimablement à l'assemblée.

Les trois ont les sourires figés, mais ne font pas mine de se lever.

– Vous nous quittez déjà ? s'étonne le maire.

– Comme l'a si bien souligné votre épouse, je ne suis pas ici en vacances, et demain j'ai beaucoup de travail qui m'attend.

– Comme quoi par exemple ?

– Comme d'essayer de retrouver le vieil Anatole, qui,

vous devez le savoir, a disparu ; enquêter sur les agresseurs d'un de vos administrés, Harold Benz, qui jure avoir été tabassé pour avoir voulu m'aider, découvrir les maîtres d'un certain labrador blessé que le Dr Turney a soigné et recueilli, voyez, mes journées sont chargées.

– Et les disparus là-dedans ? dit sottement Virginia alors que son mari lui jette un regard meurtrier.

– Eh bien, précisément, pour l'instant je suis comme Pénélope, je tire les fils. Quand Ulysse reviendra, j'espère avoir terminé mon ouvrage.

J'aime l'expression de totale incompréhension qui se peint sur les visages de Virginia et Herbert J. Qu'est-ce que Kirk Douglas vient faire là-dedans ? ont-ils l'air de se demander. Si jamais ils ont vu le film.

– Eh bien, bonsoir, et merci pour le champagne, il était délicieux.

Là-dessus j'empoigne à mon tour le coude de Mauren qui n'a pas bougé, et nous faisons une sortie digne de l'Actors Studio.

Pendant que nous attendons nos voitures, de l'intérieur nous parvient le bourdonnement semblable à celui des insectes des Bouldériens qui ont assisté à cette soirée, où le maire, tout charme dehors, s'est ramassé une veste. L'emmerdeuse restera.

– Ça va, Mauren ?

– Ils vous auront, murmure-t-elle sans lever les yeux qu'elle garde obstinément baissés sur le gravillon rose et vert laitue de l'entrée.

– Ah ? C'est pas sûr.

– Ils gagnent toujours quand leurs intérêts sont en jeu.

– Mais qu'ont-ils à perdre ? demandé-je en serrant son bras contre moi.

Elle tourne son joli visage, et je m'aperçois que ses yeux sont embués.

– J'espérais en vous, chuchote-t-elle alors que sa voiture arrive. Plus maintenant. Partez tant que vous le pouvez, vous aurez d'autres occasions d'enquête.

– Et vous ?

– Moi ?

– Ah, je vais me plaindre du voiturier qui fait attendre ma fille et notre invitée ! lance la voix joviale de Rotkin qui apparaît derrière nous.

Nous nous retournons toutes les deux, et je peux voir la haine dans les yeux de Mauren.

– Je m'en vais, père.

Ma voiture arrive à son tour, j'ouvre la portière côté passager et me glisse derrière le volant.

Rotkin est resté sur le perron, les mains enfoncées dans les poches de son smoking, le regard dur, les mâchoires serrées.

Je me tourne vers lui.

– Je suis sûre que vous serez d'accord avec moi pour dire que la richesse d'un pays tient en grande partie au courage de ses politiques, et que la liberté de la presse est le plus sûr garant de la démocratie, monsieur le maire... À vous revoir, dis-je en démarrant.

Je jette un coup d'œil dans mon rétroviseur.

Rotkin est toujours planté au même endroit et dans la même attitude.

J'arrive à l'hôtel dans un état de fureur proche du spasme.

Je déteste les dictateurs au petit pied. Au grand pied aussi, d'ailleurs.

Je l'imagine à la Maison-Blanche et cette idée me donne froid dans le dos.

Je me déshabille et passe dans la salle de bains prendre la cinquantième douche de la journée.

Rafraîchie, je me glisse au lit avec un livre et baisse la lumière.

La lune est dans son dernier quartier, et dans quelques jours elle sera effectivement noire.

De mon lit, barrant l'horizon, j'aperçois la muraille des monts Waasa ciselée par la lumière froide. Le désert est un trou noir où s'engloutissent les ombres.

Un souffle d'air, incongru, agite les rideaux.

Des pas feutrés glissent sur le carrelage de la piscine.

Je relis deux fois chaque phrase en luttant contre le sommeil, et puis j'abandonne.

Les raclements se rapprochent. J'ai arrêté la climatisation trop sonore et j'entends chaque bruit.

J'éteins la lumière et ferme les yeux. Deux minutes plus tard je les ouvre en grand.

J'ai manqué le train du premier sommeil.

Je rallume, reprends mon livre, et mes paupières papillotent. Je le repose, jette un œil sur la baie ouverte où les rideaux pendent, immobiles ; j'éteins et je m'endors.

Qu'est-ce qui m'a réveillée ?

Je ne suis plus seule dans ma chambre.

Je retiens mon souffle.

Je tourne lentement la tête vers la baie où les voilages frissonnent de nouveau.

Je glisse sur le dos et fais le tour de la chambre. Personne.

J'attends de retrouver mon calme et avance la main vers la lampe de chevet.

Rien. La chambre est vide.

– Quelle abrutie ! dis-je tout haut en me relevant sur mes oreillers. Non, mais quelle idiote !

Je veux rire de ma frayeur, mais ça grince un peu.

– Je vais refermer cette fenêtre...

Je repousse le drap, sors mes jambes, et... je me pétrifie.

Là, à dix centimètres de ma jambe droite, une araignée.

Qui a la taille de dix araignées. Noir-marron... une

assiette qui serait portée par une quantité de pattes velues, arquées, qui s'accrochent à l'étoffe.

Elle s'est immobilisée ; j'ai l'impression qu'elle tourne les yeux vers moi et que ses pattes antérieures s'allongent, tandis que son corps se ramasse sur lui-même.

Si j'avance la main, je la touche.

On reste dans la position une centaine d'années, moi, attendant qu'elle saute, elle, attendant que je fasse un geste.

J'ai coincé mon souffle ; bloqué les battements de mon cœur ; gelé mon sang dans mes artères.

Elle a replié ses milliers de pattes et se balance pour prendre son élan.

Ma peau se hérisse et ça fait un boucan d'enfer.

La garce l'entend, frotte ses deux pinces, et elles sont tellement dures que je les entends crisser sur le drap.

Et c'est peut-être ce bruit qui me sauve.

Ce n'est pas un cauchemar et j'ai intérêt à agir vite si je ne veux pas que ma Nina devienne veuve.

Au bord de l'asphyxie, je bande mes muscles, et me jette sur le tapis en effectuant une cabriole.

Je roule sur moi-même, certaine qu'elle m'a suivie, mais je vois cette idiote toujours accrochée à son drap.

Je cherche autour de moi ce fameux objet contondant censé être si efficace.

En fait d'objet contondant, je ne vois que le téléphone.

L'autre, imperturbable et probablement déçue, continue son ascension vers les oreillers.

Je vérifie qu'il y a assez de longueur de fil, saisis l'appareil, m'approche sur la pointe des pieds, lève le bras, et reste clouée sur place : vue d'en haut, elle est encore plus horrible !

C'est elle qui décide de son destin : elle se met à cavaler sur les oreillers, sûrement dans l'intention de s'y cacher.

Dans mon lit !

Je me précipite et j'abats plusieurs fois le combiné, sans regarder ; l'écouteur s'échappe, se balance, vient me frôler le bras... et je pousse un hurlement.

Je frappe, frappe, jusqu'à ce que je voie dépasser de l'appareil un corps suffisamment écrasé et qui paraît ne plus bouger.

Le monstre a rejoint ses ancêtres. Ses pattes s'agitent encore, mais ce ne sont plus que des mouvements convulsifs.

Je n'arrive pas à détacher les yeux de son cadavre : elle est encore plus grande morte que vivante.

À ce moment, on frappe à la porte, et je me mets à brailler alors que le téléphone dégringole par terre.

– Miss ! miss ! que se passe-t-il ? crie quelqu'un derrière la porte.

Je vais ouvrir en marchant sur des œufs, sûrement pour ne pas réveiller la bête.

C'est le gardien de nuit qui me contemple, les yeux exorbités.

– Je passais dans le couloir, j'ai entendu des cris et beaucoup de bruit, qu'est-ce qui s'est passé ?

Je le fais entrer et l'amène près du lit.

– Oh, mon Dieu ! Qu'est-ce que c'est que ça ?

– D'après vous ?

Il murmure tandis que son teint vire au vert.

– Une... une arai... une araignée...

– Gagné. Ça loge à l'hôtel ce genre de petite bête ?

– Non... n... oon... Non...

– D'accord, d'où ça vient ?

Il hausse les épaules pendant qu'un peu de salive apparaît au coin de ses lèvres.

Dans une seconde il tourne de l'œil.

Je le pousse dehors.

– Allez me chercher une balayette et un grand sac, je vais me débarrasser de ça.

– Je... je vais... le faire.

– Pas besoin. Faites ce que je vous dis.

Avec le manche de ma brosse à dos je retourne le corps. Il est enflé.

J'ai tué une mère.

L'autre revient avec sa balayette et son sac en papier. Il est toujours couleur laitue et ne regarde plus du côté du lit. Je l'entends psalmodier des « Oh mon Dieu, oh mon Dieu... »

En secouant le drap et en poussant le corps je le fais glisser dans le sac.

– Vous voulez... que je le... jette... miss ?

– Non, je le garde. Vous avez une autre chambre libre ?

– Oui... oui...

– Alors, allons-y.

Je pose mon paquet sur la table. Je ne pourrais pas dormir dans la même chambre qu'elle.

Que croyez-vous que j'aie fait le reste de la nuit, dans l'autre chambre ?

J'ai cherché des araignées.

***

Mercredi, 8 h 20

Le lendemain, je tire Turney du lit.

– Dans combien de temps puis-je venir ?

– Heu... c'est urgent ?

– Très.

Je l'entends qui se gratte à l'autre bout. C'est fou, l'indiscrétion du téléphone.

– Bon, ben, dans une demi-heure ?

– J'y serai.

Il termine son café quand je débarque. Il a encore du jaune d'œuf autour des lèvres.

– Salut, vous m'apportez des muffins ? dit-il sans enthousiasme en désignant mon sac en papier.

Je débarrasse sa table, ouvre mon sac et laisse tomber le cadavre de l'araignée.

Il reste à mi-course de sa bouche avec sa tasse de café.

– Qu'est-ce c'est qu'ça ?

– Une sale bête.

Il paraît fasciné par la taille de l'engin, faut dire que même raide morte elle a encore belle allure.

– Où vous avez trouvé ça ? chevrote-t-il.

– Dans mon lit.

Il me regarde et pose enfin sa tasse.

– Nom de Dieu !

– Qu'est-ce que c'est ?

Il hausse les épaules.

– J'en ai jamais vu dans le coin. Enfin, c'est une mygale, mais j'ignore de quel genre.

– Dangereuse ?

Il avance la tête et se penche vers la dépouille.

– Il ne faut pas se fier à la taille, il y en a des toutes petites qui sont extrêmement mortelles et des grandes très gentilles.

– C'est le cas de la mienne ?

Il ne répond pas et s'en va chercher un livre sur une étagère. En même temps il se munit d'un trocart.

Je sens que je ne vais pas aimer la suite.

Il revient, feuillette son bouquin, s'arrête à une page, jette des coups d'œil sur l'araignée étalée au milieu des pots de confiture et du beurrier, et soudain enfonce sa seringue dans l'abdomen.

Et j'ai les cheveux qui se dressent illico sur la tête car de l'abdomen ouvert sort une dizaine de bébés mygales qui se mettent à cavaler sur la table.

Je pousse un hurlement et bats en retraite, tandis

que calmement Turney les assassine avec son gros bouquin.

Je me précipite dans la cour et vomis mon petit déjeuner sous l'œil rond de Rusty qui agite joyeusement la queue.

Je reprends ma respiration, m'excuse auprès de Rusty, et reviens avec précaution vers Turney.

– Une *atrax robustus* australienne, m'annonce-t-il d'un ton satisfait. Très venimeuse et très agressive.

– Et qu'est-ce qu'elle fait ici ?

Il grimace.

– J'sais pas.

– Et les... bébés... vous les avez eus ?

– Bien sûr. C'était pas pour m'amuser, mais je voulais savoir à quel point de maturité ils étaient. On a vu des larves ou des œufs d'insectes continuer à vivre dans le ventre d'une mère morte, et sortir tranquillement.

– Arrh... vous auriez pu la foutre dans le feu !

– Ma chère, on apprend mieux en disséquant qu'en tuant.

J'ai pas envie de discuter ce point de philosophie ce matin.

– Bien, dis-je en avalant ma salive, est-ce qu'on trouve ce genre de monstre ici ?

– Non, seulement en Australie. Ici on a des mygales et des tarentules, mais beaucoup moins venimeuses. Ça rend très malade, mais on a les moyens de soigner. L'*atrax*, en revanche, possède le même genre de poison que le scorpion *Tritus Teritanus* de Trinidad, et nous n'avons aucun vaccin efficace. À eux deux ils sont responsables de plusieurs centaines de morts par an, déclare fièrement Turney.

– Bien.

Je m'assois parce que mes jambes me tiennent à peine. Sur la table, l'araignée continue de se vider de ses humeurs ou de je ne sais quoi, et je m'accroche à mon dossier pour ne pas tourner de l'œil.

Je suis sensible, ce matin.

– Comment est-elle venue dans mon lit ?

Je sens qu'il meurt d'envie de faire une plaisanterie, mais mon coup d'œil l'en empêche.

– Quelqu'un l'y aura mise...

– Ah... quelqu'un qui me veut du bien, alors.

– Je ne comprends rien, marmonne-t-il en tournant autour de la dépouille, rien de rien.

– Où on peut trouver ça ?

Il hausse les épaules.

– Il existe quelques trafiquants de bestioles de ce genre, les gens adorent se faire peur. Surtout les araignées. J'ai connu une femme qui se mettait l'araignée...

– Bon, ça va. Vous savez où je peux trouver ces types ?

– Dans le désert on peut tomber sur des cinglés qui vendent toutes sortes de choses... Quoique une *atrax*... peut-être les Indiens ? Non, pas les Indiens... Je sais qu'on peut en trouver, mais où ?

– C'est cher ?

– Oh, sûrement.

– Rotkin.

– Quoi ?

– Rotkin, le maire, c'est lui qui l'a mise.

– Hein, vous êtes folle ! pourquoi ?

– Il veut que je file d'ici, et pour ça il ne reculera devant rien.

– Mais vous délirez ! Rotkin est mégalo, tyrannique, mais c'est pas un criminel ! Jamais il ne fera quelque chose en dehors de la loi. Pour certains, c'est le futur gouverneur du Nevada, il ne s'attacherait pas une telle casserole aux basques ! non, non, pas Rotkin !

– Je l'ai rencontré au restaurant hier soir, lui et sa smala. Il meurt de trouille que je découvre quelque chose dans sa chère ville. Quoi ? je n'en sais rien, et c'est pour ça que je reste.

– Mais, ma chère, vous vous êtes fait un tas d'ennemis en peu de temps, et vous le savez ! Ces gens sont des taupes et si vous dégagez le trou de leur terrier ils vous en veulent ! Mais aucun ne collera une araignée mortelle dans le lit de quelqu'un !

– Et votre vipère-tigre ?

Il reste un instant songeur.

– Avertissement, laisse-t-il tomber.

– Avertissement de quoi ?

– De m'occuper de mes affaires et pas des vôtres, peut-être.

– Qui ?

Il hausse les épaules dans un geste d'ignorance.

– Les milices ? demandé-je.

Il me fixe.

– Pourquoi les milices ? Et quelles milices ?

– Vous ne croyez pas aux milices ?

Il hoche la tête.

– On a voulu me tuer... Ça grimpe, ces bêtes-là ?

– Pas bien, elles vivent dans des terriers, ce ne sont pas des arboricoles.

– Alors elle est venue comment ?

– Vous avez des terrasses devant les chambres, quelqu'un a pu la laisser tomber de la terrasse voisine ; attirée par votre rayonnement thermique elle s'est tout naturellement dirigée vers vous.

– Si je n'avais pas bougé, elle m'aurait piquée ?

– Probablement, elle portait des bébés et dans ces cas-là elles sont encore plus agressives. Vous avez eu beaucoup de chance.

Mais moi je sais que la chance, ça s'use comme le reste, surtout si on s'en sert beaucoup.

Si ce n'est pas Rotkin, le « spiderman », c'est qui ? Le

garagiste ? Le dingue aux microbes ? Un des gentlemen que j'ai rencontrés ? Rossard ? Ross ? Ou bien tous ?

Turney a reçu un avertissement pour m'avoir aidée, ainsi qu'Harold, et Anatole a disparu peut-être pour m'avoir mise sur une piste.

Comme porte-scoumoune on ne fait pas mieux que moi.

– Turney, soyez sympa, dénichez-moi des adresses de fournisseurs de ces bestioles, voulez-vous ?

Il hoche la tête, pas enthousiaste.

– Ils n'ont pas pignon sur rue, ils se déplacent suivant la demande ; c'est interdit de vendre des animaux sauvages et d'importation. En général, ce sont de drôles de loustics.

– J'imagine, pour avoir ce genre de marchandise. Allez, faites ça pour moi. J'ai l'impression que tout est lié.

– C'est-à-dire ?

– Si je découvre celui qui a voulu se débarrasser de moi, je trouverai peut-être en même temps l'assassin des touristes. Je gêne, c'est sûr !

– Qu'est-ce que je fais d'elle ?

– Empaillez-la, ça vous fera un souvenir. À bientôt.

***

Rossard était d'une humeur de dogue. D'un, sa climat' s'était mise en panne à deux heures du matin en faisant une gerbe d'étincelles, ce qui l'avait obligé à passer sa nuit sous la douche, et en se versant son café ce matin il avait fait tomber le pot qui avait éclaté dans l'évier, projetant du café partout et le privant de déjeuner parce qu'il n'avait plus de poudre.

En arrivant au poste, il vit Brown et Pheps qui rigolaient en rédigeant leurs rapports.

Malgré leur nuit de patrouille ils étaient frais comme des gardons et ça augmenta encore sa rogne.

– Qu'est-ce vous foutez là ! hurla-t-il, les faisant sursauter.

– Rien chef, le PV. Après, on va se coucher.

– Alors, filez, vous me tenez chaud !

Brown et Pheps se lancèrent un coup d'œil significatif et s'éclipsèrent.

Rossard arracha son col de chemise qui lui sciait le cou, et se laissa tomber dans son fauteuil qui émit un couinement de détresse.

Il farfouilla dans la paperasse étalée sur sa table dont il n'avait pas eu le temps de s'occuper la veille.

Rien d'urgent de toute façon. Des bagarres d'ivrognes, des disputes de voisins, des accrochages de voitures, du boulot de bleusaille.

Il entendit le fax se mettre en marche derrière lui.

Tout en rangeant ses papiers, il arracha la feuille et la posa sur la table à côté de lui. Sûrement une histoire urgente de chat débiné dans un arbre.

Il se leva, prit un verre d'eau au distributeur et regarda la pendule. Huit heures trente. Ross était encore à la bourre. Et Palmer, qu'est-ce qu'y foutait çui-là ?

Tout en vidant son verre, il parcourut le fax.

Au fur et à mesure de sa lecture, sa mâchoire se décrocha et il se laissa tomber, épaules affaissées, dans son fauteuil.

« Bureau du FBI Los Angeles, antenne PHOENIX Scottsdale.

Recherchons famille Connel, deux adultes, un garçon de sept ans, race blanche, type caucasien. Accompagnés d'un chien. Ont quitté leur demeure de Flagstaff pour se rendre dans le Nevada ou l'Arizona. Famille sans nouvelles depuis plus d'une semaine.

Envoyez tous renseignements à l'agent Farmington à Scottsdale.

La famille voyageait à bord d'un break Chevrolet marron clair année 1993. »

Les lettres dansaient devant les yeux de Rossard. C'était au patronyme près les demandes de recherches pour les familles Simpson et Peterson. Le chien en plus.

Il fronça les sourcils. Qui lui avait parlé d'un chien, récemment ? Et pourquoi fallait-il que les gens s'évanouissent précisément dans son comté à lui ? Il n'y avait pas de sables mouvants ici, bordel !

Malgré la chaleur, Rossard se sentit glacé jusqu'à la nuque.

Si des connards de touristes avaient encore disparu dans le coin, ils n'y couperaient pas d'un ram dam médiatique. Les gens allaient demander sa tête, et c'était pas ce salaud de Rotkin qui la leur refuserait.

Il regarda Ross débarquer d'un œil mauvais.

– Ça va pas, patron ? demanda innocemment celui-ci, qui, pour être abruti, n'en avait pas moins de l'instinct.

Rossard lui balança le fax à la tête.

Ross le lut et releva les yeux vers son chef. Lui aussi était devenu pâle.

Rossard se leva brusquement et se planta les mains sur les hanches devant la fenêtre.

Il en connaissait une qui allait devenir plus collante qu'une usine de glu.

– Ça date de quand ? hasarda Ross, histoire de dire quelque chose.

– Tu sais pas lire !

– Ça veut pas dire que ça s'est passé ici...

– Non, ça veut pas dire ! Mais ça peut aussi dire !

– Alors, qu'est-ce qu'on fait ?

Rossard fusilla son adjoint du regard. Le seul avantage de Ross, c'était de lui servir de tête de Turc et de faire-valoir.

– D'après toi ?

Ross haussa les épaules dans un geste d'ignorance.

– C'est tout ce qu'on a comme renseignements ?

– Ça te suffit pas ? T'as besoin de la pointure de leurs pompes ? Tu vas prendre deux hommes et tu vas me quadriller le coin ; dix milles au-delà de Boulder dans tous les sens. Tu vas interroger tout le monde, tout le monde, compris ?

– J'demande quoi ?

– Si on les a vus, abruti ! Un couple et un gosse ! ça te rappelle rien ?

Ross baissa la tête sous la tempête. Si Rossard se mettait dans une rage pareille, c'est que c'était grave.

– Ça va prendre un temps fou, osa-t-il.

– Je mets aussi les autres dans le coup. Vous laissez choir le reste, pigé ? sûrement que les fédés vont rappliquer et cette fois y vont pas décrocher ! C'est pas tous les jours qu'on a la chance d'avoir un attentat contre le FBI en même temps ! Je veux avoir des renseignements à leur donner, tu saisis ? Et tu fais pas d'exception ? T'as compris ?

Ross secoua la tête.

– Comme quoi, patron ?

– Comme certains avec qui t'aimes bien jouer à la guéguerre... faire des discours à la con et te soûler à la bière...

Ross serra les lèvres et toisa Rossard.

– T'attends quoi ? murmura Rossard.

– J'prends qui avec moi ?

Rossard ne répondit pas, mais ses maxillaires roulèrent sous ses joues mal rasées, et avec la mâchoire qu'il se payait, c'était impressionnant.

– Tu sais pas lire le tableau de service ? murmura-t-il.
– D'accord, répondit Ross en sortant du bureau sans refermer la porte.
Il passa deux coups de fil et courut à la voiture. Mais il revint aussitôt.
– On sait à quoi ils ressemblent ? cria-t-il au shérif.
– On n'a pas encore les photos, race blanche. Deux adultes, un petit garçon ! et ferme ta grande gueule ! pour le moment, personne doit être au courant !

Je me range devant le bureau de police, et, allez savoir pourquoi, je rabats ma capote.
C'est tellement facile de glisser un facétieux serpent mortel dans la boîte à gants.
Il semble y avoir de l'effervescence chez les flics. Ça entre, ça sort, ça cavale.
Je pousse la porte et me dirige vers le bureau de Rossard.
– Salut, shérif, je peux vous parler ?
– De quoi ?
Oh ! l'aimable bonhomme, on dirait qu'il a avalé un nid de fourmis rouges.
– Je viens porter plainte.
– Voyez le secrétaire, dit-il en reprenant sa lecture.
– Ça ne vous intéresse pas de savoir ?
– On vous a manqué de respect ? ricane-t-il.
– Exactement. Une *atrax*.
– Une quoi ?
C'est Turney qui m'a conseillé d'aller voir Rossard.
D'après lui, le shérif est le moins abruti des flics de Boulder, et la trouille de perdre sa place lui conserve un semblant d'efficacité.
– Une mygale, précisé-je.
Il me regarde avec plus d'intérêt.
– Où ?

– Dans mon lit.

Il repose ce qu'il était en train de lire.

– Dans votre lit ? À l'hôtel ?

J'acquiesce.

– Qu'est-ce que vous avez fait ?

– Je l'ai tuée.

Il soupire en hochant la tête.

– Vous avez bien fait. Vous êtes pas si... si bête pour une fille des villes. Enfin, une piqûre vous aurait rendue sérieusement malade, mais on a ce qu'y faut comme vaccin maintenant. N'empêche que c'est pas agréable, pouah !

– C'était une araignée mortelle, d'après Turney, et elle ne vit pas ici. Ça ne vous étonne pas, shérif, une araignée dans un lit d'hôtel ?

Il prend le temps d'allumer un vieux mégot avant de répondre.

Vu l'allure de l'objet, il a dû le dégoter dans une chaussure de clochard.

– Mortelle ? dit-il en exhalant une fumée à faire défaillir les mouches. Turney en est sûr ? et pas d'ici ? Comment vous l'appelez ?

– *Atrax*. Australie. C'est loin, pour venir à pied. Même pour une araignée pleine de pattes.

– Elle se sera échappée ? émet-il avec une lueur d'espoir au fond de ses yeux en boutons de bottines rouges.

– De chez qui ? Vous connaissez des amateurs ?

Il hausse les épaules. C'est bien ce que je craignais.

– Des touristes qui auraient habité l'hôtel ?

Plein d'idées, ce charmant garçon. En d'autres circonstances j'aurais aussi pu le croire.

Le téléphone sonne sur son bureau et il décroche.

– Eh ben, continuez ! j'm'en fous ! refaites le circuit ! vous interrogez tout le monde, vu ? Oui, même les chevaux ! Ducon ! et il raccroche violemment.

Il me regarde, comme s'il venait de se souvenir de ma présence.

– Un problème, shérif ?

Il respire en gonflant le poitrail et je m'attends à ce qu'il se le martèle de ses poings. Mais il se contente de soupirer.

– Non, rien !

– C'est pas ce qui m'a paru. Vous cherchez quelque chose ?

– Écoutez... Et puis il s'arrête et me regarde en penchant la tête sur le côté. Vous croyez que c'était pas un hasard, cette araignée ?

– Tout juste, patron. On a mis une vipère tigre chez Turney, Harold Benz s'est fait à moitié tuer, et Anatole s'est volatilisé. Vous ne voyez pas un fil commun à tout ça ?

Il secoue la tête d'un air niais.

– Pas vraiment.

– Tous ceux qui m'ont parlé ou ont essayé de m'aider ont eu des problèmes. Qui ça embête, mon enquête ? lâché-je brusquement en me penchant vers lui.

Il papillonne des paupières et reste coi.

– Mais personne...

– Vous croyez aux coïncidences ? Et qu'est-ce qui se passe aujourd'hui ? Un gros pépin ?

– Nan ! heu... une autre famille a disparu, laisse-t-il tomber d'une voix blanche après avoir longtemps hésité.

Comme il l'a susurré, je le fais répéter.

– Une autre famille ? Je sens mon pouls s'accélérer. Quand et où ?

Il hausse les épaules.

– On vient de recevoir la demande de renseignements.

– D'où ?

– Scottsdale. Des gens qui devaient traverser... la région.

– Il y a longtemps ?
– Peut-être une semaine.
– Avec une petite fille ?
– Non, un petit garçon.
– Il y a des garçons qui jouent à la poupée.
– Comment ?
– Cette poupée que m'a donnée Anatole...
Il hausse encore les épaules.
J'admets en même temps dans ma tête que la poupée était trop abîmée. Une semaine dans le sable ne l'aurait pas mise dans cet état.
– Rien d'autre ?
– Non, rien. On n'a pas de preuve qu'ils soient venus dans la région, s'empresse-t-il.
– Non plus du contraire.
Il acquiesce.
– Trouvez-moi des vendeurs de bêtes sauvages importées en attendant, ce doit pas être trop difficile ?
Il hoche la tête.
– Le territoire est grand et les gens par ici sont mobiles.
– J'ai déjà entendu ça.
– Je vais voir ce que je peux faire...
– Et les milices ?
– Quoi, les milices ?
– Les milices. Vous savez bien, ces demeurés qui adorent se déguiser. C'est pas le genre à s'intéresser à ce genre de bestioles ? Ils sont quand même à la masse dans l'ensemble.
– Je vais voir ce que je peux faire, répète-t-il.

Je quitte Rossard avec une désagréable impression.
Celle de progresser dans mon enquête, mais de me rapprocher à mesure du danger.
Ce n'est pas confortable comme sensation.
On a par deux fois tenté de me tuer. La première,

peut-être simplement un excité. Mais l'araignée, c'est une autre paire de manches.

Et ces nouvelles disparitions. Incroyable !

Que va pouvoir en dire ce cher Rotkin ? Encore une querelle de ménage qui aura mal tourné ? En même temps, je sens que je laisse échapper quelque chose. C'est toujours pareil dans une enquête. On a tellement le nez collé sur le problème qu'on en louche.

Je brûle d'impatience de rencontrer Rotkin. Lui parler à la fois de l'araignée et de cette nouvelle disparition... Je m'en réjouis d'avance. Parce que Turney ne m'a pas convaincue.

Turney, en fin de compte, est un conformiste. Il imagine mal que des notables puissent être aussi des crapules.

Il a encore besoin d'apprendre.

Je remonte en voiture sans savoir où aller.

Il est trop tôt pour rendre visite au maire et Harold m'a reçue plutôt fraîchement la dernière fois.

Assise au volant, je regarde autour de moi et suis surprise du peu d'animation.

C'est comme si les gens s'étaient donné le mot pour éviter Boulder.

Des cars passent sans s'arrêter, et les rares voitures particulières jettent à peine un coup d'œil à l'extérieur.

Nous sommes, c'est vrai, en milieu de semaine, et c'est surtout les week-ends que le coin s'anime.

Je regarde ma montre qui indique onze heures trente, et décide tout de même de tenter ma chance avec Rotkin.

Je me dirige vers la mairie et ses jets d'eau. Autour, il y a quelques buildings commerciaux, d'assurances, d'experts divers, d'importateurs, et d'une foultitude de métiers variés.

Je me range et soudain je sursaute.

Le type qui a foncé avec son break sur moi et Rusty

vient juste d'entrer dans un de ces buildings. Mais le temps que je réalise et il a déjà disparu.

Je sors de la voiture et fonce derrière lui.

Je pénètre dans un grand hall climatisé orné des inévitables plantes vertes poussées en graine, d'un comptoir en demi-lune derrière lequel trônent une brune et une blonde.

– Bonjour, un homme est entré il y a quelques instants, et je voudrais le voir.

– Comment s'appelle-t-il, me demande la brune, et où travaille-t-il ?

Comment il s'appelle déjà ? Bestler, Best-seller ?

– Bechtler ? dis-je en hésitant.

La brune cherche dans son registre.

– Il travaille pour qui ?

– Je ne sais pas.

Elle me lance un regard excédé.

– Il y a trente sociétés dans ce building, et les gens y sont classés par société.

– Ah ? Mais vous devez l'avoir vu. Taille moyenne, dégarni... la bonne quarantaine...

Les deux filles pouffent.

– Pas mon genre, dit la blonde.

– J'vois pas, renchérit l'autre en souriant bêtement. (Mais peut-elle faire autrement ?)

Si c'était vraiment important, j'aurais obtenu mon renseignement, ne serait-ce qu'avec un billet de cinq dollars plié, mais je laisse tomber.

– Tant pis, je me rabattrai sur un autre.

À la mairie, même succès, Rotkin est absent.

Sa secrétaire-squelette me laisse entendre qu'il est très occupé et n'aura probablement pas beaucoup de temps à me consacrer.

Je la remercie avec chaleur.

J'ai envie de prendre un bain et retourne à mon hôtel.

Le préposé me tend ma clé :

– Il y a un monsieur qui vous attend au bar.

J'y vais et parcours du regard la salle vide.

Au bar, un quidam se lève et me fait un grand signe amical en venant vers moi.

– Sandra Khan ? Johnny Mulligan, de *L'Éclaireur du Nevada.*

Il a le visage boursouflé des alcoolos, le sourire jovial, des yeux bleu porcelaine plantés très haut, une petite bouche couleur cerise et un embonpoint d'amateur d'ice-cream.

– Enchantée, dis-je en lui serrant la main.

Je sais qui c'est : le patron du journal local.

J'aurais dû, suivant certaines règles de déontologie, lui rendre visite, mais ce que j'avais lu dans sa feuille de chou au sujet de ces fameuses disparitions m'avait fortement agacée.

Apparemment *L'Éclaireur du Nevada* caresse sa clientèle dans le sens du poil.

– On prend un verre ? me propose-t-il avec élan.

Sa bouche est pleine de dents mais je pense que c'est pour mordre. Son regard infirme sa cordialité.

– Avec plaisir.

Il prend un rye et moi un jus de tomates et on bavasse de choses et d'autres.

– Alors, attaque-t-il avec un grand sourire après que le serveur nous a doublé nos consommations, ça l'intéresse vraiment, votre patron, cette histoire de touristes ?

– Apparemment. Pas vous ?

Il hausse ses lourdes épaules.

– J'en ai fait le tour. Pas que moi, d'ailleurs. On saura certainement la vérité un de ces jours. Ça fait partie de ces affaires qu'il faut laisser mourir avant qu'elles renaissent.

– Mais vous croyez tout de même qu'il s'est passé quelque chose de pas naturel ?

Nouveau mouvement d'épaules.

– Probablement, mais, nous qui sommes sur place, et plutôt bien placés, vous voyez ce que je veux dire, on n'a rien trouvé.

– Vous n'avez peut-être pas cherché dans la bonne direction ?

Il me fusille de ses petits yeux inquisiteurs.

– Vous voulez dire quoi ?

– Rien de précis, à part que parfois un regard neuf peut s'avérer plus objectif.

Il ne répond pas et joue avec son verre déjà vide. Il fait signe au serveur de remettre ça.

– Vous prenez autre chose que votre verre de vitamines ?

– Non, plus rien, merci.

– Ça veut dire quoi « regard objectif » ? lâche-t-il après que le serveur lui a apporté son troisième rye et qu'il l'a descendu dans la foulée.

– Ça veut dire un regard : d'un, qui ne doit rien à personne, de deux, qui n'a rien à craindre de personne. Un étranger, quoi !

Ça ne lui plaît pas du tout, ma sortie. Sa petite bouche se crispe et fait naître un tas de courtes fossettes dans ses joues charnues.

Le silence s'installe et moi je joue avec mon verre.

– Les gens d'ici n'aiment pas forcément quand on leur donne des leçons, fait-il, moins aimable.

– Je ne vois pas ça comme une leçon, mais plutôt comme une curiosité bien naturelle, vous ne croyez pas ?

Nouvelle bataille de regards.

– Ça excite les gens des villes, hein ? Ils nous prennent peut-être pour des cannibales ? grince-t-il.

– Vous n'avez rien contre la liberté de la presse, je suppose ?

– Sauf quand elle raconte des craques pour faire augmenter le tirage.

– Des craques ? Huit personnes qui disparaissent sans laisser de traces, des craques ?

– Vous croyez que nos flics sont des imbéciles et que le FBI n'a pas fait son travail ? Vous pensez peut-être qu'il n'y a qu'à San Francisco qu'on sait bosser ? J'ai mis cinq de mes meilleurs journalistes sur l'affaire à l'époque, cinq. Ils ont tout épluché en collaboration avec la police de l'État. Le FBI est resté presque un mois sur place, ça ne vous suffit pas ?

– C'est pas vous qui me payez. Si ça plaît à mon boss de recommencer l'enquête, je ne vois pas en quoi ça vous concerne.

Il n'y a plus de fossettes ni de dents dehors. Tout ça s'est refermé, et il ne reste qu'un bouseux rougeaud qui contient mal sa colère.

Je meurs d'envie de lui annoncer la nouvelle disparition de touristes.

– Je vois qu'il n'y a pas d'espoir de vous faire changer d'avis, laisse-t-il tomber d'une voix plate, on me l'avait dit.

– On ?

Il se lève, et ça fait un sacré déplacement d'air.

– Ambitieuse et têtue, hein ? des qualités qui peuvent s'avérer dangereuses.

– Ou payantes, dis-je en me levant à mon tour, ça dépend comment on voit la vie. Laissez-moi vous dire une bonne chose, monsieur Mulligan, vous êtes le énième sur ma liste à tenter de me... décourager, et voyez, je suis toujours là.

Il regarde son verre, me regarde, fait un geste de la main qui ne veut rien dire de particulier, et tourne les talons.

Je sors à mon tour et me fais bousculer par un groupe de touristes bruyants qui investit le bar.

Je hausse les épaules et regagne ma chambre.

J'ai le cœur qui bat un peu vite et les mains moites.

Je m'installe sur la terrasse et m'absorbe dans la contemplation du paysage.

Si je calcule ce que je gagne par an au *Frisco News*, ma vie ne vaut pas cher, et est-ce la peine de la risquer ? Mauvaise question, décidé-je, pour quelqu'un qui brigue le Pulitzer.

La sonnerie du téléphone me tire de mes réflexions.

– Allô, Sandra Khan ? Turney. J'ai un renseignement pour vous au sujet de l'*atrax*. À l'embranchement de la 95 et de la 164 vous avez un patelin qui se nomme Searchight, il y a là-bas un type qui possède un vrai zoo de bestioles dans le genre de votre araignée. Ça m'est revenu après. Il a une vague licence d'importateur d'animaux sauvages, mais traficote principalement avec une certaine clientèle pas difficile sur l'origine des animaux.

– Il s'appelle comment ?

– Dale Clarke ; c'est pas un gentil d'après ce que je sais. Il est souvent en délicatesse avec la loi et les nouvelles têtes lui donnent des boutons. Voulez-vous que je vous accompagne ?

– Merci, mais ça ira. Cette araignée, j'en fais une affaire personnelle. Faites attention à Rusty, je ne serais pas étonnée qu'on veuille s'en débarrasser. En fin de compte, c'est notre seul témoin.

– Un chien ?

– On prend ce qu'on a.

– Ce sera difficile de lui faire prêter serment au tribunal.

– Rossard n'a pas pu faire autrement que de me révéler qu'il venait de recevoir une demande de renseignements sur des touristes qui ne sont pas arrivés au bout de leur voyage. Peut-être que Rusty leur appartenait, et peut-être que ses maîtres se sont arrêtés chez les Bechtler, ces gens que Rusty a semblé reconnaître.

– Les Bechner ? ces gens sont peut-être tarés mais pas au point d'être des assassins.

– Qu'en savez-vous ?

Turney ne répond pas immédiatement.

– J'en sais rien, mais les Bechner sont là depuis des générations. Tous un peu dingues, mais rien à leur reprocher de spécial. Rossard est cousin avec eux et ce sont des piliers de l'Église des Adventistes du 7e Jour. Tout ce qui les intéresse ce sont les microbes et la pureté.

– Ça me semble être une bonne description de dingos.

– Vous ne chercheriez pas un coupable à tout prix, Sandra ? Parce que si c'était ça, je ne pourrais pas vous suivre.

– Écoutez, toubib, je comprends votre position, même si je ne l'admets pas trop, mais j'ai un travail à faire et je ne suis pas là pour ménager la susceptibilité d'une population frileuse et égocentrique. Il y a eu crime et il y a forcément un coupable. Je passe mon temps à rencontrer des gens qui me menacent et je commence à en avoir par-dessus la tête, alors, même si l'assassin est le gouverneur de votre État, je vais l'accrocher et personne ne pourra me faire lâcher prise !

– Je crois que vous n'avez pas bien compris où vous êtes, Sandra...

– Si. Aux États-Unis, un pays qui possède une constitution et un ensemble de lois faites autant pour les puissants que pour les humbles, les habitants du Nevada y compris. Si vous n'en êtes pas convaincu, vous feriez bien de changer de crémerie avant qu'il ne soit trop tard. Je ne sais pas qui vous fout la trouille ici, mais je vais le découvrir, croyez-moi.

– Faites ce que vous voulez, mais je vous aurai prévenue. Faites tout de même attention à vous.

– Et vous à Rusty, répliqué-je.

On raccroche et je reste un moment à ravaler ma colère. Ces gens sont tous dingues à des degrés divers.

Le sable et le désert qui les entourent les étouffent et les coupent de la réalité.

Je regarde ma montre. Midi, et le soleil plombe à la verticale. La route pour aller à Searchight doit gondoler de chaleur et ressembler à l'antichambre de l'enfer, mais j'ai assez perdu de temps.

J'enfile un pantalon assez large pour qu'on y tienne à deux, une chemise à mailles, mais chausse une paire de mocassins fermés.

Je descends au bar et avale un sandwich à la salade et au poulet avec une bouteille entière d'eau minérale. Je n'ai pas faim, mais manger m'a toujours calmé les nerfs.

Je vais chercher ma voiture, mets la climatisation à fond et prends la 95 en direction de Searchight.

Je connais la route, c'est toujours la même. Je m'arrête à la cabane d'Anatole, mais bien sûr il n'est pas là.

Ça ne me surprend pas, je suis certaine que le pauvre vieux est mort, et la désinvolture des autorités pour le rechercher me révolte.

Je remonte en voiture avant que mon sang ne se mette à bouillonner, et je repars.

Je passe sans m'arrêter devant la route des Bechtler ou Best j'sais pas quoi.

Il fait si chaud à l'extérieur que le goudron ondule devant mes yeux et je tâche de fixer mon attention ailleurs.

J'arrive à Nelson qui est semblable à Boulder en plus petit et plus pouilleux, et ressemble à un décor de western avec ses maisons en bois et son unique rue.

Le village est désert, mais ça peut se comprendre à cette heure de la journée.

Entre Nelson et Searchight il y a une distance de trente-six milles que je parcours le pied au plancher. Ça m'étonnerait qu'il y ait un motard casqué et botté embusqué derrière ces buissons étiques ou ces éboulis de roches chauffées à blanc.

J'arrive à Searchight à deux heures un quart et m'arrête devant l'unique commerce ouvert, la station-service.

Je descends et pousse la porte d'une espèce de local aux vitres cassées qui doit servir de bureau.

J'appelle, et au bout de cinq minutes je vois surgir un type maigre comme un cent de clous qui me regarde d'un air revêche.

Il est torse nu et sa poitrine est si creuse que le sternum forme un entonnoir.

– C'est pour quoi ? marmonne-t-il en faisant passer un mégot noirâtre et mouillé d'un côté à l'autre de sa bouche.

– Excusez-moi, je cherche Dale Clarke.

Il me considère sans cesser de mâchouiller.

– Dale Clarke, il élève des animaux sauvages, vous voyez qui c'est ?

– Qu'est-ce que vous lui voulez à ce Dale Clarke ?

– Vous le connaissez ?

Il crache son mégot dans le creux de sa main et le fourre dans la poche de son jean crasseux.

– Qui le demande ?

– Moi. Je voudrais lui acheter quelque chose.

– J'sais pas où il est.

– Il habite ici, vous ne pouvez pas ne pas le connaître.

Il réfléchit encore, me considère longuement et paraît admettre que je ne présente aucun danger.

– Il a une cabane à deux milles d'ici, dit-il enfin, mais j'sais pas s'il est là. Y bouge beaucoup.

– Je vais essayer, dis-je avec un sourire confiant. Deux milles dans quelle direction ?

– Par là, et il me montre le mur derrière lui.

– Par là, c'est où ?

– À la sortie du village vous avez une route en terre qui part sur votre gauche en direction d'un tumulus qui ressemble à une tête de mort. On l'appelle le Crâne de l'Indien. Vous trouverez sa cabane pas loin. Il vous attend ?

– Je ne sais pas trop si mes amis l'ont prévenu, mais merci du renseignement.

Je sors et remonte en voiture. Le gars me regarde partir planté sur le pas de sa porte. Si Clarke a le téléphone, il ne sera pas surpris de mon apparition.

Je trouve la route en question qui n'a de route que le nom.

Pas une âme, même pas le moindre cactus. De la pierre et du gravier à perte de vue.

Pas besoin d'un mirador pour voir arriver les intrus.

Dans le fond, le tumulus à tête de mort grimace en m'observant, et je commence à regretter l'absence de Turney.

Au bout d'une dizaine de minutes j'aperçois, planté en plein désert, un assemblage de baraques miteuses qui me semblent abandonnées.

Je roule néanmoins vers elles sur la pierraille qui a remplacé la route de terre, et ma Nissan en prend un bon coup dans ses amortisseurs.

Je stoppe devant la première, mais laisse mon moteur en marche. Ne voyant rien venir, je klaxonne plusieurs fois jusqu'à ce que s'ouvre une porte en tôle découpée dans la troisième baraque.

Un type en sort, qui se protège les yeux avec la main et vient vers moi.

Il porte un pantalon de cuir noir et un gilet en jean sans manches.

Ses cheveux sales et longs lui retombent sur les épaules et ses joues n'ont pas dû connaître le rasoir depuis sa communion. Il est gras mais costaud, avec des bras comme mes cuisses et une démarche très balancée.

Il est aussi avenant qu'un crocodile des Everglades, et son regard est tout aussi chaleureux.

– Dale Clarke ? dis-je sans descendre de voiture.

– C'est pour quoi ?

– Je viens de San Francisco et je suis de passage dans la région. Je voudrais acquérir un serpent python et on m'a dit que je devais m'adresser à vous.

– Qui ?

– Un ami d'un ami qui vous a acheté récemment une araignée d'Australie.

– Connais pas.

– C'est pas grave – j'arrête mon moteur et je descends – vous devez voir beaucoup de monde.

Je lui tends la main qu'il considère avec dédain.

– J'sais pas de quoi vous voulez parler.

– Écoutez, je sais que j'aurais dû vous prévenir avant de venir, mais je ne suis pas pour longtemps dans le coin et je dois retourner chez moi. Je voudrais simplement savoir si vous pouvez me présenter un python.

Il enfonce ses mains dans les poches arrière de son pantalon et me détaille de haut en bas.

Je ne suis pas très rassurée. Si ce gorille a de mauvaises intentions, je n'ai pas grand-chose comme ligne de retraite, et je regrette déjà d'être descendue de voiture.

– Comment c'est, votre nom ?

– Sandra Khan. J'ai toujours eu des animaux sauvages. Je possède une grande maison à San Francisco et un serpent y serait très heureux.

Je ne sais pas si ce que je dis est crédible, parce que l'autre ne répond rien, se contentant de m'observer avec la même générosité dans l'expression qu'un jaguar affamé.

– Qu'est-ce que c'est que cette histoire d'araignée d'Australie ?

– Un ami m'a parlé de quelqu'un qui est très amateur d'animaux venimeux et qui vous a récemment acheté cette bestiole extrêmement rare, paraît-il.

Il continue de me regarder derrière ses paupières plissées, et je donnerais bien dix cents pour connaître ses pensées.

– Vous savez combien ça coûte ce que vous me demandez ? lâche-t-il du bout des lèvres.

– Je suis prête à mettre le prix !

Il lève le menton et regarde le ciel, au-dessus de moi, ou peut-être un vol de vautours qu'il a prévenus par télépathie.

– J'en ai pas pour l'instant, dit-il en me fixant à nouveau.

– Ah ? fais-je d'un ton déçu.

Si notre dialogue dure encore trente secondes, je vais m'évanouir de chaleur. Déjà je vois plein de jolies lumières danser devant mes yeux asséchés.

– Est-ce qu'on ne pourrait pas en parler à l'ombre ?

C'est pas un rapide. Parce qu'il se passe bien encore une demi-minute avant qu'il réagisse.

– V'nez par ici, dit-il en se dirigeant vers sa cabane.

Il me précède dans une espèce de capharnaüm où s'empilent des cages et des boîtes trouées. Pas besoin d'être zoologue pour comprendre à quoi elles servent.

Sur une planche posée sur tréteaux qui doit lui servir de table de salle à manger vu les reliefs de repas qui l'encombrent, traîne un 45 magnum aux reflets bleutés.

– Bon, alors vous cherchez quoi exactement ? qu'il me fait en se plantant face à moi sans sourire.

– Mais je vous l'ai dit, un python.

– Vous m'prenez pour une bille !

Vaut mieux pas, vu ton gabarit, et je tente un faible sourire.

– Pourquoi dites-vous ça ?

– Pas'que je connais chacun de mes clients, et y en a pas un qui se permettrait de v'nir comme ça !

– Mais je vous ai expliqué...

– La ferme !

Et je la ferme, parce que c'est ce que j'ai de mieux à faire.

Il me toise et je vois ses mâchoires se serrer encore un peu plus.

Entre le magnum et moi il y a à peu près un mètre, mais je ne sais même pas s'il est chargé.

– Qu'est-ce que c'est que cette histoire d'*atrax* ?

J'hésite un quart de seconde et je décide de lui déballer le paquet. Au point où j'en suis, je ne risque rien.

Il m'écoute sans rien dire, mais un de ses sourcils s'est levé.

– V'nez par ici, et il disparaît brusquement derrière un rideau.

Et derrière le rideau il y a une demi-douzaine de cages et autant d'araignées. Il y en a même deux qui cohabitent. Deux grises, avec des raies blanches sur le dos, grandes comme des mains de pianiste ; une petite noire, grosse comme une balle de ping-pong, et encore deux autres, de la même taille que la mienne, marron-roux pour l'une et noire d'encre pour l'autre. Chacune devant peser deux bonnes livres.

Je reste sans piper, ayant même oublié la présence de mon charmant cicérone.

– Elle était comme ça ? dit-il en désignant les deux grosses accroupies dans leurs cages.

– Tout à fait, dis-je en avalant ma salive.

Les araignées me fixent et semblent attendre un ordre de leur maître pour bondir au travers de leur grille.

Clarke renifle dans mon dos et il est si proche que je respire l'odeur âcre de sa peau. Mais pour l'instant, ce sont les araignées qui me hérissent.

La boule noire se met soudain à cavaler dans tous les sens, grimpe le long des parois de sa cage et se laisse tomber sur le sol, d'où elle rebondit, pour s'accrocher encore une fois aux parois.

– Veuve noire, une femelle. Cinq fois plus grosse que

son mâle et trente fois plus agressive. Cinq morsures et la mort survient en dix minutes par paralysie des muscles respiratoires. En plus, certaines font des sauts de presque un mètre. Votre *atrax* est encore plus rapide. Son venin est semblable au curare et attaque les circuits nerveux.

Je me retourne vers lui parce qu'il me raconte ça avec beaucoup de tendresse dans la voix. Il sourit en regardant ses pensionnaires, telle une puéricultrice dans une crèche.

– Les deux grises sont brésiliennes, des *araneus*. L'*atrax* et l'*araneus* sont de la famille des *Latrodectus*. Mortelles toutes les deux.

– Qui vous a acheté l'*atrax* ? demandé-je brusquement.

Il ne répond pas, va vers la cage des brésiliennes et la caresse. Une des araignées bondit vers ses doigts et je pousse un cri.

Mais il éclate de rire en tapant avec le poing sur la grille, ce qui fait tomber l'araignée sur le sol. L'autre n'a pas bronché.

– Toujours aussi mauvaise, hein, Mathilda ! petite salope ! tu mordrais la main qui te nourrit !

Il rit encore et se tourne vers moi.

– Aussi ingrates que les femmes ! Elles vous mangent dans la main, et une seconde d'inattention, hop ! elles vous baisent !

J'en ai plein le dos de son cirque et je repasse derrière le rideau. Je l'entends encore s'amuser avec ses charmantes petites copines et il me rejoint.

– Alors, ça vous a plu ?

– Vous voulez savoir ce que je pense de vos amateurs d'araignées ?

Il se remet à rire. Joyeux drille, dans le fond.

– Une fois qu'elles sont apprivoisées, elles sont familières comme des toutous.

– D'accord, mais le type qui l'a fourrée dans mon lit n'avait pas d'aussi charmantes idées.

– C'est p't'êt' qu'il aurait voulu y être, lui, dans votre lit.

Aïe ! voilà autre chose. Je recommence à lorgner vers le magnum, mais apparemment Dale Clarke est plus intéressé par ses pensionnaires, car il me dit :

– Je suis lié par le secret professionnel.

– Comme les médecins ?

Ça le fait rire, et il saisit sur la table une bouteille de gnôle, un verre sale et s'en sert une large rasade.

– Vous en voulez ?

– Merci.

– C'est bon contre les morsures d'araignée.

– J'ai pas été mordue.

– J'ai aussi des scorpions et des serpents marins dans des bacs. Vous voulez les voir ? J'ai un belcher.

– Un quoi ?

– Un serpent du Pacifique. Son venin est cent fois plus puissant que celui du cobra royal. C'est un tueur véritable parce qu'il tue par plaisir. Rare chez les animaux. Rarissime, même !

– Comment vous l'avez appelé ?

– Un belcher.

Je le fixe pour savoir s'il se fout de moi. Mais non. Sa saloperie de serpent, à une lettre près, possède le même nom que l'autre dingue aux microbes !

– C'est son nom ?

– Ouais.

– Une autre fois.

– Vous n'imaginez pas ce que les gens sont tordus, dit-il en avalant la moitié du contenu du verre.

– Je n'en doute pas.

Je crève de chaleur et de penser au voisinage me donne la nausée.

En plus, Clarke me paraît très barjot, du genre pervers. Je l'imagine parfaitement faisant des travaux pratiques avec ses bestioles.

– Bon, vous voulez ou pas me donner le nom de ce type ? De toute façon je le saurai, mais si vous me le donnez je ne porterai pas plainte contre vous.

– Porter plainte ? mais pourquoi ? j'ai le droit de vendre mes animaux. Ce que les gens en font après, ça les regarde.

– Ça m'étonnerait que votre ménagerie soit passée à la douane, mais je m'en fiche, tout ce que je veux c'est le nom du gars qui vous a acheté cette horreur.

C'est gonflé de ma part de menacer ce cinglé, seule avec lui en plein désert. Mais je suis gonflée.

C'est ce qu'il doit se dire aussi.

– Un gars de la région, j'sais pas son nom, parce que je lui ai pas demandé.

– Vous le reconnaîtriez si vous le voyiez ?

Il hoche la tête sans se compromettre.

– Moi, j'veux pas d'emmerdes...

– Il ressemblait à quoi ?

– À un homme, qu'il répond en ricanant.

– Si je vous apporte quelques billets de cent, vous retrouverez la mémoire ?

– On verra.

– À bientôt, monsieur Clarke.

Là-dessus je remonte en voiture et me coltine encore une fois cette foutue route au milieu de cette saloperie de désert qui commence à me sortir par tous les pores de la peau.

***

Je vois arriver Rossard alors que je m'apprête à lire la Bible avec Anne-Marie.

Mon gros cousin s'extirpe avec difficulté de sa voiture et se dirige vers la maison.

Je suis seul avec ma fille. Betsy est allée acheter des sandales aux deux autres.

Je lui ai fait remarquer qu'elle les gâtait trop, et que Notre Seigneur reconnaît seulement les humbles.

Elle n'a rien répondu et je l'ai laissée filer parce que j'aime bien être seul chez moi avec mon aînée.

Anne-Marie a demandé à ma femme de lui acheter un soutien-gorge. Betsy a sollicité ma permission, que je lui ai accordée, parce que je veux qu'Anne-Marie soit contente.

Ce n'est pas de la vanité, Dieu m'est témoin, mais notre fille est très belle, d'une beauté virginale.

J'ai accepté pour le soutien-gorge parce que je me suis aperçu que ses petits seins pointaient d'une manière trop visible. Et je tuerais le premier qui oserait y porter le regard.

Anne-Marie est trop fragile et trop pure, elle ignore le Mal.

L'autre jour, en allant la chercher à son école, je l'ai vue discuter dans la rue avec un garçon inconnu et rire avec lui.

Mon sang n'a fait qu'un tour et je me suis précipité vers eux. J'ai attrapé ma fille et l'ai sommée de s'expliquer devant ce morveux qui, par chance, est resté coi.

– Mais c'est un camarade de classe, a protesté ma fille, nous travaillons ensemble sur un devoir de sciences naturelles !

– Un devoir de quoi ? ai-je rugi.

Les sciences naturelles ! depuis le début j'ai demandé au principal du collège de faire supprimer ces passages impies où la Création de Dieu est risée, et où la Vie naît d'une amibe.

– Qu'est-ce que c'est que ce devoir commun ? ai-je hurlé.

– Mais papa, a répondu ma fille en pleurant, nous étudions les insectes. Ronald et moi sommes chargés des abeilles.

J'ai cessé d'écouter et ai entraîné ma fille loin de ce garçon aux yeux lubriques.

Mon Anne-Marie est une pure qui ne voit pas le mal.

– Salut cousin, lance Rossard en entrant sans façon. Mais bon Dieu, c'est la petite Anne-Marie, cette beauté !

Je serre les poings de fureur en entendant ce satrape jurer ainsi sous mon toit et parler de ma fille comme d'une...

– Monte dans ta chambre ! Prends le Saint Livre et étudie seule ce que nous devions voir ensemble. Je t'interrogerai plus tard.

Rossard ricane, et je déteste le regard qu'il porte sur elle quand elle monte l'escalier.

J'ouvre grandes les fenêtres, sans me soucier de la chaleur, pour chasser l'odeur de péché qui accable Rossard.

– Que me veux-tu ?

– Je peux m'asseoir ?

– Je t'en prie.

Il se laisse tomber sur une chaise et s'éponge le front avec un grand mouchoir.

Comme toujours son uniforme est négligé. Le col de sa chemise est de travers et il a remonté haut ses manches.

Il a de la chance de ne pas avoir un supérieur dans mon genre.

– T'as vu le vieil Anatole récemment ?...

– Pourquoi ?

– Il a disparu.

– Tu veux un verre d'eau ?

– Si tu veux, oui, mais mets quelque chose dedans.
– Tu sais bien qu'il n'y a pas d'alcool ici.
– Ah, ouais, alors comme tu veux.
– De la citronnade ?
– Non, de l'eau fraîche, ça ira.
Je le sers et m'adosse au bahut en attendant qu'il se désaltère. Sa bouche lippue entoure le verre, et je frissonne de dégoût.
– Alors, Anatole, tu l'as vu ? reprend-il en se resservant de l'eau.
– Non... je ne sais pas... je ne le vois pas souvent.
– Vous êtes voisins...
– Tu sais bien que nous ne fréquentons pas.
– Ouais.
Il s'éponge la nuque, soupire, et regarde dans la cour d'un air songeur.
Je n'ai pas peur. Je sais qu'on ne retrouvera jamais le vieux. J'ai pris toutes mes précautions.
Si ça se trouve il n'est même plus dans notre État tellement cette rivière est rapide.
J'ai déjà imaginé les corps roulant dans cette eau noire, entremêlant peut-être la femme et le mari, la mère et son enfant réunis à jamais dans la boue.
Dieu les a de toute façon déjà rassemblés.
– Je ne comprends pas où il a pu aller, reprend Rossard.
– Il est peut-être reparti d'où il venait.
– Et il venait d'où, d'après toi ?
Je hausse les épaules.
– Comment le saurais-je ? Mais où que ce soit on n'a pas dû le regretter.
– Donc, tu ne sais rien ? et ta femme non plus ?
Je secoue la tête.
– Et ça ne t'intrigue pas, cette disparition ?
– Ce vieux fou peut bien faire ce qui lui plaît !
– Et s'il avait été assassiné ?

Je ne peux m'empêcher de tressaillir.
– Quelle idée !
– Quelqu'un qui aurait eu peur qu'il parle.
– Parle de quoi ?
Rossard me jette un regard, se lève, et se plante devant la fenêtre.
– Pourquoi tu ouvres, la journée ? Il fait une chaleur de four et ta climatisation, tu vas la foutre en l'air !
– Je n'ai pas de climatisation, dis-je en refermant la fenêtre.
Il se tourne brusquement vers moi.
– Il y a une femme qui est venue avec un chien chez toi, elle s'est plainte que toi et Betsy vous l'ayez très mal reçue...
Rossard me balance ça en pleine figure et ses petits yeux porcins se vrillent dans les miens.
– Je... je... je ne vois pas.
– Mais si. Elle pensait qu'un chien qu'elle avait recueilli était à vous, drôle d'idée, non ?
– Un chien ? Je me force à rire. Tu sais que je déteste les animaux.
– Je sais. C'est parce que le chien a paru reconnaître ta maison, comme s'il y avait séjourné, tu vois ce que je veux dire ? Vous n'avez reçu personne récemment avec un chien ? Un grand beige avec de petites oreilles tombantes. C'est Turney qui l'a soigné parce qu'il avait été blessé. Moi, je ne l'ai pas vu, c'est elle qui m'a raconté tout ça.
– Qui, elle ?
– Cette femme qui est venue chez vous.
– Ah, oui... J'y suis. Mais pourquoi se plaint-elle d'avoir été mal reçue ? Betsy lui a simplement dit que ce chien n'était pas à nous, c'est tout.
– Elle m'a dit qu'un type à bord d'un break lui avait foncé dessus, ce type, ce devait être toi.
– Mais elle est folle ! je ne l'ai même pas vue ! c'est

Betsy qui m'a raconté sa visite quand je suis rentré le soir.

Il fait quelques pas dans le salon en se dandinant, regarde autour de lui.

– C'est ton père ?

– Oui.

Il se saisit du cadre et regarde la photo de près.

– Il était pas marrant, hein ?

Je ne réponds pas.

– Drôle de bonhomme. J'pense pas qu'il ait rendu sa femme et ses enfants très heureux...

Je passe derrière Rossard et lui retire le cadre des mains.

– J'ai toujours aimé et respecté mon père, dis-je d'un ton glacial, et je n'aime pas tes réflexions.

Il a cet horrible rictus que j'ai souvent envie de lui enfoncer dans la gorge à coups de talon.

– Les chiens font pas des chats, hein ?

– Tu n'as plus de questions à me poser ? dis-je en me dirigeant vers la porte, parce que comme tu as pu le constater en arrivant, je m'apprêtais à faire la leçon à ma fille.

Il me regarde sans aménité... et se rassoit.

– Ça marche, vos chambres d'hôte ? demande-t-il brusquement.

Je hoche la tête.

– On ne se plaint pas.

– Vous avez eu beaucoup de touristes depuis l'an dernier ?

Je ne me fie pas au ton désinvolte de sa voix, parce que j'ai un signal d'alarme qui s'est mis en marche.

– Comme d'habitude.

– Des familles ?

– Heu... plutôt. Mais tu sais, c'est Betsy qui s'occupe de ça.

– Justement, où elle est ta femme ?

– Elle est partie en ville faire des achats avec les enfants. Tu veux boire encore de l'eau ?

– Non, ça va.

Il se passe la langue sur les lèvres et me regarde pensivement.

– Le vieil Anatole a vendu à cette journaliste qui est venue te voir avec ce chien une poupée d'enfant qu'il a dit avoir trouvée dans le désert, près de chez vous.

– Ah ? Je sens que ma voix a un curieux son, et je passe dans la cuisine boire un grand verre d'eau.

Un cercle m'enserre soudain les tempes et mes mains sont moites.

Je voudrais que cet imbécile s'en aille pour que je puisse me laver.

Qu'aurait fait papa dans une telle circonstance ? Je réfléchis à toute vitesse. Où ai-je pu commettre une erreur ? Cette poupée ? J'ai tout de suite compris que cette poupée était dangereuse.

Rossard arrive derrière moi.

– Et il y a eu ce chien que le vieux a dit avoir entendu aboyer toute une nuit près de chez lui... Et tu sais quoi ? on vient de me prévenir qu'une famille accompagnée d'un chien avait disparu... disons... depuis une petite quinzaine.

– Écoute, dis-je en me retournant brusquement, je ne connais pas ce chien, je ne sais pas ce qu'est devenu ce vieil ivrogne, et je suis fatigué. Est-ce que tu pourrais me laisser tranquille avec tes questions ? Où veux-tu en venir ?

Rossard recule, surpris de ma sortie.

Ils ne sont pas habitués à ce ton.

– T'énerve pas, vous êtes les plus proches voisins d'Anatole, c'est normal que je t'interroge... Si c'est pas moi qui le fais ce sera un autre... Et s'il y a disparition, le FBI va rappliquer encore une fois et t'auras peut-être intérêt à trouver une explication au fait qu'on a trouvé près de chez toi une poupée d'enfant et un chien blessé...

– Je ne comprends rien à ce que tu racontes !

– Ne crie pas, tu vas me faire croire que tu as quelque chose à cacher...

– Je n'ai rien à cacher. Ma famille et moi vivons dans les Commandements du Seigneur et tu le sais très bien !

Il penche la tête vers le sol, puis la relève brusquement.

– Si tu savais quelque chose à propos de ces touristes, comme tu es... un homme... qui aime être en paix avec sa conscience... tu me le dirais, n'est-ce pas ?

On se fixe, lui avec son éternel rictus, et moi, avec tout le mépris que je lui porte.

– Betsy va bientôt rentrer, je lui ferai part de ta visite.

– C'est ça, c'est ça, dit-il en s'ébrouant... pose-lui toujours la question pour la poupée... et le chien.

Il remet son chapeau et sort de la maison d'un pas rapide.

Je le suis, après avoir hésité.

Arrivé à son véhicule, il se retourne.

– Tu sais, si t'as des choses à me dire, à propos de tout ce qu'on vient de parler, je suis à ta disposition, n'oublie pas qu'on est cousins... Ça peut soulager de parler, parfois.

Je serre les poings au fond de mes poches, tant mes mains tremblent.

Rossard a compris, mais il ne fera rien.

Pourtant, il n'est pas assez malin pour avoir trouvé tout seul. On le lui aura dit.

Je sais qui.

Cette femme, cette journaliste, venue de la ville des Sodomites.

C'est sa vie contre celle des miens. Ai-je le choix ?

***

Jeudi, 12 h

J'envoie enfin un papier à Woody.

Vingt pages serrées où je raconte l'ambiance, les gens, et même les menaces dont je suis l'objet.

Deux pages sur mon combat avec l'araignée, parce que je suis sûre que les lecteurs vont adorer ça.

Je parle de Rusty, d'Harold, de Turney, du vieil Anatole, et je m'aperçois qu'au lieu d'un reportage, je suis en train d'écrire un feuilleton.

Un feuilleton à épisodes comme ceux qu'écrivaient Martin O'Malley ou Matt Seewood sur la conquête de l'Ouest, l'extermination des bisons par Buffalo Bill, la geste de Billy the Kid et de Pat Garret, la Ruée vers l'or, l'horreur de la guerre de Sécession.

À part que mon western personnel ne met pas en cause des braqueurs de banque et des chasseurs de primes, mais l'honorable population d'une petite ville décentrée, tapie derrière ses hauts murs de sable plus inexpugnables que ceux d'une forteresse ; avec son suzerain, son chef de guet, ses hommes d'armes et ses fous.

Je ne sais pas si Woody va apprécier, mais moi je sens que rien de ce qui s'est passé ici ne serait arrivé sans ce gigantesque désert et la prégnance des légendes indiennes où mort et vie sont étroitement liées, où les mauvais esprits font pièce aux bons.

Las Vegas est une planète, et Boulder et toutes ses sœurs en sont une autre. Entre elles, le vide est sidéral.

Je faxe ma prose au *Frisco News*, et de savoir qu'à peine quelques minutes plus tard elle va tomber sur le bureau de Woody, rompt un peu ma solitude et mon sentiment de déréliction.

Quand je suis revenue de chez Clarke et que je suis passée devant la maison des Bechner, je n'ai pas pu m'empêcher de frissonner.

Ce coin sent la mort.

Je me suis arrêtée un instant pour regarder cette petite route ordinaire qui mène à la maison Bechner.

Et je me suis sentie très démunie au milieu de cette population hostile qui va détester apprendre qu'un des siens est peut-être un assassin.

Suis-je en danger ou hystérique ?

Je suis revenue à Boulder sans parvenir à trancher la question.

Harold m'avait laissé un message pour me dire qu'il allait mieux et qu'il serait content de me voir.

Je l'ai rappelé en lui promettant que j'allais venir.

Ensuite j'ai téléphoné à Turney pour lui raconter ma visite au nommé Clarke.

Il est resté un long moment silencieux, et puis je l'ai entendu jurer doucement.

– Qu'allez-vous faire ?

– Je dois retourner le voir avec du fric pour qu'il me donne l'identité du type.

– Il a dû déjà filer, votre Clarke, m'a-t-il répondu.

– Possible, mais pas sûr... S'il n'avait rien voulu me dire, il ne m'aurait même pas reçue.

– Vous avez une idée sur l'acheteur ?

– Je ne sais pas. Vaguement, oui...

– De toute façon, il va se mettre au vert. Dans ce désert et dans le milieu des vendeurs d'animaux clandestins, vous pourrez toujours lui courir après. Les gars de la Mafia, à côté de ceux-là, sont des bavards intarissables. Ce sont de vrais marginaux, qui se moquent des lois comme d'une guigne. Ils changent sans arrêt d'adresse. Vous avez vu l'installation ? Il peut la faire partout. Un camion, des cages, et hop, on déménage. La clientèle suit.

– Bon, je vous remercie quand même pour le renseignement.

– J'ai appris de drôles de choses sur ce Bechner, je serais vous, je ferais attention.

– J'en ai bien l'intention. Vous ne croyez plus que je cherche un coupable à tout prix ?

– Non, mais vous devriez laisser la police s'occuper de ça. Contentez-vous de retirer les marrons du feu. Dans le fond, vous n'êtes que journaliste, pas flic.

– Vous croyez que la police de Boulder va bouger ?

– Bien sûr, si vous leur ramenez un suspect. Votre chance serait que Clarke vous donne l'identité de son acheteur.

– C'est ce que j'espère.

– N'y croyez pas trop. Ces gens sont davantage du côté des hors-la-loi. Même pour de l'argent, m'étonnerait que Clarke enfreigne la consigne de son milieu. Croyez-moi, rentrez chez vous, c'est plus prudent.

– Je vais voir. À bientôt.

– À bientôt.

J'ai dîné dans ma chambre, parce que l'idée de me retrouver seule dans les rues, la nuit, ne m'a pas vraiment tentée.

J'ai appelé Nina et on est resté longtemps à parler de nous et de notre vie.

– J'ai hâte de te retrouver !

– Moi aussi, *querida mía*, moi aussi. Ma peau s'ennuie de tes mains et de tes baisers.

Je ne lui ai pas parlé de l'araignée ni de Bechner, ni des milices. Pas de Mauren non plus, parce que je n'avais rien à en dire.

Je m'apercevais que Nina m'avait ramenée à la vie

mieux que je ne l'aurais pensé après la mort de Joan [1], et que maintenant elle était entièrement dedans.

– Je vais bientôt rentrer, lui ai-je promis, et après, je t'emmène faire une virée en Argentine.

Elle a ri de son rire si... « argentin », parce que ça faisait bien un an que je lui promettais ça toutes les semaines et que je n'en avais encore jamais trouvé le temps.

– Tu veux toujours que je te présente à ma famille ?

– Évidemment. Pourquoi, ils sont antisémites ?

On a parlé encore un bon moment et je lui ai décrit le désert que je voyais de ma fenêtre.

– En Argentine, c'est la même chose, les vaches en plus.

Je l'imaginais secouant la tête avec ses cheveux noirs qu'elle fait virevolter parfois pour m'amuser.

– Je n'ai sur moi que le déshabillé de mousseline bleu nuit que tu connais, m'a-t-elle précisé.

– Rien d'autre ?

– Rien. Tu veux que je te dise ce que je fais ?

– Comment ça ?

– Avec ma main.

– Non.

Elle a encore ri et on s'est quitté sur des promesses qu'on avait hâte de tenir.

Ensuite je me suis couchée, non sans avoir au préalable fermé la fenêtre.

Depuis le coup de l'araignée, je préfère aux bruits du désert ceux de la climatisation.

***

1. Cf. Un été pourri.

Vendredi, 9 h

Le lendemain matin je trouve Rossard qui m'attend dans le salon de l'hôtel.

– Salut, me dit-il sans se lever. Vous prenez un café avec moi ?

– J'allais justement chez vous. Vous avez des nouvelles d'Anatole ?

– Non, rien.

Je suis étonnée de son ton. Il est visiblement contrarié.

– Il est mort, n'est-ce pas ?

Il hausse les épaules et son regard s'assombrit.

Je n'aurais jamais pensé que cet homme des neiges puisse faire preuve d'un quelconque sentiment, surtout envers un individu comme Anatole.

– Et vous, quoi de neuf ? reprend-il en commandant nos cafés.

Je regarde devant moi sans répondre et il attend patiemment.

Je ne sais que faire. Lui parler de ma visite à Clarke ne m'avancera guère tant que l'autre ne m'aura pas fait de description de son acheteur. Je préférerais connaître son hypothèse sur la disparition de la famille Connel.

– J'ai rendu visite à la famille Bechner, il ne comprend pas que vous vous soyez plainte de lui. À l'entendre, il ne vous a pas rencontrée, c'est sa femme que vous avez vue.

– Il ment.

Rossard grimace.

– Ça va pas être facile à prouver !

– Et la famille disparue, quoi de neuf ?

– Je lui ai parlé du chien que vous avez trouvé, reprend Rossard en plantant ses petits yeux rouges dans les miens, et sans répondre à ma question.

– Et si Rusty appartenait à ces gens, vous y avez pensé ?

Il termine son café et allume un cigarillo. En une minute j'ai l'impression d'être dans une tannerie.

– D'où viennent vos cigares ?

– C'est un Indien qui me les fournit. C'est sa fille qui les roule.

– Sous son aisselle ?

Il rit.

– Ça sent fort, hein ? Ça vous gêne ?

– Pas plus que de pique-niquer devant une fosse d'aisance.

Il écrase aussitôt son mégot.

– Pardon, je ne me rends pas toujours compte de l'odeur.

Il devient décidément civilisé, le shérif. Il va falloir que je modifie le portrait que j'ai fait de lui.

– Alors, pour le chien ?

Il me fixe en se tordant la bouche selon son habitude.

– Qu'est-ce qu'il y a ?

– La famille qui a disparu voyageait avec un chien, lâche-t-il doucement.

– Quoi !

– Ça peut être une coïncidence...

– Vous y croyez ? Vous vous foutez de moi !

Il hoche la tête.

– Qu'est-ce que ça prouve ?

– Vous le savez bien. Anatole a déclaré avoir entendu le chien aboyer près de chez lui !

– Ça ne prouve pas qu'il venait de chez les Bechner. Il a pu se traîner jusque-là et...

– Shérif, arrêtez. Il faut enquêter chez eux.

– Sous quel motif ? vous croyez que le juge du coin va me donner un mandat ?

– Si je vous fournis l'identité du type qui a fourré l'araignée dans mon lit ?

Il soupire.

– Comment ?

– J'ai retrouvé le vendeur de l'araignée. Il m'a promis de me donner le nom de l'acheteur, ou plutôt de me le vendre.

Il lève les yeux au ciel et rallume son cigare.

– Où est ce trafiquant ?

– Près de Searchight, mais à l'heure qu'il est il a peut-être déménagé. Je lui ai expliqué ce que son client avait voulu faire avec son araignée.

– Quel est son nom ?

– Dale Clarke.

Rossard se lève brusquement.

– Je vais câbler un avis de recherche aux polices des environs et téléphoner au shérif de Searchight.

– Alors grouillez-vous, shérif.

Rossard rentra directement à son bureau et appela Ross.

– C'est probablement Bechner qui a envoyé l'araignée à la journaliste, lâcha-t-il à son adjoint avant même que celui-ci referme la porte.

– Pourquoi ? s'effara Ross.

– D'après toi ?

– J'comprends pas. Comment tu le sais ?

– Elle a retrouvé le vendeur.

– Ah, merde ! pourquoi il aurait fait ça ? Il l'a identifié ?

– Non. Mais elle en est presque sûre, et il a accepté de lui décrire contre un paquet de fric.

Rossard se leva et alluma un cigarillo en tripotant vaguement des papiers sur son bureau.

– La famille signalée disparue récemment avait un chien, t'as remarqué ? dit-il brusquement à Ross en le fixant de ses petits yeux injectés de sang.

Celui-ci sursauta.

– Et alors ?

– La journaliste a trouvé un chien que personne n'a réclamé.

– Et c'est lui ?

Rossard haussa les épaules.

– J'en sais rien. Tu te rappelles de ce qu'a dit le vieil Anatole au sujet d'un chien qui aurait aboyé près de chez lui, il y a une quinzaine de ça ? T'étais là quand il en a parlé au poste.

– Ouais, j'me souviens... Ce serait ce chien ?

Rossard ne répondit rien et se planta devant la fenêtre. Dans le square juste en face, collé au bar de Kingsmooth, deux vieilles dames discouraient.

Rossard les connaissait depuis son enfance. C'étaient les deux institutrices de l'école. Sœurs, elles avaient vécu et travaillé ensemble sans jamais se séparer.

Chaque gosse de Boulder était passé entre leurs mains, et elles pouvaient certainement les nommer un par un, non seulement eux, mais encore les oncles, les tantes et leur filiation, et ce qu'ils étaient devenus.

Elles n'avaient pas d'âge pour Rossard, elles étaient là depuis toujours et peut-être ne disparaîtraient-elles jamais.

Elles se levèrent, encore alertes malgré leurs jambes grêles et leurs cheveux blancs, et sans cesser de papoter repartirent en saluant à chaque pas les gens qu'elles croisaient et qui bien souvent s'arrêtaient pour leur faire un brin de causette.

– Faudrait coincer ce Clarke, dit soudain Ross. Tu veux que je demande un mandat ? Sans son témoignage on peut rien prouver contre ton cousin.

– Ça te plairait, hein, que ce soit lui ?

– Pourquoi tu dis ça ?

– Ça mettrait hors du coup tes petits copains.

– Quels petits copains ?

Rossard lui lança un regard mauvais.

– Tu crois que j'sais pas à quoi tu joues, tes jours de congé ? Moi, note bien qu'j'm'en tape si ça vous amuse de vous croire en guerre.

– Je n'vois pas de quoi tu parles, répliqua Ross, soudain livide.

– C'est ça, ma grosse, prends-moi pour un con ! C'est ton problème si t'aimes être enculé par un juteux qui s'prend pour John Wayne ! Tout c'que j'veux c'est qui viennent pas faire leur carnaval par ici.

Ross serra les poings, et Rossard, qui avait remarqué, rigola.

– J'sais que toi et tes potes vous embarrassez pas trop de scrupules quand y s'agit de mettre les gens au pas... mais fais gaffe, mon gars, j'suis un gros morceau. Et vaut mieux être mon ami que mon ennemi.

– Tu le sais depuis quand que c'est quelqu'un de ta famille qui bouffe les touristes ? répliqua Ross en souriant.

Ce fut au tour de Rossard de serrer les poings. Le sourire de son adjoint ressemblait à un coup de couteau.

Il se demanda depuis quand effectivement il avait pensé à Bechner comme coupable probable, et fut incapable de se rappeler.

– Quand tout ça sera fini, y faudra faire du ménage ici.

Ross secoua la tête sans cesser de sourire.

– Faudra trouver des nettoyeurs pas dégoûtés pour ramasser cette merde...

– J'suis sûr que t'as c'qu'y faut, s'pas, Ross ? Enfin, en attendant je vais m'occuper de récupérer ce Clarke. Et c'est pas encore dit que ce soit Bechner l'assassin. T'as du nouveau sur la famille Connel ?

– Mais oui, chef, grinça Ross. On a reçu un autre fax du FBI avec des renseignements complémentaires. C'est la belle-mère qui s'est étonnée de ne pas recevoir de nouvelles au bout de deux, trois jours, qui a signalé leur disparition aux autorités de Flagstaff. D'après elle, ils devaient se promener au hasard, soit en campant, soit en motel, suivant les endroits. Ils n'avaient pas de but précis, ils avaient parlé du Grand Canyon. Si c'était ça, ils seraient pas passés par ici.

– Pourquoi ? ils auraient pu redescendre le long du Colorado et arriver dans le coin.

Ross haussa les épaules.

– C'est une possibilité parmi un millier d'autres. C'est comme les autres branques, ils ont pu aller à Las Vegas par cinquante routes différentes.

– À part que pour une des familles on l'a vue faire de l'essence à Nelson.

– C'est ce qu'a dit... j'sais p'us comment y s'appelle, le pompiste. Il a pu se tromper !

Rossard soupira.

– Bon, continuez d'interroger tout le monde. J'm'occupe de Clarke.

– Y reste p'us que l' coin d'Hoover Dam. J'y envoie qui ?

– Vas-y toi-même.

– Tu veux pas qu'j't'aide pour Clarke ? demanda Ross sournoisement.

– Ça ira.

Ross le regarda et haussa les épaules.

Il parut vouloir ajouter quelque chose, mais hocha la tête et sortit.

Rossard le suivit des yeux jusqu'à ce que son adjoint monte en voiture et démarre.

Il sentait intuitivement que sa carrière, ou peut-être même sa vie, était arrivée à un tournant. Les bonnes années étaient probablement derrière.

Il décrocha le téléphone et appela le shérif de Searchight.

– Salut, Don, ici Rossard, ça va ?

– Bien, qu'est-ce tu d'viens vieux forban ? Paraît qu't'as encore bouffé des touristes ?

Rossard serra les mâchoires et sa main blanchit sur le combiné téléphonique.

– Très drôle, pourquoi, toi, t'es sûr d'être blanc ?

L'autre ricana.

– Comme la neige de nos montagnes ! Ça s'agite pas mal chez les féd' ! on m'a promis un arrivage pour bientôt. Qu'est-ce que j'peux faire pour toi ?

– T'as un nommé Dale Clarke dans tes ouailles, j'crois ? Un drôle de gars, hein ?

– Tu l'as dit, bouffi ! Ce qui le fait le plus rigoler c'est d'te lancer une de ses saloperies de bestioles sur toi ! J'ai cru que l'p'tit Flannigan, un bleu qui m'était envoyé de L.A., allait crever d'un arrêt cardiaque la semaine dernière... J'y étais allé suite à une demande d'enquête de la DGAS comme quoi ce dingue faisait passer en fraude des animaux sauvages et protégés.

On est arrivé dans sa cour, et tu sais quoi ? Ce putain de mec se baladait avec sur l'épaule un putain de scorpion gros comme ma queue ! Et tu sais c'qu'y fait avant qu'j'aie pu prévenir ma bleusaille de pas s'approcher ? il balance le scorpion sur Flannigan !

Rossard entendit son collègue se tordre de rire.

– Et alors ? demanda-t-il quand l'autre eut repris son souffle.

– C'était une saloperie de scorpion impérial, pouffa l'autre, énorme mais pas dangereux ! N'empêche que Flannigan, il en a chié sur lui !

– Ouais. J'voudrais lui parler à ton Clarke pour une affaire d'araignée illégale, justement...

– Ah ? Ben j'crois qu'y s'est tiré pas'que Flannigan, qu'a pas digéré la plaisanterie, s'est pointé tout à l'heure chez lui justement avec un PV long comme le bras, et pour l'enchrister par la même occasion. J'me s'rais marré de les laisser seuls tous les deux dans une cellule... Mais l'autre s'était barré en emportant toutes ses saloperies. À mon avis, il a passé la frontière et doit être en Arizona. J'peux peut-être te trouver où ?

– Comment ça ?

– J'sais qu'ce connard a un vague oncle aussi cinglé que lui que'que part du côté de Tempe Mesa ! Y fricote aussi dans la partie. C'est même lui qui l'aurait formé. Tu veux qu'j'me renseigne ? C'est sans garantie, hein ! Ces gens, c'est des courants d'air !

– Heu... ouais, ça m'arrangerait bien. Tu dis qu'les fédés rappliquent ?

– Ouais. Pour l'moment y sont plus sur North Rim, Grand Canyon, tu vois, où on aurait aperçu les Connel en dernier. Mais si y trouvent rien, y vont rappliquer ici, ça c'est sûr.

– Hum... t'as une idée, toi, sur cette famille ?

– Pourquoi j'en aurais ? Tu sais, Searchight c'est pas Boulder, dit-il d'un ton goguenard, ici, c'est pas les touristes qui s'arrêtent, c'est les crotales.

– Ouais. Bon, si tu peux me trouver Clarke, j'serais content d'le savoir.

– T'en fais pas, gros, j'vais m'renseigner ! À part ça, tout baigne chez toi ?

– Ouais, p'tite saison, les gens n'ont pas beaucoup d'oseille. Paraît qu'c'est partout pareil. Les casinos font pas le plein non plus à Vegas.

– Qu'est-ce tu veux, c'est la crise ! tant qu'on aura un gouvernement qui préférera filer nos bons dollars aux Négros et aux Hispanos, nous, on pourra se brosser ! Tu sais c'qu'y faudrait pour qu'ça reparte ? Une bonne guerre ! Et on y enverrait tous ces mal blanchis qui agitent seulement les doigts quand il s'agit d'aller pleurer de l'aide !

Rossard acquiesça.

– T'as raison, mais avec les pédés qu'on a à Washington, c'est pas demain la veille qu'on se débarrassera de tous ces traîne-savates ! Arrête-toi boire un coup si tu passes dans le coin.

– J'y manquerai pas ! Salut, Kurt.

Rossard raccrocha lentement.

Il n'arrivait pas à mettre deux idées bout à bout.

Bechner. Bechner était-il dans le coup ? De quoi ? des touristes ou simplement pour la journaliste ?

Rossard sentait comme un courant électrique dans ses mains.

Il pensa à sa mère, la demi-sœur de celle de Bechner.

Sa mère aimait beaucoup sa frangine, et quand elle était morte, elle avait salement dérouillé. Elle détestait le mari de sa sœur mais elle avait toujours eu un faible pour ses gosses. Quand sa sœur s'était suicidée elle avait voulu prendre le petit chez elle, mais le père s'y était opposé.

Rossard se souvenait qu'à l'époque il avait été content parce qu'il encaissait pas son cousin toujours fourré au catéchisme et qui s'intéressait pas aux filles.

Sa mère était morte maintenant, et ça lui avait fait un sale coup de se retrouver seul dans cette maison.

Elle avait toujours été chouette.

Elle n'aurait sûrement pas supporté que son neveu soit accusé d'être un meurtrier.

Rossard se leva et marcha autour de son bureau. Relevant la tête, il vit Palmer qui l'observait et il descendit brutalement le rideau de toile sur sa vitre.

Enfoiré de Palmer, il serait drôlement jouasse que Rossard soit de la famille de ce cinglé d'assassin. Et Ross ? Ross, il en pisserait sur lui de bonheur de le remplacer à la tête de la police de Boulder.

Parce que fallait pas s'imaginer que Rotkin laisserait passer le coup. Quand toutes les télés du pays rappliqueraient pour Bechner, Rotkin livrerait le chef de sa police aux loups.

Il s'assit à son bureau et crayonna en réfléchissant à Bechner.

Qu'est-ce qui l'accusait ? La tentative de meurtre avec l'araignée ? Sans certitude, tant que ce Clarke ne l'aurait pas identifié. Et un chien, qu'Anatole, toujours à moitié saoul, aurait entendu aboyer une nuit près de chez lui.

Plus une poupée qu'Anatole avait dit avoir trouvée et fourguée à la journaliste.

C'était dingue.

Et si Rossard se plantait et que ce soit pas le cousin l'assassin ? S'il avait juste voulu faire peur à cette rouquine à la grande gueule ? faire peur avec une araignée mortelle ?

Il était assez cinglé pour ça.

Il se rejeta en arrière sur son fauteuil et fixa le plafond.

Il essaya d'imaginer ce qu'aurait dit sa mère :

« Tu vas arrêter un membre de notre famille parce qu'un chien a aboyé près de chez lui et qu'un va-nu-pieds comme ce Dale Clarke a dit qu'il avait vendu une araignée à Nathaniel ? Et si c'était pas Nathaniel, l'acheteur ? Si ce traîne-savate avait inventé cette histoire pour se débarrasser de cette fille qui le harcelait ? Toi, Kurt Rossard, tu mettrais ton cousin en prison ? »

En prison ? Savoir. On disait que le futur gouverneur, Rotkin ou Kennedy, avait l'intention de rétablir la peine de mort dans le Nevada. Ça faisait partie de leur programme. Ce ne seraient pas les premiers, près d'un tiers des États l'avait rétablie.

À moins que Bechner soit jugé fou et enfermé dans une prison asile jusqu'à la fin de ses jours.

Qu'est-ce que ça changerait qu'il soit en camisole ou qu'on le grille ? Pour Rotkin et les autres ça resterait son cousin.

Il s'imaginait se présentant avec Bechner devant le juge :

« – Votre Honneur, voici Nathaniel Bechner, père de trois enfants, bon employé, bon mari, que j'accuse d'avoir assassiné onze personnes, et d'avoir tenté de tuer une journaliste venue enquêter sur ces assassinats, avec une araignée.

– Bien, shérif Rossard, quelles preuves m'apportez-vous ?

– Une poupée déglinguée dégotée par un vieil ivrogne dans le désert et qu'il a échangée à la journaliste contre un vélo neuf, un chien que le même a entendu aboyer et que la journaliste qui aime les bêtes a fait soigner, et le vendeur de l'araignée qu'on n'a jamais retrouvé et qui n'a pu donner aucune description de son acheteur. »

Le téléphone sonna et au bout d'un moment il décrocha.

– Ouais ?

– Rossard ? c'est le maire.

– Bonjour, monsieur le maire.

– Rossard, les fédéraux seront là demain ou après-demain pour enquêter sur cette disparition de la famille Connel. Ils sont persuadés que tout part d'ici et vont relancer les investigations concernant les autres disparitions. Je n'ai pas besoin de vous dire la publicité que ça va faire dans le coin. Où est la journaliste ?

– Je ne sais pas, elle continue d'enquêter, sûrement.

Il y eut un silence au bout du fil.

– Qu'est-ce qu'elle croit savoir ? Je sais qu'elle pense les milices dans le coup, qu'est-ce que vous en dites ?

– Je ne sais pas.

– Faudrait peut-être que vous le sachiez.

– J'ai fait interroger par mes hommes tous les gens du coin, jusqu'ici ça n'a rien donné. Qu'est-ce que vous voulez que les fédés découvrent que nous on trouve pas ?

– Rossard, je n'ai pas envie que notre ville soit désignée comme celle qui abrite des cinglés qui tuent des touristes, que l'on dise que sa police et sa municipalité ne sont pas capables de faire leur travail, ou même qu'il y a un ramassis de connards qui jouent les Rambo. Vous connaissez comme moi chaque habitant de Boulder. Rossard, il y a probablement un ou plusieurs assassins parmi eux, vous y avez pensé ?

Rossard tordit selon son habitude sa lèvre inférieure entre ses doigts.

Bien sûr, Ducon, qu'il y avait pensé ! Il pensait même qu'à ça depuis quelque temps.

– Qu'est-ce que vous suggérez, monsieur le maire ? lâcha-t-il de sa voix rocailleuse.

– Faut montrer aux fédéraux qu'on est sur le coup. Vous savez ce qui se passerait si on apprenait que depuis deux ans la ville abrite un dingue qu'on n'a pas été foutu de dénicher et qui a tranquillement continué à débiter des familles en tranches ?

Sûr, Ducon, que j'le sais !

– J'm'en doute, monsieur le maire.

– Bon, alors mettez-vous en chasse et n'essayez pas de jouer au plus fin avec le FBI. Je veux tout le monde le doigt sur la couture du pantalon quand ils seront là. Je veux les dossiers clairs comme un sourire de bébé. Je veux des fiches sur tout ce que Boulder et ses environs comptent de cinglés. Vous me comprenez ?

– J'vous comprends. Mais j'peux pas les inventer.

Le maire ne répondit pas tout de suite, et Rossard soupira.

– Rossard, vous et moi on joue notre carrière, il n'est pas question de se laisser arrêter par des... considérations personnelles, vous voyez ce que je veux dire ? Si vous pensez à quelqu'un, n'hésitez pas, il y va de la réputation et peut-être de la survie économique de Boulder.

En même temps qu'il écoutait, Rossard réfléchissait à toute vitesse. Qu'est-ce que le maire voulait dire ? Qu'est-ce qu'il savait ?

Et jusqu'à quel point était-il blanc lui-même ? On l'avait un temps soupçonné de fricoter avec ces fameuses milices, et spécialement l'une d'entre elles, celle du Montana, et leur chef John Trochamn, récemment convoqué au Sénat. Rotkin leur aurait fait des promesses en cas d'élection. C'était une rumeur, mais jamais démentie. Est-ce que Rotkin voulait lui faire comprendre qu'il les lâchait ? Et que son shérif traînerait les casseroles ?

– J'vois pas ce que vous voulez dire, monsieur le maire, quelles considérations personnelles ?

Il entendit le maire faire un bruit de gorge bizarre avant de répondre.

– Rien d'autre, faites votre métier, c'est tout.

– C'est ce que je fais.

– Alors, c'est parfait, dit le maire en raccrochant.

Rossard reposa le combiné comme s'il allait lui exploser entre les doigts.

Il regarda sa montre. Il avait largement laissé passer l'heure du déjeuner.

Il devait rentrer chez lui réfléchir à tout ça. S'enfermer avec un carton de bières et ne pas laisser... comment avait dit le maire ?... ses considérations personnelles...

Il sortit de son bureau et s'adressa à Palmer.

– Je rentre chez moi, si vous avez du nouveau, vous me prévenez, sinon vous me foutez la paix.

– Du nouveau sur quoi, chef ?

Rossard le foudroya du regard, mais visiblement Palmer n'en avait rien à foutre. Ce pédé devait déjà sentir l'odeur du sang.

– Sur la famille Connel ! aboya le shérif, la famille Connel, vous avez entendu parler ?

Palmer ne répondit pas et attrapa sur le comptoir un bout de crayon avec lequel il se mit à jouer.

– J'me suis laissé dire que les fédés arrivaient, ils vont prendre l'affaire en main, pas vrai, chef ?

Rossard sentit un brouillard de rage l'envahir. Il aurait aimé casser ce fils de pute entre ses mains.

Il tourna les talons et sortit en claquant violemment la porte du poste derrière lui.

Palmer le regarda partir en haussant les épaules et en se marrant.

*
* *

Ça fait un bon moment que la nuit est tombée et je roule doucement, les phares en code, vers la maison des Bechner.

Depuis que j'ai quitté Boulder, j'ai croisé un camion qui transportait des cochons et une voiture particulière qui m'a éblouie exprès.

Depuis, plus rien.

À l'Est, derrière le moutonnement d'arbres de la réserve de *Recreation Area*, le ciel est noir.

La lune est dans l'autre partie du monde, et de chaque côté de l'asphalte, le désert a disparu.

J'ai dépassé la cabane d'Anatole et je me gare à l'entrée du chemin qui conduit à la maison des Bechner.

J'ai téléphoné au shérif de Searchight pour lui demander de faire surveiller Clarke. Il m'a répondu que son collègue de Boulder lui avait présenté la même requête, mais qu'il ne serait pas facile de le surveiller parce qu'il avait déjà disparu.

J'arrête mon moteur et éteins mes phares.

La nuit et le silence me tombent dessus.

Je n'ose pas fumer, on pourrait me repérer de l'autre côté de la frontière.

Mes yeux se sont habitués à l'obscurité et je distingue mieux les alentours.

Je veux savoir ce que sont les taches que j'ai aperçues dans la chambre la première fois que je suis venue avec Rusty.

Ils ne retrouveront peut-être pas Clarke, parce que peut-être qu'ils n'y tiennent pas. Et peut-être que c'est moi qui me plante.

J'ai agi comme une idiote en ne prévoyant pas que

je devrais graisser la patte à un type comme ce Clarke. Qu'est-ce que j'imaginais ? Qu'il allait me tomber en pleurant dans les bras ? Woody a fait la gueule quand je lui ai téléphoné de m'envoyer des sous. J'ai menacé de laisser tomber. Il m'a promis de me télégraphier mille dollars. C'est pas sûr que ce soit suffisant. Ou peut-être que c'est déjà trop tard.

J'attends. Quand il est dix heures passées, je prends une torche, sors de la voiture et m'engage sur la route des Bechner.

J'arrive bientôt en vue de la maison. Le rez-de-chaussée est encore allumé, mais au même moment tout s'éteint comme si j'avais appuyé sur un interrupteur.

Je me jette à plat ventre, mais rien ne se passe et je me relève.

Ils sont montés se coucher. D'ailleurs, une lumière s'allume au premier.

Ça reste allumé une dizaine de minutes, et puis ça s'éteint.

Je m'assois sur le bord du chemin. Un quart d'heure passe comme un millénaire.

J'essaie de penser à des choses agréables : un bon dîner avec des amis, une soirée avec Nina, et même à la gloire que va me valoir mon enquête.

Je risque de devenir célèbre du jour au lendemain, et le Pulitzer de me tomber dans la poche.

À dix heures trente je me lève. J'ai l'impression de m'enfoncer dans un souterrain.

Je pousse la barrière. Un brusque coup de vent plaque sur moi la sueur dont je suis inondée.

Je marche sur l'herbe pelée et me dirige vers le perron.

Je m'arrête au pied de l'escalier en bois et attends que mon cœur se calme. Puis j'essaie chaque marche du bout du pied.

Aucune ne craque.

Je sors le petit rossignol que j'ai toujours sur moi depuis que je me suis retrouvée deux fois à la porte de mon appart'.

J'ouvre sans bruit. J'avance et referme la porte.

J'allume ma torche et balaie la pièce. Elle est dans le même état où je l'ai vue la première fois.

Je me penche et frotte le parquet avec mon doigt. La tache est trop vieille.

Une salle de bains s'ouvre sur la pièce.

Les éléments y sont impeccables comme s'ils venaient d'être posés.

Je reviens dans la chambre et gratte la plus grosse tache avec le bout de mon rossignol.

La trace est brune. J'en gratte une autre et j'obtiens le même résultat.

Pas besoin de chercher plus loin, c'est du sang.

Je m'autorise un sourire de triomphe.

Derrière moi la porte s'ouvre et la lumière jaillit du plafonnier.

Tétanisée jusqu'à l'os, je me retourne et je me trouve face à Bechner.

Son regard est fou et il tient un poignard dans sa main droite.

Il repousse la porte.

Je recule contre le mur. Et... je fais pipi sur moi !

– Qu'est-ce que vous cherchez, espèce de fouineuse !

– Vous les avez tués.

Il hausse les épaules et sa main armée balaie l'air d'un geste négligent.

Puis il fronce le nez.

– Vous avez pissé sur vous ?

Et c'est incroyable, à ce moment, je suis plus vexée qu'effrayée.

– Vous êtes une truie ! hurle-t-il.

Je gémis et me recroqueville contre le mur.

Il s'arrête à un mètre de moi.

Je ne le quitte pas des yeux, surtout sa main droite armée qui va m'embrocher.

*
* *

Je savais qu'elle était là. J'ai toujours su qu'elle viendrait. Je n'avais qu'à l'attendre.

Mme Connel et moi, on se comprenait. Elle savait que j'étais obligé de la supprimer, peut-être davantage elle qu'une autre.

Je la regarde, effondrée contre le mur, dans le même état de terreur que la musaraigne de l'autre soir.

Il existe plusieurs façons d'effrayer.

Sonia... Sandra... Sandra... Sonia.

– Qu'est-ce qui vous fait croire que je les ai tués ?

Comment s'appelaient les femmes des autres familles ?

– Je le sais. On va vous arrêter, vous envoyer dans un asile.

Je hausse les épaules.

– Quelle importance, ce que vous croyez savoir ?

Elle ne quitte pas mon poignard des yeux.

– Rossard sait que c'est vous qui m'avez envoyé l'*atrax*.

– Et alors ? il ne fera rien, on est cousins.

– Clarke vous dénoncera, bégaye-t-elle.

– Clarke ? je me mets à rire. Ça m'étonnerait qu'ils le retrouvent.

– Ils le recherchent.

– Ils ne retrouveront pas Clarke.

– Pourquoi en êtes-vous si sûr ?

– D'après toi ?

– Vous ne l'avez pas ?...

Je hausse un sourcil en accentuant mon sourire.

Une fois j'ai eu cette expression, et Betsy m'a dit que

je ressemblais à un acteur anglais qui s'appelle Dirk Bogarde.

Je ne savais pas qui c'était mais Betsy semblait me trouver séduisant avec cette mimique. C'était au début de notre mariage.

– Je ne suis pas un imbécile, je sais que vous êtes allée le trouver.

– Vous êtes un fou dangereux !

– Jésus aussi, on l'a cru fou.

– Vous n'êtes pas Jésus !

– Si tu vis par l'épée, tu périras par l'épée. Elle me regarde sans comprendre. Vous voulez savoir comment ?

– Comment quoi ?

– Comment Clarke est mort.

Elle secoue la tête.

– Vraiment ? Tu n'es pas curieuse pour une professionnelle. Ça ferait pourtant un joli article pour ton torchon. Écoute ça :

« – Je veux te voir, m'a-t-il dit.

– Bien sûr, je viens immédiatement.

Il m'a fait entrer dans son antre, s'est assis en se balançant sur sa chaise, et m'a demandé vingt mille dollars pour ne pas me dénoncer.

– Je ne les possède pas.

– T'as une belle baraque, vends-la !

– Elle est à ma femme.

Ça l'a fait rire.

– Ben, j'peux t'prêter une araignée, comme ça tu seras veuf !

Il avait un revolver posé sur ses genoux. J'ai profité d'une minute d'inattention et l'ai subtilisé. Je l'ai assommé, et l'ai emmené dans ma voiture près d'un arroyo.

Je l'ai installé dans une fosse après lui avoir lié poignets et chevilles.

Il hurlait comme un âne, et moi je riais.

– Vingt mille dollars, oh, tu n'es pas assez gourmand ! Tu te rends compte que ton témoignage pourrait m'envoyer à la chambre à gaz ?

Il criait, il m'insultait, et moi je riais.

Je suis retourné dans sa baraque et j'ai emporté toutes ses bestioles.

Je suis revenu et il me regardait approcher avec méfiance.

– Détache-moi ! y a un serpent à sonnette qui rôde !

– Ah bon ? Eh bien regarde ce que je t'ai apporté.

J'avais pris les araignées et deux énormes scolopendres vert doré, que je savais être éminemment venimeuses.

– Non ! Il se débattait comme un fou dans ses liens. Non ! pas ça ! Je t'en supplie, Bechner ! Je ne dirai rien, je te jure ! Puis, devant mon indifférence : Bechner, fais gaffe, mes amis te retrouveront ! tu nous connais, on est une grande famille, nous, les nomades du désert. Même les Indiens nous craignent. Non ! fais pas ça ! a-t-il hurlé quand il m'a vu ouvrir les cages des araignées.

Tout d'abord, les bêtes n'ont pas bougé, puis une araignée, une grise assez plate, est sortie, bientôt suivie par la seconde. Mais vous les connaissez, n'est-ce pas, Sandra ?

Elles ont tâté le sable et se sont dirigées ensemble vers la fosse. J'avais disposé les cages autour du trou, et les bestioles ne pouvaient qu'y aller.

Clarke s'est remis à crier à en perdre le souffle, ce qui a agacé les araignées qui ont frotté leurs pattes sur leur abdomen. Leurs cousines étaient plus paresseuses et j'ai dû les faire sortir avec une longue badine. Une petite boule noire a dévalé la pente et s'est laissée tomber sur la jambe de Clarke que j'ai vu se raidir. Mais il s'est arrêté de crier. »

Je souris. Ma prisonnière, fascinée, respire à peine. Je m'accroupis près d'elle.

« Moi, je me tenais à côté de ma voiture, prêt à m'y réfugier. Les deux noires se dandinaient, hésitaient... Je les observais, très intéressé ; c'étaient les sœurs de celle que j'ai fourrée dans ton lit.

Puis j'ai ouvert le couvercle de la calebasse aux scolopendres.

Elles ont filé, et j'ai sauté en arrière. Clarke, à moitié évanoui de frayeur, fixait son cheptel avec de la folie dans les yeux.

Les scolopendres devaient mesurer une bonne trentaine de centimètres. Araignées et scolopendres se sont observées... Vous imaginez la scène ?

Clarke s'est remis à hurler quand la petite araignée noire a grimpé sur sa poitrine.

Ses cris ont secoué tout le monde, et les scolopendres se sont jetées sur les *atrax*. C'était un combat formidable !

Une scolopendre a tout de suite été tuée, l'autre s'est enfuie vers la fosse. Elle a grimpé sur un pied, s'est glissée sous le pantalon, et Clarke s'est mis à rire et à pleurer en criant des bêtises... incroyable !

Ça n'a pas duré longtemps ; les autres araignées se sont mises à la poursuite de la scolopendre... Je ne sais pas si Clarke vivait encore car la petite araignée noire avait croché sa bouche. »

– Ça vous a plu ?

Elle a le même regard que celui de Clarke.

Je lui souris.

– Allons, remettez-vous. Vous m'étonnez. Voyez-vous, Sonia a été plus courageuse...

Elle happe l'air.

– Sonia ?... gargouille-t-elle.

– Oui, Sonia. Elle... Je n'ai pas envie de parler de Sonia à cette femme. Votre voiture est à l'entrée du chemin, n'est-ce pas ?

– ...

– Parfait. Pourquoi êtes-vous revenue ?

– ...

Son odeur est très forte, mélange de peur et d'urine.

– Je vais vous emmener avec moi.

– Je ne bougerai pas d'ici, chevrote-t-elle.

– Tu feras exactement ce que je t'ordonnerai de faire. Exactement.

– Va te faire foutre, connard !

Je l'attrape par le bras et la projette contre la porte. Elle est forte, mais moi aussi.

J'ouvre la porte et la pousse dans l'escalier qui donne sur la cour. Comme on fait du bruit, la lumière de notre chambre s'allume et Betsy passe la tête à la fenêtre.

– Qu'est-ce qui se passe, Nathaniel ?

– Rien, couche-toi. Ferme cette fenêtre !

Elle ne m'obéit pas et plaque ses mains contre sa bouche. Et, bien sûr, la lumière s'allume dans la chambre des filles à côté de la nôtre.

– Vas-tu fermer cette fenêtre et ordonner aux enfants de se coucher !

– Madame, madame, dites à votre mari d'arrêter, la police est au courant, mon journal aussi, pensez à vos enfants, madame !

Ah, la garce ! Je lève le poing et le laisse retomber avec force sur sa nuque.

Elle roule dans la poussière. Je lui décoche encore quelques coups de pied alors que j'entends Betsy crier et pleurer au-dessus de moi.

Je soulève la trappe qui mène au sous-sol, relève la journaliste et la jette dans l'escalier. Elle roule jusqu'en bas.

Je referme et descends. J'allume une lampe à gaz et projette ma prisonnière contre le mur.

Elle est en sang.

– Vous êtes une pourriture de cinglé, siffle-t-elle.

***

J'ai mal. Je respire difficilement. Je dois avoir le nez cassé.

Il se tient devant moi, son couteau brandi comme s'il voulait me balafrer ou me crever les yeux.

Je sais qu'il veut me tuer.

Je ne pense pas une seconde à mon passé, non, je pense au peu d'avenir qui me reste si je ne trouve pas la solution.

Son abrutie de femme va peut-être réagir. Rossard va peut-être se décider à vérifier ce que je lui ai dit. Les fédéraux vont peut-être arriver à temps. Je vais peut-être pouvoir m'enfuir.

Je suis affalée contre un mur de pierre et de torchis. L'endroit ressemble à une cave. Le sol est en terre battue et tout à coup je me demande si c'est là qu'il a enterré ses victimes.

Il paraît furieux, plus du tout souriant, et il fait des gestes brusques et désordonnés.

J'essaie d'essuyer mon visage... Je gémis. Ce salaud m'a défigurée !

Je ne me sens plus ni courage ni force. Je n'ai qu'une envie, que tout ça se termine et que je puisse dormir.

– On va bientôt partir. Vous dans votre voiture, moi dans la mienne.

En une seconde je reprends espoir. S'il me laisse prendre ma voiture, j'ai une chance de lui échapper.

Mais pourquoi me donnerait-il cette chance ?

Il s'approche de moi, et me menace de son poignard.

– Vous allez avoir un accident, un accident de la route. Vous connaissez mal le coin et ses dangers, n'est-ce pas ? Il renifle. Mais avant, vous allez mettre des vêtements de ma femme, vous puez !

Ce cinglé va m'assassiner, mais il veut que je meure dans des vêtements propres !

– Tu peux crever ! tu me supporteras avec mon odeur de pisse !

Il se redresse et me gifle.

– Vous n'êtes qu'une bête ! vous n'avez aucun respect de vous-même ! comment voulez-vous que je vous laisse vivre ! ce serait une insulte à Notre Seigneur.

Il tremble de colère, agite encore sa saloperie de couteau, et je me jette sur lui.

J'ai l'impression de me cogner dans un mur. Il est fort comme dix taureaux.

On se bat durement.

On roule sur le sol. Je sens son bras qui s'enroule autour de mon cou. J'essaie de lui attraper l'entrejambe, mais il m'évite et m'assène un coup sur le crâne qui me fait hurler de douleur.

Après ça je sens qu'il me bourre de coups de pied et je m'évanouis.

***

La garce, l'infâme créature ! J'ai envie d'en finir tout de suite, là, de la saigner, de lui ouvrir les entrailles, de lui déchirer la gorge !

Un jour, il y a très longtemps, mon père m'a frappé pour une faute que j'avais commise. Il cognait si fort que j'ai tenté de me rebiffer et de le frapper à mon tour.

Alors mon père est devenu fou. Il m'a battu au sang

et obligé à lécher mes plaies jusqu'à ce que le sang cesse de couler.

Ensuite il m'a relevé et jeté dans un placard où je suis resté si longtemps que je me suis évanoui.

Je la regarde. J'espère qu'elle n'est pas morte.

Je la retourne sur le dos, pose ma tête sur sa poitrine. Son souffle est faible mais régulier. Elle n'est qu'évanouie. Heureusement, le transport en sera facilité.

À présent, il faut convaincre Betsy de m'aider.

En même temps je décide que la journaliste sera mon dernier sacrifice. Le Seigneur devra se contenter de ça, du moins pour l'instant.

Je dois d'abord penser à assurer la protection des miens.

***

Rossard regarda dehors et jeta un coup d'œil sur sa montre-bracelet. Onze heures.

Les lampadaires éloignés d'une dizaine de mètres les uns des autres éclairaient la rue, mais laissaient dans l'ombre les jardins et le petit bois.

De temps en temps une voiture balayait de ses phares les pelouses ou la façade des maisons, mais à part ça la rue était silencieuse.

Au téléphone, le flic de garde lui avait dit que le secteur, ce soir, était calme et que Ross était rentré chez lui. La voiture de patrouille ne signalait rien non plus.

Rossard enfila sa chemise d'uniforme et boucla son ceinturon. Il vérifia le barillet de son .38 et le glissa dans l'étui.

Il sortit et se dirigea vers sa voiture de fonction, ouvrit le coffre et y glissa son fusil .22 à canon court.

Il se mit au volant et réfléchit un moment en fumant.

Il n'avait aucun plan, bien qu'il ait passé sa journée à tenter d'en élaborer un.

Boulder n'était pas Miami ou Atlanta, les délinquants étaient pour la plupart des demi-sel que les gyrophares et les sirènes des voitures de police suffisaient à faire détaler.

Il écrasa son cigare et mit sa voiture en route. Il fit un détour par le centre-ville pour s'assurer que tout allait bien ou peut-être pour gagner du temps, aperçut des flics en surveillance devant chez Douglas, et sortit de Boulder par la route de Nelson.

À quatre milles de Boulder il fut arrêté par un accrochage entre deux voitures.

C'était la Chevrolet de McBain qui avait embouti la camionnette de Mo le laitier.

D'après la position des voitures, c'était McBain qui avait surgi sur la gauche de Mo.

Mais McBain, fidèle à sa réputation de braillard, gueulait comme un putois après Mo qui tentait de lui prouver qu'il avait tort.

McBain semblait prêt à taper sur Mo qui faisait bien vingt centimètres de plus que lui, mais n'était pas bagarreur.

– Qu'est-ce qui se passe ?

– Cet abruti m'a empêché de passer, vociféra McBain. Il a accéléré pour me barrer la route !

Rossard se pencha pour examiner les véhicules et constata que l'aile arrière droite de Mo était enfoncée par l'avant de la Chevrolet.

– Mo avait la priorité.

Cette constatation eut le don de mettre McBain en fureur.

– On sait bien que ton père était du dernier bien avec la mère de Mo !

Ce fut au tour de Mo de se foutre en pétard, et Rossard eut du mal à les séparer.

Les deux hommes à présent s'insultaient copieusement et agitaient leurs poings.

– Et merde ! cria Rossard, faites votre Bon Dieu de constat et lâchez-moi le manche ! Sinon je vous embarque tous les deux !

Il fallut quelques minutes pour que les deux chauffeurs entendent et se calment.

Avec une évidente mauvaise volonté ils allèrent chercher leurs papiers ; Rossard dut attendre que les constats soient remplis pour pouvoir les laisser.

Il reprit la route en jetant un coup d'œil à sa montre.

Il était onze heures quarante.

Il ne croisa pas d'autres voitures et s'arrêta à l'entrée du chemin des Bechner.

La nuit était noire et il sortit avec une torche.

Il était trempé des pieds à la tête et la température n'y était pour rien.

Il fit glisser son .38 dans son étui et prit sa carabine. Il vérifia le chargeur et se mit en route sur le sentier qui menait à la maison.

Il arriva devant la barrière et fut étonné de ne pas voir la voiture de Nathaniel.

La maison était plongée dans l'obscurité et il pénétra dans la cour.

Il resta un moment à observer les fenêtres, puis il appela son cousin.

– Hé, Nathaniel, Nathaniel, c'est moi, Kurt, réveille-toi, j'ai besoin de te parler !

La fenêtre des enfants s'éclaira.

– Salut, c'est moi, cousin Kurt, vos parents sont là ?

Les deux têtes qui s'étaient penchées ne répondirent pas tout de suite.

Rossard braqua sa torche devant son visage.

– C'est moi, le shérif, bonsoir les filles, vous êtes seules ?

À ce moment la tête du petit Joseph apparut contre la rambarde.

– Ah, tu es là aussi, Joseph ? Où sont vos parents ?

– Ils sont partis, laissa tomber Anne-Marie au bout d'un moment.

– Partis ? En pleine nuit ? Tu sais où ?

La gamine secoua la tête.

– Ils ont pris la voiture ? Où ils sont partis, chez ta tante ?

La fillette resta muette.

– Enfin, quoi, ils vous ont bien dit où ils allaient !

– Non. C'était la plus petite qui avait répondu. En même temps elle se mit à pleurer.

Rossard jura.

– Bon, ça va, ça va, allez vous coucher. Je vais les attendre.

Il fit demi-tour pendant que la plus grande renvoyait les autres et fermait la fenêtre.

Il s'installa dans sa voiture, posa son fusil sur la banquette voisine, et prit une cannette de bière dans une glacière à l'arrière.

Des nuages noirs, gonflés de pluie, couraient dans le ciel.

Il se prépara à attendre tandis que le grondement du tonnerre faisait trembler l'horizon.

***

Nathaniel est remonté tout seul.

– Habille-toi ! a-t-il crié.

Elle avait peur, parce qu'une fois de plus il avait ce regard qu'elle détestait.

– Qu'est-ce que tu vas faire ?

Il ne lui a pas répondu. Il cherchait elle ne savait quoi dans le tiroir de la commode.

À ce moment on a frappé à la porte et Anne-Marie est entrée.

– Qu'est-ce que tu veux ? a-t-il hurlé.

– Je... c'est Joseph... il pleure...

– Fais-le taire ! Et va te coucher !

Elle lui a fait signe de partir, et la petite a regardé son père avec de la terreur dans les yeux.

Elle le déteste pour ça. Il n'a pas le droit de faire peur aux enfants.

Le pasteur lui a dit que la petite Marie n'allait pas bien. Qu'elle bégayait de plus en plus, sursautait tout le temps, et que la grande restait le plus souvent muette et ne jouait pas avec ses camarades. « Elles ne se quittent jamais et ne se mêlent pas aux autres enfants, ce n'est pas bien. Si je les interroge et qu'elles ne savent pas, elles fondent en larmes. »

– Alors, qu'est-ce que t'attends ?

– Mais où on va ?

Il s'est rapproché, et c'est seulement à ce moment-là qu'elle a vu le poignard dans sa main.

– Qu'est-ce que tu vas faire ?

– Tu as vu qui c'était ? C'est ta faute si elle est là ! Tu crois que je peux la laisser repartir avec tout ce qu'elle sait ?

Ses yeux étaient fous, de la salive coulait sur ses lèvres. Il ressemblait tellement à son père à ce moment-là.

– Partons, Nathaniel, a-t-elle supplié, partons, nous avons de l'argent, on peut refaire notre vie ailleurs. On ne nous retrouvera pas, il n'y a pas de preuves contre nous, tu l'as toujours dit ! Je t'en supplie, arrête, Nathaniel, arrête !

Il l'a saisie par le bras et l'a secouée dans tous les sens.

Elle ne voulait pas crier pour ne pas faire peur aux enfants, mais lui s'en moquait.

– Fais ce que je te dis, ou tu y passes aussi ! Tu es bien contente quand ça te rapporte des dollars, hein ! eh ben là, tu vas m'obéir pour rien ! Et si tu fais des histoires, je tue aussi tes gosses !

Il l'a jetée par terre et l'a bourrée de coups de pied ; mais elle voyait bien qu'il s'arrangeait pour que ça ne lui fasse pas trop mal.

Il l'a relevée brutalement et lui a murmuré dans l'oreille :

– Allons, Betsy, c'est la dernière fois, je te promets, nous allons nous en débarrasser tous les deux, comme à chaque fois, et après on se reposera... Tiens, on ira faire un tour tous les cinq... notre pasteur nous a souvent proposé de partir avec eux... tu sais... pour prier et méditer.

Elle l'écoutait, mais n'y croyait pas.

Mais c'est son mari devant Dieu.

Elle a enfilé une robe et chaussé ses sandales. Nathaniel est reparti sortir la voiture.

Elle est allée voir les enfants et a vu leurs regards. Elle les a embrassés en pleurant et en s'en voulant de ne pas se montrer plus courageuse.

Anne-Marie l'a serrée très fort contre elle et elle est restée avec eux jusqu'à ce que son mari l'appelle.

Elle est très lourde, ou alors je suis épuisé. « Dieu, donne-moi la force d'accomplir ma mission. »

Mais Dieu ne m'a pas entendu, car mes bras restent faibles comme ceux d'un enfant.

Je la tire dans l'escalier. Si seulement Betsy était venue m'aider.

La femme a vomi, et l'odeur s'est mêlée à celles de son urine, de son sang et de sa peur.

Je pousse la trappe, sors la tête à l'air libre et respire un grand coup, assis sur les dernières marches.

Je la tiens sous les aisselles, et sa tête dodeline de droite à gauche.

Dans un dernier effort je me dresse, la hisse, et la traîne jusqu'à ma voiture.

Betsy apparaît sur le pas de la porte, indécise.

– Arrive ici, aide-moi à l'asseoir à l'arrière !

À nous deux on l'installe sur la banquette.

– Assieds-toi, on l'emmène à sa voiture, puis tu me suivras dans la nôtre.

– Qu'est-ce que tu vas faire ?

Je la fixe, et la rage me saisit une fois de plus.

Sa bouche se crispe, elle se retient de pleurer et tord ses mains dans sa robe.

Elle me dégoûte davantage que jamais.

– Tu n'as pas compris ce que Dieu me demande ? Tu sais qui elle est ? L'as-tu seulement regardée ? elle est du peuple qui a tué Notre Seigneur ! elle vit dans la fange et le mensonge, se complaît dans la luxure ! Elle met en danger ta vie et celle de nos enfants. Que devrais-je faire d'après toi, femme ?

Mais autant parler à un mur.

– Monte, ordonné-je.

Je démarre et retiens ma respiration pour ne pas sentir l'odeur qui ne semble pas gêner Betsy.

On arrive à la voiture de la journaliste.

– Descends. Prends ses clés, ouvre sa portière et reviens m'aider à la transporter.

– Où vas-tu, Nathaniel ? Je t'en supplie, épargne-la ! Nous avons le temps de fuir. Regarde, elle est déjà à moitié morte !

Je descends à mon tour, attrape Betsy et la frappe au visage.

– Obéis ! Tu préfères cette chienne à tes enfants ! N'oublie pas ce que je t'ai dit !

Je la projette vers la Nissan qu'elle déverrouille en pleurnichant, et elle revient m'aider à mettre la femme dans sa voiture.

– Voilà. Je referme la portière. Maintenant on va jusqu'à Union Pass par la 163. Il y a là-haut des à-pics de plus de deux mille pieds et une route sinueuse que personne n'emprunte. On devrait être de retour avant le lever du jour. Qu'est-ce que tu as dit aux enfants ?

Elle secoue la tête.

– Rien, murmure-t-elle, je ne leur ai rien dit.

– Parfait. Alors suis-moi et si on tombe sur la police de la route, laisse-moi faire. Tu as compris ? tu ne dis rien. Mais ça m'étonnerait qu'à cette heure les flics ne soient pas déjà couchés, ces tas de fainéants !

Je remonte en voiture, jette un œil à la forme allongée derrière moi, et décide de laisser la voiture décapotée. C'est évidemment un risque si on croise d'autres véhicules. Mais la nuit est si belle.

Je démarre, m'assure que Betsy me suit, et nous nous enfonçons dans la nuit.

***

Aveugle ou morte ?

Tout est noir. Suis-je au fond d'un puits ?

J'ouvre la bouche pour ne pas me noyer, mais l'air est bloqué.

J'essaie de bouger ma jambe coincée sous un bloc de béton ; la douleur transperce ma hanche.

Je m'immobilise, tente de regarder au-dessus de l'eau tandis que des secousses me déchirent le dos.

J'ouvre les yeux. Je ne suis pas dans un puits mais dans une coque qui me secoue.

Je happe l'air à petites goulées. Un bourrelet de cuir chaud écrase mes paupières.

J'ai trop mal pour être morte.

Je suis allongée, je suis secouée comme si j'étais sur un tapis roulant. Roulant ? J'étends la main et je devine du cuir.

Au-dessus de ma tête, très haut, passent des nuages. Le vent rafraîchit ma bouche.

Je ferme les yeux.

Ma mémoire revient en même temps que la douleur.

Je pense, donc je suis vivante. Quand on est mort on ne pense pas.

Il y a un vide entre la cave et maintenant.

Je suis dans une voiture et ce n'est pas moi qui conduis.

Je replonge dans le noir.

***

Rossard regarda la pendule de bord pour la centième fois. Une heure et quart.

Il jura et descendit se dégourdir les jambes. À ce moment-là il vit briller des phares et il se précipita à l'abri de sa voiture. Mais le véhicule le dépassa à vive allure.

Excès de vitesse, pensa-t-il machinalement.

Il ne comprenait pas la disparition de son cousin. Pas le style à se promener la nuit. Si ce n'avait été la présence des enfants, il aurait pu croire que les Bechner avaient levé le camp. Pas le genre de Nathaniel de tout laisser derrière lui, pourtant. D'ailleurs, pourquoi l'aurait-il fait ? Il n'avait aucune raison de craindre qu'on le soupçonne. Et puis, qui le soupçonnait ? Sandra Khan ? Quelles preuves pouvait-elle fournir ? On ne retrouverait pas de sitôt le vendeur d'araignées. Si jamais on le retrouvait.

Ces gens-là vivaient la plupart du temps loin des autres, tapis dans des trous comme les sales bêtes qu'ils vendaient.

Dans un pays où le désert couvrait quatre-vingts pour cent du territoire, et où l'on pouvait rouler des jours et des jours sans rencontrer âme qui vive, les planques étaient nombreuses.

La seule chose qui pouvait permettre d'arrêter Bechner, c'était de retrouver les corps près de chez lui. Et là aussi, les cachettes étaient infinies. Enfin, pour le cas où son cousin serait l'assassin.

C'est vrai que dans un climat aussi sec les cadavres ne s'abîment pas, mais il faut encore savoir où chercher.

Ne devait-il pas profiter de l'absence des Bechner pour découvrir un indice ?

Tous les criminels se trahissent, pourquoi pas Bechner ?

Il ferma sa voiture, prit son fusil et revint vers la maison.

Elle était toujours sombre et silencieuse, mais des chuchotements parvenaient de la chambre des enfants.

Il regarda alentour et aperçut l'appentis qui servait d'atelier. Il s'y dirigea, sur ses gardes.

C'était ainsi. Nathaniel et son père lui avaient toujours fait peur.

Sa torche balaya les murs, le sol et les établis. Rien de spécial.

Il examina plus attentivement le sol, cherchant la trace d'une récente excavation. Mais il ne trouva rien.

Il ressortit, un peu déçu, et vit que la porte de la chambre qui donnait en haut de l'escalier était entrebâillée.

Il grimpa les marches et alluma la pièce.

Des chaises étaient renversées, une torche gisait sur le sol, ainsi qu'un rossignol.

Il fit un tour rapide, mais ne trouva rien d'autre que la torche et le rossignol qu'il ramassa.

Il redescendit et appela les enfants.

Au bout de peu de temps la tête de la plus grande apparut à la fenêtre.

– Eh, Anne-Marie, tu dormais ? C'est encore moi. Dis-moi, ma grande, il ne s'est rien passé ce soir, ici ?

La fillette le fixa sans répondre.

– Écoute-moi, je voudrais que tu viennes m'ouvrir.

– Je n'ai pas le droit.

– Je le comprends, mais moi, tu me connais, ton père ne te dira rien, je peux te l'assurer.

La tête de la deuxième apparut à côté de sa sœur.

– Papa ne veut pas ! piailla-t-elle, si on t'ouvre, il battra !

– Mais non, tu te trompes, répondit Rossard.

Est-ce que vraiment Nathaniel battait ses enfants, comme le lui avait confié un jour le père d'une fillette ?

– Vous ne voulez vraiment pas ? Vous savez que je suis de la police et qu'on doit obéir à la police.

Les enfants le regardèrent sans broncher.

– Bon, ça va, ça va, maugréa-t-il, et bien sûr vous n'allez pas me dire ce qui s'est passé ici ?

Les deux fillettes se regardèrent et la plus grande dit :

– Il ne s'est rien passé.

Rossard comprit qu'elle mentait, mais il ne pouvait rien faire.

Soupirant d'exaspération, il fit quelques pas dans la cour en regardant autour de lui.

La voiture de Betsy était dans le hangar, ils étaient donc partis ensemble comme il le supposait.

Il buta contre l'anneau relevé d'une trappe, et, surpris, la souleva.

Elle débouchait sur un escalier d'une dizaine de marches qui menait au sous-sol.

Il alluma sa torche et descendit.

Là, aucun doute.

Du sang, au sol, sur les murs, des bouteilles sens dessus dessous, tout un bric-à-brac renversé, comme si une bagarre venait d'avoir lieu.

Il craignait de trouver un corps. Mais le local était vide.

Il remonta rapidement et courut vers la fenêtre des enfants qui étaient restés là.

– Maintenant vous allez me dire ce qui s'est passé ce soir, rugit-il, ou, bon Dieu, j'enfonce la porte !

Les petites se mirent à pleurer, mais Rossard n'avait plus de patience.

– Alors, vous vous décidez, oui ou merde ! Où ils sont, vos cinglés de parents ?

Entre deux sanglots, Anne-Marie balbutia.

– Ils sont partis avec une dame dans la voiture.

– Une dame ? Quelle dame ?

– Une dame qui... elle n'acheva pas, la voix étouffée par les pleurs.

Rossard eut pitié. Ces gosses étaient terrifiées. Comment se faisait-il que personne ne s'en soit aperçu ? Et la mère ? Qu'est-ce qu'elle foutait, la mère ? Elle fermait les yeux ?

– Quelle dame ? reprit Rossard plus doucement. Vous la connaissiez ?

Anne-Marie secoua la tête.

– Elle était comment ? Jeune ? Vieille ?

La fillette hésita.

– Jeune comme ça, dit-elle en secouant la main. Avec des cheveux bouclés. Elle était en pantalon.

– Et qu'est-ce qu'ils ont fait ? continua Rossard qui commençait à appréhender ce qu'il allait apprendre.

– Ils ont... ils ont...

– Papa n'était pas content contre elle ! cria la petite Marie venant au secours de sa sœur.

– Comment ça, pas content ?

– Pas content !

Dans son esprit, ça devait suffire.

– Et où ils sont allés ?

Elle haussa les épaules.

– Y z'ont pris la voiture de papa. Y sont montés tous les trois.

– Avec ta maman ?

Elle secoua la tête en signe d'assentiment.

– Et où sont-ils allés ? recommença Rossard sans grand espoir.

– On sait pas ! maman nous a dit qu'ils allaient revenir et qu'après on irait se promener loin.

Rossard avait peur de comprendre ce qui s'était passé. La femme ? Sans doute Sandra Khan et sa foutue manie de fourrer son nez partout.

L'autre lui était tombé dessus et l'avait emmenée avec l'aide de Betsy. Où ?

Rossard était sûr que son cousin l'avait tuée. C'était la seule qui le mettait en danger. La seule qui se soit donné la peine d'aller au fond des choses.

Une journaliste d'un grand journal de San Francisco.

La presse de tout le pays allait se déchaîner contre cette bande de ploucs dont l'assassin était le cousin du shérif... Comme ça se trouvait ! Pas étonnant qu'on lui ait fichu la paix pour faire ses saloperies pendant toutes ces années.

Rossard se sentit épuisé. Où chercher ? où étaient-ils partis faire leur sale coup ? Dans quel coin de ce foutu pays allaient-ils égorger leur victime ?

Il savait ce qui allait se passer et était incapable de l'arrêter.

Même s'il lançait ses hommes sur les routes, il lui en faudrait une armée pour quadriller cet immense territoire creusé de gorges, de mesas, de chaînes montagneuses, de buttes, d'arroyos, de cavernes. Et pour trouver quoi ? Un cadavre ?

Celui-là, il était en trop. Celui-là allait au moins lui servir à résoudre la question qu'il retournait dans sa tête depuis des heures et des heures : Devait-il tuer Nathaniel Bechner pour éviter que des étrangers le fassent et que la famille perde définitivement le peu d'honneur qui lui restait ?

Il fit claquer la culasse de son fusil et s'installa contre un tronc d'arbre dans la cour, face à la route.

***

La nuit est moins sombre et le feu arrière de la Nissan guide Betsy.

Le ciel s'est dégagé.

Betsy conduit comme une somnambule, les yeux rivés sur le macadam.

La femme n'est pas morte, mais elle ne vaut guère mieux.

Elle sait qu'elle ne pourra pas supporter de voir son mari l'achever.

Et son mari a changé.

C'est la première fois qu'il menace ses enfants.

Elle sait que son beau-père était responsable de la mort de sa propre fille. Elle l'a appris par la rumeur.

La rumeur a aussi dit des choses plus affreuses qu'elle refusait de croire. Plus maintenant.

L'asphalte défile sous ses roues, sans à-coups.

Au loin apparaissent les monts Klingman avec leurs dents acérées et leurs précipices.

Un route à une voie serpente à flanc, conduisant vers la vallée de la Santa Maria.

Elle est peu empruntée à cause des éboulements fréquents. Seuls s'en servent les Indiens qui passent d'une vallée à l'autre en évitant les chemins des Blancs.

Devant elle, à moins d'un demi-mille, l'autre voiture.

Elle voudrait que tout se termine là, immédiatement, à cette même seconde.

Mais chacune continue d'avancer, gommant la distance qui la rapproche de son but.

Ils n'ont encore croisé personne depuis qu'ils sont partis.

Pourtant, elle sait que rien ne l'arrêtera.

Quel mal ? Quel mal représentaient les Simpson et les Peterson ? Et les enfants ? Quoi de plus innocent qu'un enfant ?

Elle ne se souvenait que vaguement des deux jeunes gens qui avaient si fort mis en colère son mari.

Et la dernière famille. Comment s'appelaient-ils déjà ? Connel.

Son mari avait immédiatement désiré cette femme, dès qu'elle était apparue dans la cour, dans sa petite robe jaune qui dégageait ses épaules et ses jambes.

Et il y avait l'argent.

Le tableau de bord éclaire ses mains d'une lueur verte.

Elle a envie de manger quelque chose de sucré. Elle ouvre la grande boîte à gants, espérant y trouver un morceau de sucre.

Il n'y en a pas. Le sucre gauchit le goût naturel des aliments, a déclaré Nathaniel.

Ses doigts rencontrent du bois dur et rugueux.

Elle le tire ; c'est le manche d'une hachette à large lame tachée de points sombres.

L'instrument est lourd.

Qu'est-ce que cette hache fait ici ?

Elle la pose sur la banquette, assez loin d'elle.

Devant, la voiture de Nathaniel a disparu dans un virage.

Elle appuie sur l'accélérateur.

***

Je sais où je suis. Dans ma voiture. Bechner est au volant.

Je respire à petits coups.

J'ai enfin repris mes esprits.

L'air de la nuit me fait du bien. J'ai soif.

Mes mains sont gonflées et couvertes de sang.

Je suis trempée, j'ai les lèvres fendues.

Où m'emmène Bechner ?

Je ne me demande pas pourquoi. Je le sais.

J'ai compris que je ne pouvais rien contre lui.

Je suis seule dans le désert, à l'arrière d'une voiture, dans les mains d'un psychopathe.

***

J'ai réussi à me tourner sur le ventre. J'ai mal.

Derrière, une voiture nous suit.

Je tourne la tête et aperçois une chaîne de montagnes.

Bechner fredonne.

Je fouille sous les banquettes pour trouver un outil. En vain.

Je suis juste derrière Bechner.

La voiture tressaute. Je gémis.

Je m'immobilise. Bechner n'a rien entendu.

Je suis secouée et je me mords les lèvres pour ne pas crier.

Une lance me traverse les côtes.

La route est très sinueuse et monte.

C'est là où je vais avoir un accident.

J'ai trente-cinq ans, un métier qui me passionne, une compagne que j'aime, des amis, des parents, une santé de fer et l'envie de vivre !

Et je vais me dessécher dans un ravin et finir dans le ventre des vautours.

Bechner rétrograde et la voiture repart en avant.

À droite la montagne, à gauche le vide qui se creuse.

La voiture ralentit, je me couvre de sueur.

On s'est arrêté. La voiture suiveuse nous a rejoints.

Une porte claque et un pas se rapproche.

– Tu as vu, il n'y avait personne, quelle belle nuit !

Je crispe les paupières.

– Comment est-elle ?

C'est la voix de la femme de Bechner.

– Comment veux-tu qu'elle soit ? À moitié crevée, sans doute.

Bechner se retourne ; sa main fouille ma poitrine à la recherche des battements du cœur ; je me contracte pour ne pas hurler.

– Ça bat encore. Elle a de la vie, cette truie !

– Nathaniel ?

– Oui ?

– Laisse-la ici. Personne ne la trouvera. Laisse-la mourir toute seule.

– Personne ne la trouvera ? Qu'est-ce que tu en sais ? Les Yopis empruntent cette route pour rejoindre Yucca et Wikieup.

– Très peu.

– Arrête, ne discute pas. Je ne vois pas ce qui te gêne. Je t'ai dit que c'était la dernière fois. Aide-moi plutôt à la faire passer devant. Passe de l'autre côté et prends-lui les jambes. Attention, elle a vomi et pissé sur elle, cette saleté !

– Tu n'aurais pas fait la même chose après ce qu'elle a subi ?

– Qu'est-ce que tu veux dire ?

– Je veux dire que je n'aime pas ce qu'on va faire.

– Tu n'as qu'une chose à faire, grogne Bechner, obéir !

– Je t'ai toujours obéi, mais là, je ne veux plus ! crie-t-elle dans un sanglot et en me lâchant les jambes.

– Qu'est-ce que tu dis ? Tu sais que je peux vous tuer toutes les deux ?

– Oui ! Tu peux tuer tout le monde, tes enfants aussi ! et encore d'autres. Mais un jour quelqu'un te tuera, toi, et ce jour-là, où que je sois, je serai heureuse ! Heureuse, tu entends, heureuse !

Elle crie, cavale...

Je me redresse : elle est plantée devant son mari une hache à la main.

Je réussis à ouvrir la portière et je roule dehors.

Je me relève. Je tiens à peine debout et me cramponne à l'aile de la Nissan.

Sa femme m'a vue. Alerté, il se retourne.

Les phares des deux voitures nous éclairent.

– Regarde, gronde-t-il, regarde, elle est debout !

Il porte la main à sa ceinture et tire son poignard.

– Non ! crie sa femme.

Il avance lentement dans ma direction.

– Arrête ! crie sa femme.

Il marche et lève son bras.

– Laisse-la ! crie sa femme.

Il hausse les épaules.

Je me ramasse sur moi-même, prête à plonger, vers où ? vers quoi ? Je vois son poignard se dresser encore plus haut, je fais un pas de côté sur une jambe qui se dérobe, je gémis en tentant de me protéger du bras, de lui attraper la main, je m'entends hurler. Son bras retombe.

Je roule à terre.

Au-dessus de moi Bechner et sa femme se battent à coups de poignard et de hache.

Dans la lumière des phares le combat est une séquence d'un film d'horreur dont on a coupé le son.

Les lames s'entrechoquent et entament les chairs. Leurs visages sont deux masques figés dans un rictus qui leur serre les mâchoires, leurs regards ont perdu toute humanité.

C'est un cauchemar, un affrontement de démons.

Samedi, 8 h 15

Jesus Portovida baissa l'autoradio qui diffusait les informations.

Il sifflota, heureux d'être au volant de la Ford de son patron.

M. Matheson était un bon patron. Enfin, si tant est qu'un patron puisse être bon.

Celui-là était moins mauvais.

Quand Jesus, arrivé de nuit six mois plus tôt, avait passé la frontière à plat ventre en évitant de s'accrocher aux barbelés et que la patrouille des *rangers* avait surgi avec ses chiens, il avait cru sa dernière heure venue.

Mais la Madone veillait, et les *rangers* ne l'avaient pas découvert.

Il avait entendu les aboiements des chiens, les cris des soldats, les hurlements des fugitifs, les coups aussi, et il était resté enfoncé dans son trou d'eau sans même oser relever la tête.

Avec les premières lueurs du jour il avait précautionneusement regardé autour de lui, il était seul.

Et Matheson, le riche Matheson de l'exploitation fruitière, l'avait engagé.

Pour trois mois, qui étaient devenus six. Et à présent,

Jesus caressait l'espoir que son patron le garde et lui signe enfin son contrat de travail, viatique pour la vie.

Jesus n'avait plus du tout envie de retourner à Samalayuca subir les criailleries de sa mère, la brutalité de son père toujours saoul, la cueillette éreintante des avocats pour laquelle il gagnait en une semaine ce qu'il touchait ici en un jour ; les grosses filles, bas du cul, aux cheveux gras et à la bouche édentée dès leurs vingt ans ; ici, avec un peu de chance, il rencontrerait une Chicana qui ressemblait déjà aux Américaines, trouverait un travail, une maison, la vie, quoi !

Jesus n'avait pas de permis de conduire, mais M. Matheson lui avait malgré tout confié la tâche d'aller chercher des palettes de cageots en lui recommandant la prudence.

C'était inutile. Jesus était la prudence même.

Il considéra avec plaisir le désert qui lui rappelait Samalayuca, et jeta machinalement un regard vers les contreforts des monts Klingman dont il atteindrait bientôt le premier défilé.

Des lumières sur la montagne attirèrent son attention. Il ralentit, observa. Surpris, il découvrit une voiture arrêtée là-haut, phares allumés.

En plein jour ? Qu'est-ce que ça pouvait être ?

Il aperçut la route qui, sur la droite, grimpait à flanc de montagne et, mû par la curiosité, s'y engagea.

Il n'était pas tranquille, mais que risquait-il à aller jeter un coup d'œil ?

Jesus savait que la route redescendait de l'autre côté et qu'il gagnerait du temps, ce qui lui permettrait d'aller boire une ou deux Cervina glacées à la cantina, pendant qu'on chargerait sa camionnette.

Il arriva dans un virage et vit deux voitures garées au travers de la route.

Il ralentit et stoppa.

Il descendit prudemment, étonné de ne voir personne.

Soudain, il sursauta. Entre les deux véhicules, des corps étaient allongés dans la poussière.

Il s'approcha, et ses yeux s'exorbitèrent.

C'étaient une femme et un homme, pour ce qu'il pouvait en juger, couverts de sang, morts depuis suffisamment longtemps pour que les mouches s'y posent par centaines ; des corps mutilés comme s'ils avaient subi l'assaut de chiens sauvages.

Jesus eut un hoquet et vomit tout ce qu'il avait dans l'estomac depuis la fête de la Santa Virgen.

Les mouches faisaient un raffut aussi infernal que dix tondeuses en marche, et Jesus recula, hérissé d'horreur.

Il s'appuya contre sa voiture pour retrouver son calme... et il sursauta de nouveau.

Une autre femme était à moitié appuyée contre la portière de la seconde voiture, une décapotable.

Entre elle et lui, les mouches noires et grasses formaient un rideau opaque.

La femme ne semblait pas morte ; il prit son courage à deux mains et contourna l'essaim.

Morte, non, mais en mauvais état, constata Jesus.

Il se pencha, et recula brutalement quand elle ouvrit les yeux.

Elle tenta de dire quelque chose que Jesus n'entendit pas.

Son regard était voilé, ses lèvres tuméfiées, ses vêtements déchirés, sales, son visage déformé par les coups.

Il comprit qu'elle demandait à boire.

Il se releva, retourna à sa voiture, prit sa gourde.

Il lui glissa le bec entre les lèvres et fit couler l'eau fraîche dans sa gorge.

Elle hoqueta, toussa.

– Doucement, doucement, dit Jesus.

Elle attrapa alors le bidon et introduisit elle-même le goulot dans sa bouche.

Elle ne s'arrêta qu'à bout de souffle.
Jesus le lui ôta des mains.
Elle tenta de nouveau de parler, et il tendit l'oreille.
– Emmenez-moi d'ici, souffla-t-elle.
Jesus ne répondit pas et se releva.
Le désert s'étendait aussi loin que portait son regard.
Tout en bas, le ruban d'asphalte serpentait, disparaissait parfois entre deux montagnes pour réapparaître aussi nu.
D'après ce qu'il avait entendu dire, peu de voitures passaient là. Seuls les Indiens, parfois, traversaient les monts.
La 93 passait plus à l'Est. Les monts Klingman s'élevaient entre la 40 et la 95, et le bourg le plus proche se trouvait à vingt milles à l'embranchement de la rivière Took.
Et il fallait, comme lui, avoir besoin d'aller à Took pour passer là. Et qui allait à Took, ce petit village spécialisé dans la coupe de bois et où une seule cantina désaltérait les assoiffés ? Quelques rancheros, qui travaillaient dans les exploitations alentour.
Il sentit qu'elle lui attrapait le bas du pantalon. Son regard était plus vif.
– Emmenez-moi, entendit-il de nouveau.
Mauvaise affaire, pensa Jesus. Des *gringos* s'entretuent dans le désert et lui, Jesus Poretovida, il est sans papier au milieu de tout ça.
Matheson détesterait qu'un de ses *peones* soit mêlé à une affaire aussi sordide.
Quant à lui, interrogé par la police, il pouvait dire adieu à son contrat de travail.
Il aurait à peine le temps de raconter son histoire que les *rangers* le raccompagneraient à la frontière.
Il conduisait sans papiers la voiture d'un Américain. Est-ce que Matheson, pour se dédouaner, ne dirait pas qu'elle lui avait été volée ?

La femme se redressa contre la portière et regarda les cadavres.

– Ils sont morts ?...

Ça, pour être morts, ils le sont, *Madre Mía*, pensa Jesus. On ne peut pas être plus mort !

Et elle, qui c'était ? L'assassin ?

Il vit, non loin des cadavres, un poignard et une hache tachés de sang, et frissonna malgré la chaleur qui l'écrasait.

La femme avait refermé les yeux. Les mouches la laissaient tranquille, absorbées par leur festin, elles attendaient sans doute que le dessert soit à point pour s'en occuper.

– Je ne peux pas vous emmener, dit Jesus.

Elle ne l'entendit pas immédiatement. Il fut obligé de répéter.

Elle ouvrit les yeux et le fixa.

– Pourquoi ? mimèrent ses lèvres.

– Parce que...

Jesus s'arrêta. Qu'est-ce qu'il pouvait dire pour que cette femme comprenne ?

Elle le dévisageait, cherchait sans doute les arguments pour le fléchir.

Mais il n'y en avait pas.

S'il la ramenait, il serait renvoyé à Samalayuca, aussi sûr que Dieu existe. S'il la laissait, une voiture pourrait passer et la sauver.

Oui, mais quand ?

Combien de temps pouvait-on tenir, blessé en plein désert ?

Il lui laisserait sa gourde et l'allongerait à l'ombre de la voiture.

Une idée lui vint.

– Je ne peux pas vous emmener, mais je vais tourner les deux voitures face à la route, en bas, phares allumés. Quelqu'un passera et vous remarquera.

Son anglais était encore très balbutiant et il s'exprimait lentement. Mais elle le comprit. Elle murmura :

– Pourquoi pas vous ?

Il se mordit les lèvres.

Il ne pouvait lui donner aucune raison.

– Quand les batteries seront vides, souffla-t-elle, les phares s'éteindront.

Il fut surpris de sa lucidité.

– Mais non, je vais en laisser une en code.

– Vous ne voulez pas m'emmener ?

Il secoua la tête.

– *No puedo.*

Elle soupira, brusquement résignée.

Pourrait-il encore se regarder en face s'il l'abandonnait là ?

Il verrait ça plus tard.

Ça serait son châtiment pour s'être laissé entraîner par la curiosité.

Le soleil montait rapidement ; il calcula qu'en faisant un angle avec les deux voitures et en l'installant au milieu, elle serait à l'abri du soleil pendant la plus grande partie de la journée ; les phares des véhicules tournés dans deux directions alerteraient davantage de voyageurs.

Il retourna à sa voiture, remplit sa gourde à ras bord et prit les deux sandwiches qu'il s'était préparés.

Il retourna au break et le mit en marche, sans que les mouches interrompent une seconde leur festin.

Il l'orienta perpendiculairement à la berline, et mit en code les phares de la décapotable.

Puis il installa la femme qui semblait s'être de nouveau évanouie entre les deux voitures, sur une couverture qu'il avait trouvée dans le break.

Il disposa la gourde et les sandwiches, constata que la femme respirait régulièrement, détacha la ceinture de son pantalon pour lui donner de l'air, glissa sous sa tête une autre couverture prise dans la Ford et, satisfait, recula d'un pas.

Les voitures se voyaient de loin. Les phares tiendraient-ils jusqu'au soir où on les verrait davantage ?

Jesus n'en savait rien.

Au soleil, à présent, il pouvait être neuf heures et demie.

On était samedi ; ce jour-là les travailleurs se déplaçaient plus volontiers dans la région.

L'un d'eux la remarquerait probablement.

Elle avait repris connaissance. Elle le regardait avec plus d'étonnement que de colère.

– Je vais mourir si vous me laissez là.

Il respira profondément.

– Non, je vais vous envoyer des secours, mentit-il.

Mais il comprit qu'elle savait qu'il mentait.

– Pourquoi faites-vous ça ? Vous avez peur d'être accusé ? ça ne tient pas debout, je suis témoin, je dirai que vous m'avez sauvé la vie. Ces gens étaient des assassins.

Et alors ? On le féliciterait peut-être, on lui demanderait malgré tout ses papiers... et on le renverrait de l'autre côté de la frontière.

Ou la *gringa*, qui était peut-être coupable, l'accuserait, lui.

Et que serait sa parole de clandestin mexicain contre celle de cette femme ? Déjà elle accusait les morts. *Quién sabe ?*

– Ne me laissez pas là, je suis blessée, je ne peux pas marcher.

– Un autre vous trouvera, dit Jesus, qui soudain en eut assez.

Qu'est-ce qu'elle espérait ? qu'il sacrifie sa vie pour la sienne ?

Qui avait sacrifié quelque chose pour lui, jusque-là ?

Il respira profondément mais s'arrêta aussitôt. À

quelques mètres derrière les voitures, la putréfaction des cadavres commençait.

Il sentit un flot de bile remonter dans sa bouche et il tourna les talons.

Il entendit la femme lui crier de revenir ; il mit son moteur en marche et s'éloigna le plus vite qu'il put.

Les éditions Viviane Hamy ont publié :

DOMAINE FRANÇAIS

Armande Gobry-Valle
Terre tranquille
Iblis ou la Défroque du serpent
Goncourt du Premier Roman 1991
Un triptyque
La Convulsion des brasiers
Le Puits d'exil

Michel Calonne
Les Enfances
Prix Giono 1991

Gisèle Le Rouzic
Les Mains de Jeanne-Marie
Prix Terre de France-*La Vie* 1991
Le Marinier de L'Agnus Dei

Yves Mugny
Le Serviteur

Brigitte Le Treut
Lumière du soir
Prix François Mauriac 1994

Robert Détry
Adrienne ou la liberté

Maud Tabachnik
Un Été pourri
La Mort quelque part
Collection Chemins nocturnes

Estelle Monbrun
Meurtre chez tante Léonie
Collection Chemins nocturnes

Fred Vargas
Ceux qui vont mourir te saluent
Debout les morts
L'Homme aux cercles bleus
Un peu plus loin de la droite
Collection Chemins nocturnes

Jean-Pierre Maurel
Malaver s'en mêle
Collection Chemins nocturnes

Dominique Sylvain
Baka !
Collection Chemins nocturnes

Éric Valz
Cargo, les aventures de Koré
Collection Chemins nocturnes

Léon Werth
La Maison Blanche – Préface de Valery Larbaud
Voyages avec ma pipe
Déposition. Journal 1940-1944 – Texte de Lucien Febvre
Présentation et notes de Jean-Pierre Azéma
33 Jours
Clavel soldat
Caserne 1900
Saint-Exupéry tel que je l'ai connu
Impressions d'audience – Le Procès Pétain

Alphonse Daudet
Le Trésor d'Arlatan – Préface de Michel Tournier

Charles Barbara
Esquisse de la vie d'un virtuose

Lord Feeling/Antoine-Étienne Fontaney
Scènes de la vie castillane et andalouse

Hughes Rebell
Le Fouet à Londres

Alphonse Allais
Lecture substantielle

Henri Rochefort
L'Évadé

Henri Calet
Les Murs de Fresnes

Darzens/Willette
Nuits à Paris

Édith Thomas
Pages de Journal, suivies de
Journal intime de monsieur Célestin Costedet
Le Témoin compromis

DOMAINE ÉTRANGER

Mémoires du Capitán Alonso de Contreras
Préface de Ernst Jünger
Traduit de l'espagnol

Emilia Pardo Bazán
Le Château d'Ulloa
Traduit de l'espagnol par Nelly Clemessy

David Mourão-Ferreira
Soleils masqués
Traduit du portugais par F. Laye et M.-C. Vromans

Cécile de Tormay
Fille des pierres
Traduit du hongrois par Marcelle Tinayre
La Vieille Maison
Traduit du hongrois par Joëlle Richart

Frigyes Karinthy
Voyage autour de mon crâne
Traduit du hongrois par Françoise Vernan

Dezsö Kosztolányi
Alouette
Traduit du hongrois par Ádám Peter et Maurice Regnaut

Anna la douce
Traduit du hongrois par Eva Vingiano de Pina Martins
Le Cerf-volant d'or
Traduit du hongrois par Eva Vingiano de Pina Martins
Le Traducteur cleptomane
Traduit du hongrois par Ádám Peter et Maurice Regnaut

Kálmán Mikszáth
Le Parapluie de saint Pierre
Traduit du hongrois par Agnès Jarfás

Max Brod
Le Royaume enchanté de l'amour
Traduit de l'allemand par M. Metzger

Ernst Jünger
Lieutenant Sturm
Traduit de l'allemand par Philippe Giraudon

Ricarda Huch
Le Dernier Été
Traduit de l'allemand par Marie-Aude Delacroix
L'Affaire Deruga
Traduit de l'allemand par Simone Saché

Philipp Keller
Sentiments mêlés
Traduit de l'allemand par Dominique Autrand

Aldo Alberti
La Ligue des dames pour le transfert de la papauté aux Amériques
Traduit de l'italien par Jocelyne Sephord et René Marx

Pietro Verri
Observations sur la torture – 1777
Traduit de l'italien par François Bouchard

Annie Messina
Le Myrte et la Rose
Traduit de l'italien par Jocelyne Sephord et René Marx
Le Palmier de Rusafa
Traduit de l'italien par Jocelyne Sephord

Maria Rosa Cutrufelli
La Briganta
Traduit de l'italien par Jocelyne Sephord

Aino Kallas
La Fiancée du loup
Traduit du finnois sous la direction de Jean-Luc Moreau

Arvo Valton
Le Porteur de flambeau
Traduit de l'estonien par Antoine Chalvin

Hjalmar Söderberg
Égarements
Traduit du suédois par Elena Balzamo
La Jeunesse de Martin Birck
Traduit du suédois par Elena Balzamo
Le Jeu sérieux
Traduit du suédois par Elena Balzamo

Washington Irving
Dans les prairies du Far West
Traduit de l'américain

Harriet A. Jacobs
Incidents dans la vie d'une jeune esclave
Traduit de l'américain par Monique Benesvy

Rory Nugent
À la recherche du canard à tête rose
Traduit de l'américain par Monique Benesvy

Filip David
Le Prince du feu
Traduit du serbo-croate par Mireille Robin

Gaïto Gazdanov
Chemins Nocturnes
Traduit du russe par Elena Balzamo

Nadejda Dourova
Cavalière du tsar
Traduit du russe par Paul Lequesne

CET OUVRAGE
A ÉTÉ ACHEVÉ D'IMPRIMER
SUR ROTO-PAGE
PAR L'IMPRIMERIE FLOCH
À MAYENNE EN MARS 2000

N° d'éd. 73. N° d'impr. 48277.
D.L. : avril 1996.
(Imprimé en France)